VOYAGE

DANS L'INTÉRIEUR

DE L'AFRIQUE.

8° O³
41

AVIS AU RELIEUR.

1. La Carte itinéraire, à la fin du premier volume.

2. La Carte des variations de la boussole, page 161 du premier volume.

3. La grande Carte d'Afrique, à la fin du second volume.

VOYAGE

DANS L'INTÉRIEUR

DE L'AFRIQUE,

FAIT EN 1795, 1796 et 1797,

PAR M. MUNGO PARK,

ENVOYÉ PAR LA SOCIÉTÉ D'AFRIQUE
ÉTABLIE A LONDRES;

Avec des éclaircissemens sur la Géographie
de l'intérieur de l'Afrique, par le Major
RENNELL.

Traduit de l'anglais sur la seconde édition,

PAR J. CASTÉRA.

TOME SECOND.

A PARIS,

Chez { DENTU, Imprimeur-Libraire, Palais-Égalité,
      galeries de bois, n.º 240.
      CARTERET, Libr., rue Pierre Sarrazin, n.º 13.

AN VIII.

VOYAGE

DANS L'INTÉRIEUR

DE L'AFRIQUE.

CHAPITRE XX.

Du climat et des saisons. — Vents. — Productions végétales. — Population. — Observations générales sur le caractère et l'esprit des mandingues. — Détails sommaires sur leurs mœurs, leurs habitudes, leurs mariages, etc.

La totalité du chemin que j'avois fait, tant en allant qu'en revenant, se trouvant comprise dans un espace renfermé entre le 12 et le 15.ᵉ degré de latitude, le lecteur croira facilement que je trouvai par-tout le climat extrêmement chaud. Mais je n'éprouvai nulle part une chaleur aussi intense que dans le camp de Benowm dont j'ai parlé dans le précédent volume. Dans quelques parties où le pays s'élève, l'air, sur les hauteurs, est en tout tems frais en comparaison de celui qui circule dans les bas. Cependant,

2.

1

aucune des contrées que j'ai traversées, ne peut se dire très-élevée.

Vers le milieu de juin, l'atmosphère enflammée et lourde est agitée par de violens coups de vent ou plutôt par des ouragans accompagnés de tonnerre et de pluie. C'est le prélude de ce qu'on appelle la saison pluvieuse, qui continue jusqu'au mois de novembre. Pendant ce tems, les pluies sont journalières et très-fortes; et les vents régnans soufflent du sud-est. La fin de la saison pluvieuse est aussi accompagnée d'ouragans après lesquels le vent passe au nord-est, et souffle de ce côté pendant le reste de l'année.

Lorsque le vent se fixe au nord-est, il produit dans l'aspect du pays un changement surprenant. L'herbe aussitôt se sèche et meurt. Les rivières abaissent rapidement, et plusieurs arbres perdent leurs feuilles.

C'est vers cette époque que l'on sent pour l'ordinaire le *harmattan*, vent sec et brûlant qui souffle du nord-est, et qu'accompagne une sorte de vapeur épaisse, à travers de laquelle on voit le soleil rougeâtre. Le vent, en passant par-dessus le grand désert de Sahara, acquiert une puissante attraction pour l'humidité, et brûle tout ce qui se trouve sur son passage. Il est cependant regardé comme très-salutaire, sur-tout par les européens qui, en général, recouvrent la santé pendant qu'il souffle. J'éprouvai, tant chez le docteur Laidley qu'à Kamalia, une cessation soudaine de maladie, lorsque le harmattan commença. Il est vrai que, pendant la saison pluvieuse, l'air est si chargé d'humidité, que les vêtemens, les souliers, les coffres, et généralement tout ce qui n'est pas placé près du feu, devient humide et moisit. On peut dire que les habitans vivent alors dans un bain de vapeurs. Le vent sec, au contraire, raffermit les solides relâchés, fait couler les humeurs avec plus de vîtesse, et se fait même respirer avec plaisir. Ses inconvéniens sont de produire des gerçures aux lèvres, et d'affliger de maux d'yeux plusieurs personnes.

Lorsque les herbes sont assez sèches, les naturels y mettent le feu; mais dans le Ludamar, et les autres pays maures, cet usage n'a pas lieu, parce que c'est de ces herbes sèches que les maures nourrissent leurs bétails jusqu'au retour de la saison pluvieuse. La combustion des herbes dans le Manding, présente un aspect effrayant. Au milieu de la nuit, je voyois à toute la

portée de ma vue, les plaines et les montagnes traversées par des lignes de feu. La lumière qui s'en réfléchissoit dans l'atmosphère, faisoit paroître les cieux enflammés.
Pendant le jour, on apercevoit dans toutes
les directions, des colonnes de fumée. Les
oiseaux de proie voltigeant autour de l'in-
cendie, saisissoient les serpens, les lezards
et autres reptiles qui tâchoient d'échapper
aux flammes. Cette combustion annuelle
est bientôt suivie d'une nouvelle et fraîche
verdure. Le pays en devient plus agréable
à l'œil, et plus sain.

J'ai déja fait mention des productions
végétales les plus importantes et les plus
remarquables : elles sont presque les mêmes
dans toutes les parties que j'ai parcourues.
Il faut observer cependant, que quoique
l'on trouve en Afrique la plupart des racines
comestibles des îles de l'Amérique, je n'ai
jamais rencontré dans aucune partie de
mon voyage, ni la canne à sucre, ni le
café*, ni le cacao; et je n'ai pu, malgré

---

* Ceci est d'autant plus extraordinaire, que le cafier
est indigène au pays de Caffa, situé derrière les montagnes de la lune, pays d'où on l'a transplanté en Arabie.
(Note du traducteur).

mes recherches, savoir s'ils étoient connus des habitans. L'ananas et mille autres fruits délicieux que l'industrie de l'homme ajoutant aux bienfaits de la nature, a multipliés dans les contrées de l'Amérique situées sous le tropique, sont de même inconnus ici. Je trouvai, à la vérité, des orangers et quelques bananniers près de l'embouchure de la Gambie ; mais je ne pus savoir d'une manière positive si ces arbres étoient indigènes, ou s'ils avoient été plantés là par quelques anciens commerçants blancs. Je soupçonne qu'ils y avoient été dans l'origine apportés par les portugais.

Quant à la propriété du sol, il m'a paru que les terres encore couvertes de leurs bois originaires, étoient regardées comme appartenant au roi, ou à l'état dans les pays où le gouvernement n'est pas monarchique. Lorsqu'un particulier de condition libre avoit le moyen de cultiver plus de terre qu'il n'en possédoit, il s'adressoit au chef du district qui lui allouoit une étendue de terrein, à la condition de la perdre si les terres n'étoient pas cultivées dans un tems indiqué. La condition remplie, les terres appartenoient au possesseur, et au-

tant que j'en ai pu juger, elles passoient
à ses héritiers.

Cependant la population, dans les pays
que j'ai vus, n'est pas très-grande, proportionnellement à l'étendue, à la fertilité du
sol, et à la facilité que l'on a de s'y procurer des terres. J'ai trouvé plusieurs beaux
et grands districts absolument dépourvus
d'habitans ; et en général, les frontières des
divers royaumes étoient, ou très-peu peu-
plées, ou entièrement désertes. Il y a,
d'ailleurs, plusieurs endroits que leur insa-
lubrité rend défavorables à la population :
les bords marécageux de la Gambie, du Sénégal et des autres rivières près de la côte,
sont de cette nature. Peut-être est-ce principalement pour cette raison que les pays intérieurs sont en général plus peuplés que
les bords de la mer ; car toutes les nations
nègres que j'ai eu occasion d'observer, quoique divisées en plus ou moins de petits états
indépendans, vivent à peu-près sous la même
température, se nourrissent de la même manière, et ont en général le même caractère.
Les mandingues, en particulier, sont très-
doux, naturellement gais, curieux, crédu-
les, simples, et aimant la flatterie. Leur

défaut le plus marquant, est peut-être ce penchant irrésistible qu'avoient toutes les classes de cette nation, à me voler le peu d'effets que je possédois. A cet égard il n'y a aucun moyen de les justifier, parce qu'eux-mêmes regardent le vol comme un crime ; et il faut observer qu'ils ne s'en rendent pas habituellement, ni généralement coupables les uns envers les autres. Cette considération, cependant, atténué beaucoup leur tort ; et avant de regarder ce peuple comme plus dépravé qu'un autre, il seroit bon d'examiner si les classes inférieures de la société de quelque pays de l'Europe que ce soit, se seroient mieux conduites dans les mêmes circonstances envers un étranger, que ces nègres se conduisirent envers moi. Il ne faut pas oublier que les lois du pays ne m'assuroient aucune protection ; que chacun pouvoit me voler impunément ; et qu'enfin, quelques-uns de mes effets étoient, aux yeux des nègres, aussi précieux que le seroient, à ceux d'un européen, des diamants ou des perles. Supposons qu'un marchand indien eût trouvé moyen de passer en Europe, portant sur son dos une boîte pleine de pierres précieuses, et que les lois du pays où

il se trouveroit, ne lui donnassent aucune
garantie de sa personne : en pareil cas, ce
dont il faudroit s'étonner, ne seroit pas
qu'on lui volât une partie de ses bijoux,
mais qu'un premier voleur en laissât quelque chose à prendre à un second. Telle est,
dans le calme de la réflexion, l'idée que je
me suis faite de la disposition que les mandingues ont montrée à me piller. Malgré
tous les maux qui en sont résultés pour moi,
je ne pense pas que leur sens moral, leurs
principes naturels de justice fussent éteints
ou pervertis. Seulement ces sentimens furent
un instant étouffés, surmontés par une ten-
tation, à laquelle il falloit, pour résister,
une vertu peu commune.

D'un autre côté, pour compenser ce penchant vicieux, quand même je le suppose-
rois inhérent à leur nature, je ne peux oublier la charité désintéressée, la tendre sollicitude avec laquelle ces bons nègres depuis le roi de Sego jusqu'aux pauvres femmes qui, en divers tems, me reçurent mou-
rant de besoin dans leurs chaumières, com-
patirent à mes malheurs, et contribuèrent à
me sauver la vie. Je dois au reste plus particulièrement ce témoignage aux femmes

qu'aux hommes. Ceux-ci, comme le lecteur a pu le voir, m'ont quelquefois bien accueilli, mais quelquefois très - mal : cela varioit suivant le caractère particulier de ceux à qui je m'adressois. Dans quelques-uns, l'endurcissement produit par l'avarice, dans d'autres, l'aveuglement du fanatisme avoient fermé tout accès à la pitié. Je ne me rappelle pas un seul exemple de dureté de cœur dans les femmes. Dans ma plus grande misère, et dans toutes mes courses, je les ai constamment trouvées bonnes et compatissantes ; et je peux dire avec vérité, comme l'avoit dit éloquemment avant moi mon prédécesseur M. Leydyard : « Je ne me « suis jamais adressé décemment et amicale- « ment à une femme, que je n'en aie reçu « une réponse amicale et décente. Si j'avois « faim ou soif, si j'étois mouillé ou malade, « elles n'hésitoient pas, comme les hommes, « à faire une action généreuse. Elles ve- « noient à mon secours avec tant de fran- « chise et de bonté, que si j'étois altéré, le « breuvage qu'elles m'offroient en prenoit « une douceur particulière : si j'avois faim, « l'aliment le plus grossier me paroissoit un « mets délicieux ».

Il est juste de supposer que cette douce et obligeante pitié que me témoignèrent dans mon malheur ces pauvres gens, se déploie dans l'occasion avec beaucoup plus d'activité envers des compatriotes, des voisins, et sur-tout lorsque les objets de leur compassion, leur étant unis par les liens du sang, ont des droits particuliers à leur affection. Aussi la tendresse maternelle, qui ne connoît ici ni la contrainte, ni les distractions de la vie civilisée, est-elle par-tout remarquable chez ces peuples. Le plus tendre retour de la part des enfans, en est la récompense. J'en ai déja cité un exemple. Frappez-moi, me disoit mon domestique, mais ne maudissez pas ma mère. J'ai vu par-tout régner le même sentiment, et j'ai observé dans toute l'Afrique, que le plus grand affront qu'on pût faire à un nègre, étoit de parler avec mépris de celle qui l'avoit mis au monde.

Il ne faut pas s'étonner que cette affection filiale parmi les nègres, soit moins tendre à l'égard du père qu'à celui de la mère. Le système de la polygamie qui affoiblit l'amour paternel en le partageant entre les enfans de différentes femmes,

concentre la tendresse jalouse de la mère
en un seul point, la protection de sa propre
progéniture. J'ai remarqué aussi avec satisfaction que la sollicitude maternelle se portoit, non-seulement sur l'accroissement et
le soin du corps, mais aussi jusqu'à un
certain point sur le développement des
facultés morales de l'enfant : car une des
premières leçons qu'apprennent à leurs enfans les femmes mandingues, est le respect
pour la vérité. Le lecteur peut se souvenir
de l'exemple d'une malheureuse mère dont
le fils fut tué par des brigands maures à
Funingkedy. Sa seule consolation dans sa
douleur extrême, étoit de penser que le
pauvre enfant, dans le cours de son inno-
cente vie, n'avoit jamais dit un mensonge.
Ce témoignage rendu dans une pareille
occasion par une mère éplorée, doit avoir
produit un grand effet sur les jeunes gens
qui se trouvoient parmi les spectateurs.
C'étoit en même tems un éloge pour le
mort et une leçon pour les vivans.

Les négresses allaitent leurs enfans jusqu'à ce qu'ils marchent seuls. Il n'est point
rare qu'elles les nourrissent pendant trois
ans ; et pendant ce tems, le mari donne

toute son attention à ses autres femmes.
De là vient probablement que la famille de
chaque femme est rarement nombreuse.
Peu de femmes ont plus de cinq ou six
enfans. Aussitôt qu'un enfant peut marcher, on lui laisse une grande liberté. Sa
mère s'occupe peu de le préserver des
chutes et des autres petits accidens. Un peu
d'usage apprend bientôt à l'enfant à veiller
sur lui-même, et l'expérience lui tient lieu
de gouvernante. Les filles, lorsqu'elles commencent à grandir, apprennent à filer du
coton, à battre du bled, et à s'acquitter
des autres travaux domestiques. Les garçons
travaillent aux champs. Les deux sexes,
tant parmi les buschréens que parmi les
kafirs, en atteignant l'âge de la puberté,
subissent la circoncision. Les kafirs ne
regardent pas tant cette opération comme
une cérémonie religieuse, que comme une
chose utile et commode. Ils ont à la vérité
quelque idée superstitieuse qu'elle contribue
à rendre les mariages féconds. L'opération
se fait à-la-fois sur plusieurs jeunes gens,
qui tous sont exempts de toute espèce de
travail pendant les deux mois subséquens.
Ils forment pour ce tems-là une société

qu'on nomme *solimana*, et qui va dans les villages voisins faire des visites, chanter et danser. Ils y sont bien reçus et bien traités par les habitans. J'avois souvent dans mes voyages rencontré de ces troupes, mais elles étoient toutes composées de mâles. A Kamalia j'eus occasion de voir une solimana de jeunes filles.

Pendant le cours de cette cérémonie, il arrive souvent que quelques-unes des jeunes filles se marient. Si un homme en trouve une à son gré, il n'est pas nécessaire qu'il s'adresse d'abord à elle. La première chose à faire, est de convenir avec les parens de l'indemnité à leur donner pour les dédommager de la société et des services de leur fille. La valeur de deux esclaves est un prix ordinaire; à moins que la jeune personne ne soit fort belle, auquel cas les parens élèvent très-haut leurs prétentions. Si l'amant est assez riche, et qu'il veuille donner la somme demandée, il fait alors sa déclaration à la fille : mais on ne regarde pas le consentement de celle-ci comme nécessaire au mariage, si les parens sont d'accord, et qu'ils aient mangé quelques noix de kolla, que le prétendu leur

offre comme arrhes du marché. Il faut que
la jeune personne épouse celui qu'ils ont
choisi, ou qu'elle reste fille, car elle ne
peut désormais être donnée à un autre. Si
les parens le faisoient, l'amant seroit au-
torisé à la réclamer comme son esclave.
Lorsque le jour des noces est fixé, on in-
vite un nombre choisi de personnes à assister
à la cérémonie. On tue un bouc ou un tau-
reau, et l'on prépare beaucoup de mets.
Aussitôt qu'il est nuit, la mariée est conduite dans une hutte où une troupe de
matrones l'aide à arranger la robe nuptiale
qui est toujours de coton blanc, et faite
de manière à cacher la personne de la tête
aux pieds. Ainsi accoutrée, elle est assise
sur une natte au milieu de la chambre, et
les vieilles femmes placées en cercle autour
d'elle, lui donnent alors leurs instructions.
Elles lui indiquent avec beaucoup de sagesse comment elle doit se conduire à
l'avenir. Cette leçon de morale est cependant souvent interrompue par de jeunes
filles qui amusent la compagnie par des
chansons, par des danses dans lesquelles
il règne plus de gaieté que de délicatesse.
Tandis que la mariée reste ainsi dans la

hutte avec les femmes, le futur s'occupe
en-dehors des convives des deux sexes qui
s'assemblent devant la porte : il leur dis-
tribue de petits présens de noix de kolla,
veille à ce que chacun prenne part au ban-
quet, et contribue ainsi à la gaieté commune. Lorsque le souper est fini, la compagnie reste à chanter et à danser pendant
presque toute la nuit : on ne se sépare
guère qu'à la pointe jour. Vers minuit, les
matrones conduisent secrètement la mariée
dans la hutte qui doit devenir sa demeure,
et l'époux, à un signal qu'on lui donne,
se retire de la compagnie. Le nouveau
couple est ordinairement troublé, vers le
matin, par les femmes qui s'assemblent pour
examiner la couche nuptiale (conformément
aux mœurs des anciens hébreux, telles que
nous les peint l'écriture) et danser à l'en-
tour. Cette cérémonie est regardée comme
indispensablement nécessaire, et le mariage
ne seroit pas regardé comme valide, si elle
avoit été omise.

Les nègres, comme on l'a dit souvent,
soit mahométans, soit païens, adoptent le
système de la pluralité des femmes. Les mahométans seuls sont, par leur religion, bor-

nés à quatre. Comme le mari paie pour
chaque femme qu'il prend un très-grand
prix, il exige de toutes beaucoup de défé-
rence et de soumission, et les traite plutôt
comme des servantes à gage, que comme
des compagnes. Ce sont elles cependant qui
ont la conduite des affaires domestiques.
Chacune à son tour est la maîtresse du mé-
nage, prépare les alimens, surveille les
esclaves femelles; et quoique les maris,
en Afrique, exercent sur leurs femmes une
grande autorité, je n'ai point observé, en
général, qu'ils les traitassent durement. Je
n'ai point aperçu non plus, dans leur
caractère, cette basse jalousie qui est si do-
minante chez les maures. Ils permettent à
leurs femmes de jouir de tous les divertisse-
mens publics; et rarement elles abusent de
cette liberté : car, quoique les femmes nègres soient gaies et vives, elles ne sont nullement adonnées à l'intrigue. Je crois que
les exemples d'infidélité conjugale sont rares.
Lorsqu'il s'élève entre les femmes quelques
disputes, ce qui, d'après leur position, doit
arriver souvent, le mari décide entre elles ;
et par fois il est obligé, pour rétablir la tran-
quillité, d'avoir recours à quelque petite

correction corporelle. Mais si l'une d'elles se plaint au chef de la ville que son mari l'ait punie injustement, et qu'il montre pour quelque autre de ses femmes une préférence injuste, alors l'affaire est jugée publiquement. Cependant, j'ai oui dire que dans ces procédures, qui sont en général jugées par des hommes mariés, les plaintes des femmes n'étoient pas toujours traitées fort sérieusement. La plaignante elle-même, au lieu d'obtenir justice, est quelquefois convaincue de rixe et de perturbation. Si elle murmure contre la décision du tribunal, la baguette magique du mumbo jumbo termine bientôt l'affaire.

Les enfans des mandingues ne portent pas toujours les noms de leurs parens. Ils sont nommés d'après quelque circonstance locale ou personnelle. C'est ainsi que mon hôte, à Kamalia, s'appelait Karfa, d'un mot qui veut dire *replacer*, parce qu'il était né peu de tems après la mort d'un de ses frères. D'autres noms expriment de bonnes ou de mauvaises qualités, comme *modi* (un bon homme) *fadibba* (père de la ville) etc. Les noms mêmes des villes renferment quelque signification ; comme, *Sibidoulou* (la ville des ciboas *); *kenneyetou* (des vivres ici); *dosita* (levez votre cuillère). D'autres semblent avoir été donnés par manière de reproche, comme *bammakou* (lave un cro- codile); *karrankalla* (point de coupe pour boire) etc. On nomme un enfant sept ou huit jours après qu'il est né : on commence la cérémonie par lui raser la tête ; et l'on prépare pour les convives, un mets nommé *dega*, composé de maïs pilé et de lait aigre. Si les parens sont riches, on y ajoute, pour l'ordinaire, une brebis ou une chèvre. Cette fête s'appelle *ding koun lie* (la tonsure de la tête de l'enfant). Pendant mon séjour à Kamalia, j'assistai à quatre fêtes de cette espèce : la cérémonie fut la même dans tou- tes, soit que l'enfant fût buschréen ou kafir. Le maître d'école qui faisait dans ces occa- sions l'office de prêtre, et qui est toujours un buschréen, prononçoit d'abord sur le dega une longue prière, pendant laquelle chacune des personnes présentes tenoit avec sa main droite le bord de la calebasse. Il prenoit ensuite l'enfant dans ses bras, et prononçoit une seconde prière dans laquelle il invoquoit, à plusieurs reprises, la béné-

* L e ciboa est unarbre.

diction de Dieu pour l'enfant et pour toute
la compagnie. Après quoi, il marmottoit
quelques phrases dans l'oreille de l'enfant,
lui crachoit trois fois au visage, prononçoit
à haute voix le nom qu'on vouloit lui donner, et le rendoit à sa mère. Cette partie de la
cérémonie achevée, le père partageoit le dega
en plusieurs boules, qu'il donnoit à chacun
des assistans. On s'informoit alors s'il y avoit
dans la ville quelque personne malade ;
l'usage étant, en pareil cas, de lui envoyer
une bonne portion du dega. On suppose à
ce mets de grandes vertus médicinales *.

Parmi les nègres, chaque individu, outre
son nom propre, a aussi un *kontong*, ou sur-
nom qui dénote la famille ou tribu à laquelle
il appartient. Quelques-unes de ces familles
sont très-nombreuses et très-puissantes. Il
seroit impossible de détailler les divers kon-
tongs qu'on trouve en différentes parties du
pays. Cependant, il est très-utile à un voyageur d'en connoître plusieurs ; car comme
chaque nègre s'enorgueillit de l'importance

* Aussitôt après la cérémonie, on fait aux enfans, sur
différentes parties de leur peau, des marques analogues
à ce qu'on appelle tatouer dans les îles de la mer du
sud.

ou de l'antiquité de sa tribu, il est très-flatté qu'en s'adressant à lui, on l'appelle par son kontong.

Les nègres, lorsqu'ils se rencontrent, ne manquent jamais de se saluer. Les salutations les plus usitées parmi les kafirs, sont : *abbe haeretto — é ning seni — anaouari*, etc. qui toutes ont à-peu-près la même signification et veulent dire : *êtes-vous bien ?* ou quelque chose d'approchant. Ils ont aussi des salutations pour différentes heures du jour, comme *é ning somo* (bonjour, etc.) La réponse générale à toutes ces salutations est de répéter le kontong de la personne qui salue, ou de répéter la salutation elle-même, en prononçant d'abord le mot *marhaba* (mon ami).

CHAPITRE XXI.

Continuation des détails relatifs aux man-dingues. — Leurs idées sur les corps célestes et la figure de la terre. — Leurs opinions religieuses. — Croyance d'une autre vie. — Leurs maladies et les re-mèdes qu'ils emploient. — Cérémonies funéraires, amusemens, occupations, alimens, arts, manufactures, etc.

Les mandingues, et en général, je crois, tous les nègres, n'ont point de méthode arti-ficielle pour diviser le tems. Ils calculent les années par le nombre des *saisons pluvieuses.* L'année se partage en *lunes ;* et ils comptent les jours par autant de soleils. Quant au jour, ils le divisent en matin, milieu du jour, et soir ; ils le subdivisent encore, quand cela est nécessaire, en indiquant la place du so-leil dans les cieux. J'ai souvent demandé à quelques-uns d'eux ce que devenoit le soleil pendant la nuit, et si le matin nous rever-

rions le même soleil ou un autre que la
veille. Mais je remarquai qu'ils regardoient
ces questions comme très-puériles. Ce
sujet leur paroissoit hors de la portée de
l'intelligence humaine. Ils ne s'étoient jamais permis de conjectures, ni n'avoient
fait d'hypothèses à cet égard. La lune,
par ses changemens de forme, a un peu
plus attiré leur attention. A la première
apparition d'une nouvelle lune, qu'ils supposent être nouvellement créée, les naturels soit païens, soit mahométans, disent
une courte prière. Ce semble être le seul
culte que les païens rendent à l'Être su-
prême. Cette prière se prononce tout bas;
chacun tient ses mains devant son visage.
La prière a pour objet, m'ont assuré diverses
personnes, de rendre graces à Dieu des
bontés qu'il a eues pendant la lune passée,
et de lui en demander la continuation pour
la durée de celle qui commence. Quand ils
ont fini de prier, ils crachent dans leurs
mains, et s'en frottent le visage. Ce paroît
être à-peu-près la même cérémonie qui se
pratiquoit chez les païens du tems de Job.
(Chap. XXI. vers. 26, 27, 28.)

On fait aussi grande attention aux chan-

gemens qu'éprouve cet astre pendant sa
révolution, et l'on regarde comme une
chose très-fâcheuse de commencer un
voyage ou toute autre opération importante, dans le dernier quartier de la lune.
Une éclipse, soit de lune soit de soleil,
est attribuée à la sorcellerie. On s'occupe
peu des étoiles. En général, l'astronomie
est regardée par ces peuples, comme une
étude fort inutile, qui n'intéresse que les
personnes adonnées à la magie.

Leurs idées sur la géographie ne sont
pas moins bornées. Ils s'imaginent que le
monde est une plaine indéfiniment étendue,
dont aucun œil encore n'a pu voir les
limites, parce que, disent-ils, elles sont
enveloppées de nuages et d'obscurité. Ils
décrivent la mer comme une grande rivière d'eau salée, sur le bord de laquelle
est situé un pays appelé *Tobaudo dou* (la
terre des blancs). A quelque distance de
Tobaudo dou, ils placent un autre pays
qu'ils prétendent être habité par des can-
nibales d'une taille gigantesque, nommés
Koumi. Ils appellent ce pays *Jong Sang-
dou*, (la terre où l'on vend les esclaves).
De tous les pays de l'univers, le leur est

celui qu'ils croient le meilleur, comme ils
se croient le peuple le plus heureux. En
conséquence, ils plaignent le sort des autres
nations que la providence a placées dans des
contrées moins fertiles, et sous de moins
fortunés climats.

Quelques opinions religieuses des nègres,
quoique mêlées de superstition et dictées
par une crédulité ridicule, ne sont pas in-
dignes d'attention. J'ai conversé avec des
hommes de toutes les classes au sujet de
leur foi, et je n'hésite pas à prononcer que
la croyance d'un Dieu, ainsi que celle d'un
état futur de peines et de récompenses,
est universelle chez eux. Il est cependant
à remarquer, qu'excepté lors de la nouvelle
lune et des cérémonies qu'elle occasionne,
les naturels païens croient inutile d'offrir
au Tout-puissant aucune prière, ni sup-
plications. Ils parlent de Dieu, comme
du créateur et du conservateur de toutes
choses ; mais ils le regardent comme un
être si éloigné de nous et d'une si haute
nature, qu'il y a de la folie à supposer que
les importunités des foibles mortels puissent
changer les décrets ou renverser les lois de
son infaillible sagesse. Si on leur demande

pourquoi donc ils font des prières lorsqu'ils voient la nouvelle lune, ils répondent que l'usage en a fait une loi, et qu'ils le font parce que leurs pères l'ont fait avant eux. Tel est l'aveuglement de l'homme, que n'a point éclairé la lumière de la révélation !

Les nègres supposent que le Tout-puissant a confié les affaires de ce monde aux soins et à la direction d'esprits subordonnés, sur lesquels ils croient que les cérémonies magiques ont une grande influence. Un oiseau blanc suspendu à la branche d'un certain arbre, une tête de serpent, quelques poignées de fruits, sont des offrandes qu'emploient souvent la superstition et l'ignorance pour conjurer la colère ou se concilier la bienveillance de ces agens tutélaires. Au reste, il arrive rarement que les nègres fassent de leurs opinions religieuses un sujet de conversation. Lorsqu'on les interroge en particulier sur leurs idées d'une vie future, ils s'en expriment avec un grand respect : mais ils tâchent d'abréger la discussion en disant *mo o mo inta allo*, (personne ne sait rien là-dessus). Ils se contentent, disent-ils, de suivre dans les diverses occasions de la vie, les leçons et les exemples de leurs ancêtres ; et lorsque ce monde ne leur offre ni jouissances, ni consolations, ils tournent des regards inquiets vers un autre, qu'ils supposent devoir être mieux assorti à leur nature, mais sur lequel ils ne se permettent ni dissertations, ni vaines conjectures.

Les mandingues parviennent rarement à une extrême vieillesse. A quarante ans, la plupart ont des cheveux gris, et sont converts de rides. Très-peu vont au-delà de cinquante ou soixante ans. Ils calculent, comme je l'ai dit, le nombre de leurs années par celui des saisons pluvieuses dont il n'y a qu'une par an. Ils distinguent chacune de ces années par un nom particulier, relatif à quelque circonstance remarquable qui a eu lieu pendant son cours. Ainsi, ils disent l'année de la guerre du Farbanna, celle de la guerre du Kaarta, l'année dans laquelle Gadou fut pillé, etc., etc. Je ne doute point qu'en plusieurs endroits, l'année 1796 ne soit nommée *Tobaubo tambi sang* (l'année dans laquelle l'homme blanc a passé); cette particularité devant naturellement former une époque dans leur histoire traditionnelle.

Quoique la longévité soit rare parmi les
nègres, il ne m'a point paru que les maladies y fussent communes. Leurs alimens
simples, leur vie active, les préservent de
plusieurs maux qui font le tourment d'une
vie oisive et voluptueuse. Les fièvres et
les flux de ventre sont leurs indispositions
les plus communes et les plus dangereuses.
Pour y remédier, ils emploient en général
les saphis qu'ils appliquent à différentes
parties du corps, et ils pratiquent beaucoup
d'autres cérémonies superstitieuses, dont
quelques - unes sont assez bien imaginées
pour inspirer au malade l'espoir de son
rétablissement, et détourner son esprit de
l'idée du danger. Mais j'ai quelquefois
remarqué chez eux un genre de traitement
plus systématique. Au premier accès de
fièvre, lorsque le malade se plaint de froid,
on le place souvent dans une espèce de
bain de vapeurs, ce que l'on exécute en
étendant sur des cendres chaudes des branches de *nauclea orientalis*, sur lesquelles
on couche le malade enveloppé dans un
grand drap de coton ; on arrose alors les
branches de gouttes d'eau, qui, parvenant
entre les interstices des cendres chaudes,

couvrent bientôt le patient d'un nuage de vapeurs : on le laisse en cet état jusqu'à ce que les charbons soient presque éteints. Ce procédé occasionne, pour l'ordinaire, une transpiration abondante, et soulage singulièrement le malade.

Pour guérir la dyssenterie, ils emploient l'écorce de différens arbres réduits en poudre, qu'ils mêlent avec les alimens du malade. Mais ce procédé réussit ordinairement fort mal.

Les autres maladies auxquelles les nègres sont sujets, sont le tétanos, l'éléphantiasis, et une lèpre du plus mauvais genre. Celle-ci se manifeste, au commencement, par des taches scorbutiques, qui paroissent sur différentes parties du corps, et qui finissent par se fixer aux mains et aux pieds. La peau s'y sèche et se fendille en plusieurs endroits. Enfin les extrémités des doigts enflent, s'ulcèrent. Le pus qui en sort est âcre et fétide ; les ongles tombent, les os des doigts se carient, et se séparent des jointures. Le mal continue de faire ainsi des progrès, et croît souvent au point que le malade perd tous les doigts, tant des mains que des pieds. Ses membres eux-mêmes tombent

quelquefois détruits par cette cruelle maladie, que les nègres appellent *balla jou* (in-
curable).

Le ver de Guinée est aussi très-commun
dans certains endroits , sur-tout au commencement de la saison pluvieuse. Les nègres
attribuent ce mal , qui a été décrit par plusieurs auteurs , aux mauvaises eaux : ils prétendent que ceux qui boivent des eaux de
puits , y sont plus sujets que ceux qui boivent des eaux courantes. Ils attribuent à la
même cause , le gonflement des glandes du
cou , le goëtre , qui est très-commun dans
quelques parties du Bambara. Je remarquai
aussi , dans les pays intérieurs , quelques
exemples de gonorrhée simple ; mais jamais
je n'ai vu la vraie maladie vénérienne. A tout
prendre , il m'a paru que les nègres étoient
meilleurs chirurgiens que médecins. Je les
ai trouvés heureux dans le traitement des
fractures et des dislocations. Leurs éclisses,
leurs bandages sont fort simples et faciles à
ôter. On couche le malade sur une natte
douce , et l'on baigne souvent le membre
fracturé avec de l'eau fraîche. Ils ouvrent
tous les abcès par le moyen du feu , et les
pansemens se font avec des feuilles lisses.

du beurre de shea , ou de la bouze de vache,
suivant que le cas leur paroît le requérir.
Près de la côte où ils peuvent se procurer
des lancettes , ils pratiquent quelquefois
la saignée : et dans les cas d'inflammation locale , ils font usage d'un genre curieux de
ventouse. Elle consiste à faire des incisions
à la partie affectée , et à y appliquer une
corne de bœuf, à l'extrémité de laquelle est
un petit trou. L'opérateur prend ensuite
dans la bouche un morceau de cire : puis ,
appliquant ses lèvres au trou, il pompe l'air
de la corne; et par un mouvement adroit
de sa langue, ferme le trou avec la cire. Ce
procédé répond ordinairement bien au but
pour lequel on l'emploie , et produit en général un écoulement abondant.

Lorsqu'il meurt un personnage important , les parens et amis se réunissent et ma-
nifestent leur chagrin par de grands et lugu-
bres cris. On tue un bœuf ou une chèvre
pour les personnes qui viennent assister aux
funérailles. La cérémonie a lieu, en général, le soir du jour même de la mort. Les
nègres n'ont point de lieu de sépulture déterminé ; souvent ils creusent la fosse dans
le sol même de la hutte du défunt, ou sous

quelque arbre qu'il affectionnoit. Le corps
est vêtu de coton blanc , et enveloppé dans
une natte. Il est porté au tombeau , à l'entrée de la nuit, par les parens. Si la fosse
est hors de l'enceinte de la ville, on met
dessus des branches épineuses , pour empêcher les loups de déterrer le corps : mais je
n'ai jamais remarqué que l'on couvrît le
tombeau d'aucune pierre destinée à servir
de monument ou de décoration.

Jusqu'ici , j'ai considéré les nègres principalement sous le point de vue moral , et
je me suis borné aux traits les plus pronon-
cés de leur caractère. Leurs amusemens domestiques, leurs occupations, leurs alimens,
leurs arts , et quelques autres objets dépen-
dans de ceux-ci , méritent aussi quelques
détails.

Dans divers endroits de mon journal , j'ai
eu occasion de dire quelques mots de leur
musique et de leur danse. J'ai à ajouter, sur
le premier de ces articles , une liste de leurs
instrumens de musique, dont les principaux
sont , le *kounting* , espèce de guitare à
trois cordes ; le *korro* , grande harpe à dix-
huit cordes ; le *simbing* , petite harpe à sept
cordes ; le *balafou* , instrument composé de

vingt morceaux de bois dur, au-dessous desquels sont des gourdes coupées en forme de
coquilles, qui en augmentent le son ; le *tang-*
tang , tambour qui est ouvert à son extrémité inférieure ; et enfin le *tabala* , grand
tambour qui s'emploie ordinairement pour
répandre l'alarme dans le pays. Outre cela ,
ils font usage de petites flûtes , de cordes
d'arc , de dents d'éléphant et de cloches.
Dans toutes leurs danses , tous leurs con-
certs , le battement des mains semble faire
une partie nécessaire du chœur.

A l'amour de la musique s'allie naturellement le goût de la poésie , et heureusement pour les poëtes d'Afrique, ils sont à-
peu-près exempts de l'indigence et de l'aban-
don , qui trop souvent font , dans les pays
civilisés , le partage des favoris des muses. Ils
consistent en deux classes : les plus nombreux sont les chanteurs, qu'on appelle *jilly*
kea ; j'en ai parlé précédemment. Dans chaque ville on en trouve un ou plusieurs. Ils
improvisent des chansons en l'honneur de
leurs chefs , ou de toutes les personnes dis-
posées à donner un solide dîner pour un
vain compliment. Une fonction plus noble
de leur profession , consiste à raconter les

évènemens historiques de leur pays. C'est
pour cela qu'à la guerre, ils accompagnent
les soldats sur le champ de bataille, afin
d'exciter en eux une noble émulation, en
leur racontant les hauts faits de leurs
ancêtres. L'autre classe est composée de dé-
vots, à-la-fois mahométans, qui parcourent
le pays en chantant des hymnes pieux, et
en faisant des cérémonies religieuses pour
attirer les bonnes graces du Tout-puissant.
Soit qu'il s'agisse de détourner quelque malheur, ou d'assurer le succès d'une grande
entreprise, ces deux genres de poëtes ambulans, sont considérés et respectés par leurs
compatriotes. On recueille pour eux d'abon-
dantes contributions.

La nourriture ordinaire des nègres varie
un peu, suivant les divers districts que j'ai
vus. En général, les gens de condition libre,
déjeûnent à la pointe du jour, avec de la
bouillie de farine et d'eau, à laquelle on
mêle un peu de fruit de tamarin, pour y
donner un goût acide. Vers deux heures de
l'après-midi, on mange le plus ordinairement
une espèce de pouding, fait avec un peu de
beurre de shea. C'est le souper qui est le
principal repas ; on ne le commence guère

2.   3

avant minuit. Il consiste principalement en
kouskous mêlé d'un peu de viande quelconque, ou de beurre de shea. Les kafirs, ainsi
que les mahométans, ne se servent en man-
geant, que de la main droite.

Le breuvage des nègres paysans est de la
bière et de l'hydromel. Ils boivent souvent avec
excès, tant de l'un que de l'autre. Ceux qui
sont convertis au mahométisme, ne boivent
que de l'eau. Les naturels de toutes classes
prennent du tabac et en fument. Leurs pipes
sont de bois, et se terminent par un bowl
de terre, d'une forme assez curieuse. Dans
les contrées de l'intérieur, le luxe le plus
recherché est le sel. Un européen seroit fort
surpris de voir un enfant sucer un morceau
de sel gommé comme un morceau de sucre;
c'est cependant ce que j'ai vu souvent.
Néanmoins, dans ces mêmes contrées, la
classe la plus pauvre des habitans a si rarement la faculté de se satisfaire sur ce précieux article, que dire qu'un homme mange
du sel avec ses alimens, c'est la même
chose que de dire qu'il est riche. J'ai moi-
même beaucoup souffert de la rareté de cette
denrée. Le long usage des alimens végétaux
donne un si grand desir de sel, qu'on ne
peut décrire ce besoin.

Les nègres, en général, et sur-tout les mandingues, sont représentés par les habitans blancs des côtes, comme des hommes indolens et paresseux. C'est, je crois, avec peu de raison, qu'on leur fait ce reproche. La nature du climat est sans doute peu favorable à une grande activité. Cependant, il n'est pas juste d'appeler indolent un peuple qui vit, non des productions spontanées de la terre, mais de celles que lui-même lui arrache par la culture. Peu de gens travaillent plus rigoureusement, quand il le faut, que les mandingues; mais n'ayant pas l'occasion facile de tirer parti des produits superflus de leur travail, ils se contentent de cultiver autant de terre qu'il en faut pour fournir à leur subsistance. Les travaux des champs leur donnent beaucoup d'emploi pendant les pluies; et dans la saison sèche, les gens qui vivent près des grandes rivières, s'occupent beaucoup de la pêche. Ils prennent le poisson dans des paniers d'osier, ou avec de petits filets de coton. Pour le conserver, ils le font d'abord sécher au soleil; puis ils le frottent avec du beurre de shea, afin de l'empêcher de se moisir. D'autres habitans s'adonnent à la chasse : leurs armes sont des

arcs et des flèches : celles-ci, pour l'usage
ordinaire, ne sont pas empoisonnées *. Ils
sont si habiles archers, qu'ils tuent à une
distance étonnante, un lézard sur un arbre,
ou tout autre objet aussi peu volumineux;
ils tuent de même des poules de Guinée,
des perdrix, des pigeons; mais jamais au
vol. Tandis que les hommes se livrent à
ces exercices, les femmes s'occupent avec
activité à la fabrication de la toile. Elles
préparent le coton, pour le filer, en le
plaçant par petites quantités à-la-fois,
sur une pierre unie ou un morceau de bois :
elles en font sortir les graines avec un gros
fuseau de fer, puis elles le filent à la que-
nouille. Le fil n'est pas fin, mais il est bien

---

* On emploie les flèches empoisonnées principalement à la guerre. Le poison qui sert à cet effet, se
tire d'un arbuste appelé *Koua* (espèce d'*échites*) très-
commun dans les bois. Les feuilles de cet arbuste,
bouillies avec une petite quantité d'eau, rendent un
jus noir dans lequel les nègres trempent un fil de
coton : ils attachent ce fil autour du fer de la flèche,
de manière qu'il est presque impossible, lorsque celle-
ci est entrée plus avant que les barbelures, de l'arracher
sans laisser dans la plaie la pointe de fer et le fil
empoisonné.

tordu , et fait une toile fort durable. Une
femme d'une diligence ordinaire, peut filer,
par an, de six à neuf vêtemens de cette espèce qui, suivant leur finesse, se vendent
un minkali et demi ou deux minkalis pièce;
(un minkali est une quantité d'or équiva-
lant à-peu-près à dix schellings sterling,
ou douze francs de france). Ce sont les
hommes qui tissent : leur métier est fait
exactement sur les mêmes principes que
celui d'Europe ; mais il est si petit et si
étroit, que la toile a rarement plus de quatre
pouces de large. La navette est de la forme
ordinaire, mais comme le fil est gros, sa
chambre est un peu plus grande que celle
de la navette européenne.

Les femmes teignent cette toile en un beau
bleu solide, par le procédé suivant. On pile,
dans un mortier de bois, les feuilles d'indigo fraîchement cueillies, et on les mêle
dans une grande jarre de terre, avec une
forte lessive de cendres de bois ; quelquefois on y ajoute de l'urine. On trempe la
toile dans ce mélange, et on l'y laisse jusqu'à ce qu'elle ait acquis la teinte desirée.
Dans le Kaarta et le Ludamar, où l'indigo
n'est pas abondant, on ramasse les feuilles

que l'on fait sécher au soleil. Lorsqu'on
veut s'en servir, on en réduit en poudre
une certaine quantité que l'on mêle avec la
lessive dont je viens de parler. La couleur qui
résulte, tant d'une de ces opérations que
de l'autre, a une teinte purpurine ; et elle
égale, à mon avis, le plus beau bleu de
l'Inde ou de l'Europe. Cette toile est coupée
en pièces de différente grandeur ; et l'on en
fait des vêtemens que l'on coud avec des
aiguilles fabriquées dans le pays.

L'art de tisser, celui de teindre et celui
de coudre s'apprenant sans peine, ceux qui
les pratiquent ne sont pas considérés en
Afrique comme exerçant une profession
particulière ; car il n'y a guère d'esclave
qui ne sache tisser, ni d'enfant qui ne sache
coudre. Les seuls artisans qui soient reconnus pour tels parmi les nègres, et qui se
regardent comme exerçant un métier qui
leur soit propre, sont les ouvriers en cuir
et en fer. On appelle les premiers *karran-*
kée, ou, comme on le prononce quelquefois, gaungay. Il s'en trouve dans presque
toutes les villes : très-souvent ils parcourent
la campagne pour y pratiquer leur art. Ils
tannent et préparent le cuir très-prompte-

ment, en faisant d'abord tremper la peau
dans un mélange de cendres de bois et d'eau,
jusqu'à ce qu'elle perde son poil. Ils emploient ensuite, comme astringent, les
feuilles pilées d'un arbre appelé gou. Ils
se donnent beaucoup de peine pour rendre
le cuir aussi souple qu'il est possible ; ils le
frottent à cet effet entre leurs mains, et
le battent sur une pierre. Les peaux de bœuf
servent principalement à faire des sandales :
elles demandent par conséquent moins de
soin à préparer que les peaux de chèvre et
de mouton, qu'on emploie pour couvrir les
carquois et les saphis ; et pour faire des
gaines de couteaux, des fourreaux d'épée,
des baudriers, des poches et plusieurs ornemens. Ces peaux se teignent ordinairement
en jaune ou en rouge. On fait le rouge avec
des tiges de millet réduites en poudre, et le
jaune avec la racine d'une plante dont j'ai
oublié le nom.

Les ouvriers en fer ne sont pas aussi nombreux que les karrankeas, mais ils paroissent avoir étudié leur art avec le même soin ;
les nègres de la côte ayant la facilité d'a-
cheter des européens, du fer à très-bon
marché, ne fabriquent jamais eux-mêmes

cet article ; mais , dans l'intérieur , les naturels fondent et forgent cet utile métal en
assez grande quantité , non-seulement pour
se procurer toutes les armes , tous les ustensiles dont ils ont besoin ; mais même pour
en faire un objet de commerce avec quelques nations voisines. Pendant mon séjour
à Kamalia , il y avoit à peu de distance de
la hutte où j'étois logé , un fourneau pour
fondre le fer , et le propriétaire , non plus
que ses ouvriers, ne me firent point un
secret de la manière dont ils conduisoient
leurs travaux ; ils me permirent d'examiner
le fourneau et de les aider à broyer le minérai.

Ce fourneau étoit une tour circulaire d'argile , d'environ dix pieds de haut sur trois
pieds de diamètre , ceinte en deux endroits
avec des lianes, pour empêcher l'argile de se
fendre et de se briser en morceaux par la violence de la chaleur. Autour de la partie inférieure , de niveau avec la terre , mais moins
bas que le fond du fourneau qui étoit un peu
concave, étoient sept trous, dans chacun desquels il y avoit trois tuyaux d'argile. Ces trous
étoient bouchés de façon que l'air ne pouvoit
entrer dans le fourneau qu'en passant dans
ces tubes , par l'ouverture et la clôture des-

quels, on régloit le feu. On faisoit ces tubes
en moulant un mélange d'argile et d'herbe
sur un rouleau de bois uni. Aussitôt que
l'argile commençoit à durcir, on retiroit le
rouleau, et on laissoit le tube vide sécher
au soleil. Le minérai que je vis étoit pesant,
d'un rouge obscur, avec des taches grisâtres.
On le broyoit en morceaux, gros à-peu-près
comme un œuf de poule. On mettoit d'a-
bord dans le fourneau un fagot de bois sec,
qu'on recouvroit d'une grande quantité de
charbon; celui-ci s'apporte des forêts, tout
préparé. Sur cela on étendoit une couche de
minérai; puis une autre de charbon, et ainsi
de suite jusqu'à ce que le fourneau fût plein.
Le feu se mettoit par un des tubes, et on le
souffloit pendant quelques momens avec des
soufflets de peaux de chèvre. L'opération
alloit lentement d'abord, et il se passoit
quelques heures avant que la flamme parût
au-dessus du fourneau ; mais ensuite elle
brûloit avec violence pendant toute la première nuit, et les personnes qui en avoient
soin y remettoient plusieurs fois du charbon.
Le jour suivant, le feu étoit moins ardent ;
on retiroit quelques-uns des tubes, et on
laissoit arriver l'air plus librement au foyer;

la chaleur étoit encore très-forte, et l'on
voyoit une flamme bleuâtre s'élever à quelques pieds au-dessus du fourneau. Le troisième jour, on enlevoit tous les tubes, dont
plusieurs avoient leurs extrémités vitrifiées
par la chaleur; mais on ne retiroit le métal
que quelques jours après, lorsque tout étoit
parfaitement refroidi. On abattoit alors une
partie du four, et le fer se montroit sous la
forme d'une grande masse irrégulière, à laquelle adhéroient plusieurs morceaux de
charbon. Il étoit sonore, et lorsqu'on en
brisoit quelque partie, la fracture présentoit
un aspect grainu comme un morceau d'acier
rompu. Le propriétaire me dit que plusieurs
portions de cette masse n'étoient bonnes à
rien, mais qu'il s'y trouvoit assez de bon fer
pour payer la peine de l'ouvrier. De ce fer,
ou plutôt de cet acier, on fait divers instrumens, en le faisant chauffer à plusieurs
reprises, dans une forge dont la chaleur est
excitée par une paire de doubles soufflets,
de construction très-simple, puisqu'ils ne
consistent qu'en deux peaux de chèvre. Les
tuyaux de ces deux soufflets se réunissent
avant d'entrer dans la forge, et fournissent
un courant d'air constant et très-régulier.

Le marteau, les tenailles, l'enclume, sont tous fort simples ; et la main d'œuvre, surtout en ce qui concerne les couteaux et les lances, n'est pas sans mérite. Le fer, il est vrai, est dur et cassant : il a besoin d'être beaucoup travaillé avant de pouvoir servir à l'usage qu'on en veut faire.

La plupart des forgerons africains connoissent aussi l'art de fondre l'or. Ils se servent à cet effet d'un sel alkalin, provenant d'une lessive de tiges de maïs brûlées, qu'ils font évaporer jusqu'à siccité. Ils tirent aussi l'or en fil, et en font plusieurs ornemens, dont quelques-uns sont exécutés avec beaucoup d'intelligence et de goût.

Telles sont les principales notions que j'ai pu recueillir sur les arts et les manufactures des régions de l'Afrique que j'ai parcourues. Je pourrois ajouter, quoique la chose soit peu digne d'observation, que dans le Bambara et le Kaarta, les naturels font de très-beaux paniers, des chapeaux, et d'autres articles d'ornement ou d'utilité, avec des joncs qu'ils teignent de diverses couleurs. Ils couvrent aussi leurs calebasses de cannes entrelacées, qu'ils teignent de la même façon.

Dans les pénibles occupations que je viens de décrire, le maître et ses esclaves travaillent ensemble sans distinction de supériorité. On ne connoît point en Afrique de serviteurs salariés, c'est-à-dire, de personnes de condition libre qui travaillent pour une rétribution. Cette observation me conduit naturellement à parler des esclaves, et des divers moyens par lesquels ils sont réduits à ce misérable état de servitude. On trouve des hommes de cette malheureuse classe dans toutes les parties de ce vaste pays : ils forment une branche considérable de commerce, tant avec les pays qui bordent la méditerranée, qu'avec les nations européennes.

CHAPITRE XXII.

Observations sur la servitude et la manière dont se font les esclaves en Afrique.

Nulle société, à quelque degré de civilisation qu'on la suppose, ne peut se passer d'une subordination quelconque, et d'une certaine inégalité : mais toutes les fois que ces différences sont portées au point, qu'une partie de la société dispose arbitrairement et des services et des personnes d'une autre portion, on peut donner à cet ordre de choses le nom de servitude. C'est dans cet état qu'ont vécu un grand nombre d'habitans noirs de l'Afrique, depuis les époques les plus reculées de leur histoire ; sort d'autant plus fâcheux, qu'ils n'ont à transmettre à leurs enfans d'autre héritage que cette triste condition.

Les esclaves en Afrique sont, je crois, relativement aux hommes libres, dans la proportion de trois contre un. Ils ne demandent d'autre salaire de leurs services,

que le vêtement et la nourriture ; et ils sont
traités avec douceur ou dureté, suivant la
bonne ou mauvaise disposition des maîtres
auxquels ils appartiennent. L'usage a cependant établi, relativement au traitement des
esclaves, certaines règles qu'il est honteux
de violer. Ainsi les esclaves domestiques,
ou qui sont nés dans la maison du maître,
sont traités avec plus de douceur que ceux
qu'on a achetés à prix d'argent. L'autorité
du maître sur le domestique, comme je
l'ai dit ailleurs, ne s'étend pas au-delà
d'une correction raisonnable. Le premier
né peut vendre son domestique sans l'avoir
d'abord traduit en jugement devant les chefs
du lieu *. Mais ces restrictions à l'autorité
du maître ne s'appliquent point aux prisonniers faits à la guerre, ni aux esclaves

* Dans les tems de famine, il est permis au maître
de vendre un ou plusieurs de ses domestiques, à l'effet
d'acheter des subsistances pour sa famille ; et dans le
cas d'insolvabilité du maître, les esclaves domestiques
sont quelquefois saisis par les créanciers ; et le maître
ne peut les racheter, et on peut les vendre pour payer
ses dettes. Ce sont là les seuls cas dont je me sou-
vienne, dans lesquels les esclaves domestiques soient
exposés à être vendus sans aucune faute de leur part.

achetés. Ces misérables sont considérés comme des étrangers qui n'ont point de droit à la protection des lois. Leur propriétaire peut les traiter durement à son gré ou les vendre, s'il lui plaît, à des étrangers; il y a même des marchés réguliers où l'on mène ces sortes d'esclaves pour les vendre. La valeur d'un esclave, aux yeux d'un acquéreur africain, augmente en raison de la distance à laquelle il est de son pays natal; car les esclaves qu'on achète à quelques journées de marche du lieu où ils ont pris naissance, sont sujets à s'enfuir. Mais lorsqu'ils en sont séparés par plusieurs royaumes, il leur est plus difficile d'échapper, et ils se résignent plus aisément à leur sort. A raison de cela, un malheureux esclave passe souvent d'un marchand à l'autre, jusqu'à ce qu'il ait perdu tout espoir de jamais retourner dans son pays. Ceux qu'achètent les européens sur la côte, sont ordinairement dans ce cas. Quelques-uns ont perdu la liberté dans les petites guerres dont je parlerai, et qui ont lieu près des côtes. On les amène, pour la plupart, en grandes caravanes des pays intérieurs, dont plusieurs sont inconnus même de nom aux

européens. Les esclaves qui viennent ainsi
du centre de l'Afrique, peuvent se diviser
en deux classes : la première comprend les
esclaves de naissance, ou ceux qui sont
nés de mères esclaves ; la seconde, ceux qui
étant nés libres, sont tombés en servitude
par des moyens quelconques. Les premiers
sont beaucoup plus nombreux que les autres ;
car les prisonniers faits à la guerre ou du
moins dans les hostilités ouvertes et déclarées
qu'exercent les uns envers les autres des
royaumes en état de guerre, sont en général
de cette classe. J'ai déja dit combien le nombre des hommes libres étoit peu considérable
en Afrique, proportionnellement à celui des
esclaves ; et il faut observer que les gens de
condition libre, ont, même en guerre, de
grands avantages sur les esclaves. Ils sont en
général mieux armés, bien montés, et peuvent combattre ou fuir avec quelque espoir
de succès. Mais les esclaves qui n'ont pour
armes que l'arc et la lance, et dont plusieurs sont chargés de bagage, deviennent
pour l'ennemi une proie facile. C'est ainsi
que dans la guerre que Mansong, roi de
Bambara, porta dans le Kaarta, comme je
l'ai raconté dans un chapitre précédent,

il fit en un jour neuf cents prisonniers, parmi lesquels il n'y avoit pas plus de soixante-dix hommes libres. Je sus ce détail par Daman Jumma qui avoit à Kemmou trente esclaves : tous furent faits prisonniers par Mansong. En outre, lorsqu'un homme libre est fait prisonnier, ses amis le rachètent quelquefois, en donnant pour lui deux esclaves en échange. Un esclave pris n'a point d'espérance d'être ainsi racheté. A ces considérations, il faut ajouter que les slatées qui achètent des esclaves dans l'intérieur, et qui les conduisent à la côte pour les vendre, préfèrent toujours, pour les employer à cette destination, ceux qui ont vécu depuis leur enfance dans l'esclavage ; sachant bien qu'accoutumés à la faim et à la fatigue, ils sont plus en état que des hommes nouvellement asservis, de soutenir les travaux d'un long et pénible voyage. Quand ces esclaves sont parvenus à la côte, si les marchands ne trouvent pas à les vendre avec avantage, on ne manque pas de moyens de les faire vivre par leur travail, et ils sont beaucoup moins disposés à s'enfuir que ceux qui ont déja goûté les douceurs de la liberté.

Les esclaves du second genre deviennent

2. 4

ordinairement tels par l'un des moyens suivans : 1.º la guerre ; 2.º la famine ; 3.º l'insolvabilité ; 4.º les délits. Un homme libre,
suivant les usages d'Afrique, peut devenir esclave s'il est pris. La guerre est la source
qui produit le plus d'esclaves, comme probablement elle fut l'origine de l'esclavage.
Il est naturel de croire qu'une nation, ayant
fait plus de captifs qu'elle n'en pouvoit échanger, homme contre homme, les vainqueurs
trouvèrent commode de garder leurs prisonniers et de les forcer à travailler, d'abord
peut-être pour leur propre subsistance, et
ensuite pour nourrir leurs maîtres. Quoi qu'il
en soit, c'est un fait constant qu'en Afrique
les prisonniers faits à la guerre deviennent
esclaves du vainqueur. Lorsque le soldat
foible ou malheureux implore la pitié de son
ennemi victorieux, il renonce en même-tems
à tout droit à sa liberté, et rachète sa vie au
prix de son indépendance. 》

Dans un pays partagé en mille petits états
indépendans et jaloux les uns des autres, où
tout homme libre est accoutumé aux armes
et prétend à la gloire des exploits militaires,
où le jeune homme qui depuis son enfance
a manié l'arc et la lance, ne desire rien tant

que d'avoir une occasion de montrer sa valeur, les guerres doivent souvent résulter de provocations très-frivoles. Lorsqu'une nation est plus puissante qu'une autre, elle trouve bientôt un prétexte pour commencer des hostilités. C'est ainsi que la guerre qui eut lieu entre le Kajaaga et le Kasson, fut occasionnée par le refus de rendre un esclave ; et celle que se firent le Bambara et le Kaarta, par la perte de quelques pièces de bétail. Sans cesse il se présente d'autres causes de la même nature, dont la sottise ou l'ambition des princes profite pour mettre en jeu la faulx de la désolation.

Il y a en Afrique deux espèces de guerres, que l'on distingue par deux noms différens : celle qui a le plus de rapport avec nos guerres européennes, s'appelle *killi*, d'un mot qui signifie *appeler dehors* ; parce qu'elle est pour l'ordinaire ouverte et déclarée. Cette sorte de guerre, en Afrique, se termine ordinairement dans le cours d'une seule campagne. On donne une bataille ; le vaincu ne cherche guère à se rallier ; tous les habitans sont frappés d'une terreur panique ; il ne reste aux vainqueurs d'autre soin à prendre, que celui d'attacher les prisonniers et d'emporter le butin. S'il y a des captifs qui par leur âge, leurs infirmités, ne puissent supporter la fatigue, ou ne soient pas susceptibles d'être vendus, on les regarde comme inutiles; et je ne doute point que souvent on ne les tue. Le même sort attend pour l'ordinaire tout chef, ou toute autre personne qui a joué dans la guerre un rôle très-marquant. Ici je dois remarquer que, malgré ce système exterminateur, on est surpris de voir avec quelle promptitude se reconstruit et se repeuple une ville africaine que la guerre a détruite. La cause en est probablement que les batailles meurtrières sont très-rares; le plus foible sent sa position, et cherche son salut dans la fuite. Quand le pays désolé et les villes pillées sont abandonnées par l'ennemi, ceux des habitans qui ont échappé à la mort et à l'esclavage, retournent avec précaution dans leur demeure primitive; car ce semble être un sentiment naturel à tous les hommes, que le desir de passer le soir de sa vie aux lieux qui en ont vu l'aurore. Le pauvre nègre éprouve avec force ce penchant; pour lui nulle eau n'est aussi douce que celle de son puits; nul arbre ne répand une ombre aussi fraîche, ni sous laquelle il aime tant à se reposer que le *tabba* * de son village.

L'autre genre de guerre que se font les africains, s'appelle *tegria* (pillage ou vol). Celle-ci a pour cause des querelles hérédi- taires, que les habitans d'un pays ou d'un district nourrissent les uns contre les au- tres. Les hostilités n'ont aucune raison dé- terminée et l'on ne donne aucun avis de l'attaque. Ceux qu'animent ces dissentions épient toutes les occasions de nuire aux ob- jets de leur haine, par des pillages et des surprises. Ces incursions sont très-fréquen- tes, sur-tout vers le commencement de la saison sèche. Quand le travail de la moisson est fini, et que les denrées sont communes et à bon marché, c'est alors que l'on médite des projets de vengeance; le chef observe le nombre et l'ardeur de ses vassaux; il les re- garde brandir leurs lances dans les fêtes pu- bliques; glorieux de sa puissance, il tourne toutes ses réflexions vers la représaille de quelque insulte, que lui ou ses ancêtres ont reçue d'un état voisin.

* Grand arbre dont les branches sont horizontale (espèce de *sterculia*), sous lequel on place ordinai- rement le bentang.

Ces sortes d'expéditions se conduisent ordinairement avec un grand secret. Un petit
nombre d'hommes déterminés, commandés
par quelque chef courageux et intelligent,
marche en silence au travers des bois, sur-
prend pendant la nuit quelque village sans
défense, et enlève les habitans et leurs effets
avant que leurs voisins puissent venir à
leur secours.

Un matin, pendant mon séjour à Kamalia, nous fûmes tous fort épouvantés par
une troupe de cette espèce. Le fils du roi
de Fouladou, avec cinq cents cavaliers passa
secrètement à travers les bois, un peu au
sud de Kamalia, et le lendemain matin pilla
trois villes appartenantes à Madigai, chef
puissant dans le Jallonkadou.

Le succès de cette attaque encouragea
le gouverneur de Bangassi à faire une seconde
invasion sur une autre partie du même pays.
Ayant rassemblé environ 200 hommes, il
passa dans la nuit la rivière Kokoro, et
emmena un grand nombre de prisonniers.
Plusieurs des habitans qui avoient échappé
à ces irruptions, furent ensuite pris par les
mandingues, en errant dans les bois, ou
en se cachant dans les vallées et les lieux
escarpés des montagnes.

Ces coups de main sont bientôt suivis
de représailles. Lorsqu'on ne peut rassembler à cet effet beaucoup d'hommes, quelques amis se réunissent et pénètrent dans
le pays ennemi, avec le projet de piller
ou d'enlever des habitans. On a vu un seul
homme prendre son arc et son carquois,
et se hasarder ainsi. Une pareille entreprise
est sans doute en ce cas un acte de folie.
Mais lorsqu'on observe que, dans quelque
excursion pareille, on a peut-être enlevé à
cet homme son enfant, ou ses plus proches
parens, on est porté à le plaindre plutôt
qu'à le blâmer. L'infortuné, poussé par le
ressentiment de l'amour paternel ou de
quelque autre affection domestique, animé
du désir de la vengeance, se cache dans
un buisson jusqu'à ce qu'il voie passer
près de lui quelque enfant, ou quelqu'autre
personne sans arme : comme un tigre, il
s'élance sur sa proie, l'entraîne dans le bois ;
et dans la nuit, l'emmène pour en faire
son esclave.

Lorsqu'un nègre, par un de ces moyens
est tombé entre les mains de ses ennemis,
il reste esclave de son vainqueur, qui le
garde près de lui, ou l'envoie pour être

vendu dans quelque contrée éloignée. Un
africain, lorsqu'il a une fois vaincu son
ennemi, lui fournit rarement l'occasion de
reprendre à l'avenir les armes contre lui.
Le conquérant dispose ordinairement de
ses esclaves d'après l'état qu'ils avoient dans
leur pays natal. Ceux des domestiques qui
lui semblent doux, particulièrement les
jeunes femmes, restent à son service. Ceux
qui paroissent mécontens, sont envoyés
au loin : quant à ceux des hommes libres
ou des esclaves qui ont pris une part active
à la guerre, ils sont vendus aux slatées ou
mis à mort. La guerre est donc la plus
générale comme la plus féconde des causes
de l'esclavage, et les désastres qu'elle entraîne produisent souvent (quoique non
toujours) la seconde cause de la servitude,
la *famine*, cas dans lequel un homme
libre embrasse l'esclavage pour éviter un
plus grand malheur.

Aux yeux d'un philosophe, la mort sem-
bleroit peut-être un moindre mal que la
perte de la liberté : mais le pauvre nègre
qu'a exténué le besoin, pense comme Esaü,
« Je suis sur le point de mourir, de quoi
« me servira mon droit d'aînesse ». Il y a

plusieurs exemples d'hommes libres qui
ont renoncé volontairement à leur liberté
pour sauver leur vie. Pendant une grande
disette qui dura près de trois ans dans les
pays voisins de la Gambie, beaucoup de
gens devinrent esclaves de cette manière.
Le docteur Laidley m'a assuré qu'à cette
époque, nombre d'hommes libres étoient
venus le trouver, le suppliant de les mettre
à la chaîne de ses esclaves pour les empêcher de mourir de faim. De grandes
familles sont souvent exposées au besoin
le plus absolu ; et comme les parens ont
sur leurs enfans une autorité presque illi-
mitée, il arrive souvent dans toutes les
parties de l'Afrique, que l'on vende quelques-uns de ceux-ci afin d'acheter des vivres
pour le reste de la famille. Lorsque j'étois
à Jarra, Daman Jumma me montra trois
jeunes esclaves qu'il avoit achetés de cette
manière. J'ai rapporté plus haut un autre
exemple dont j'avois été témoin à Wonda;
et j'appris qu'alors dans le Fouladou, c'étoit
un usage très-commun.

La troisième cause de servitude est l'insolvabilité. De tous les délits auxquels les
lois de l'Afrique ont attaché la peine de

l'esclavage, celui-ci, si l'on peut lui donner
ce nom, est le plus fréquent. Un marchand
nègre contracte ordinairement des dettes
relativement à quelque spéculation de commerce, soit avec ses voisins pour des denrées
qu'il espère vendre avec avantage dans un
marché éloigné, soit avec des européens qui
font la traite sur la côte, pour des articles
qu'il promet de payer dans un tems donné.
Dans les deux cas, la situation du spécu-
lateur est absolument la même. S'il réussit,
il peut s'assurer une indépendance; s'il est
malheureux, sa personne et ses services
sont à la disposition d'un autre : car en
Afrique non-seulement les effets d'un homme
insolvable, mais aussi sa personne, sont
vendus pour satisfaire aux légitimes récla-
mations de ses créanciers *.

* Lorsqu'un nègre prend à crédit des marchandises
des européens de la côte, et qu'il ne paye pas au tems
convenu, le créancier à droit, suivant les lois du pays,
de saisir le débiteur, ou s'il ne peut pas le trouver,
quelqu'un de sa famille, ou enfin, en dernier recours,
quelqu'un du même royaume. La personne ainsi saisie
est retenue pendant qu'on envoie ses amis à la recherche
du débiteur. Lorsqu'on a trouvé celui-ci, on convoque
une assemblée des chefs du lieu, et le débiteur est forcé

La quatrième cause indiquée est d'avoir commis des crimes auxquels les lois du pays attachent l'esclavage comme peine. En Afrique, les seuls crimes de cette espèce sont, outre l'insolvabilité, le meurtre, l'adultère et la sorcellerie. J'ajoute, avec plaisir, qu'ils ne m'ont pas paru être communs. On m'a assuré, qu'en cas de meurtre, le plus proche parent du mort avoit la faculté, après la condamnation du coupable, de tuer celui-ci de sa main, ou de le vendre comme esclave. Quand il s'agit d'adultère, l'offensé a généralement le choix de vendre le coupable, ou de lui faire payer une rançon qu'il estime équivalente à l'injure reçue. On entend par sorcellerie, une prétendue magie par laquelle on attente à la vie ou à la santé des gens; en d'autres mots c'est l'empoisonnement. Cependant, je n'ai vu juger aucun délit de

en payant sa dette; de dégager son parent. S'il ne peut le faire, on se saisit sur-le-champ de sa personne : il est envoyé à la côte, et l'on remet l'autre en liberté. Si l'on ne trouve pas le débiteur, la personne arrêtée est obligée de payer le double du montant de la dette, ou elle-même est vendue comme esclave. On m'a donné lieu de croire cependant, que cette partie de la loi étoit rarement exécutée.

cette dernière espèce , pendant que j'étois en Afrique ; et je suppose que le crime, ainsi que sa punition, arrivent très-rarement.

Lorsqu'un homme libre est devenu esclave par une de ces causes, il reste ordinairement tel pendant toute sa vie ; et ses enfans, s'ils sont nés d'une mère esclave , sont destinés à la même servitude. Il y a cependant des exemples d'esclaves qui obtiennent la liberté du consentement de leur maître ; comme pour avoir rendu quelque important service, pour aller à une bataille , ou en donnant, par forme de rançon , deux esclaves ; mais c'est en s'échappant qu'ils recouvrent le plus ordinairement leur liberté. Lorsqu'une fois un esclave a résolu de s'enfuir , il y réussit. Quelques-uns attendent des années entières que l'occasion s'en présente , et pendant ce tems , ils ne donnent pas le moindre signe de mécontentement. En général , on remarque que les esclaves qui sont nés dans les montagnes , et qui ont été accoutumés à la chasse et aux voyages , sont plus disposés à s'évader que ceux qui, étant nés dans un pays plat , ont été occupés à la culture de la terre.

Tels sont les principaux traits de ce systême d'esclavage qui domine en Afrique ; sa nature, son étendue prouvent que ce n'est pas une institution moderne. Son origine remonte probablement aux tems les plus anciens, et précède celui où les mahométans se frayèrent un chemin au travers du désert. Jusqu'à quel point est-il maintenu et encouragé par le commerce d'esclaves que font, depuis 200 ans, les peuples européens avec les naturels de la côte, c'est ce qu'il ne m'appartient pas d'examiner. Si l'on me demandoit ce que je pense de l'influence qu'une discontinuation de ce commerce produiroit sur les mœurs de l'Afrique, je n'hésiterois point à dire que, dans l'état d'ignorance où vivent ses habitans, l'effet de cette mesure ne seroit, selon moi, ni si avantageux, ni si considérable que plusieurs gens de bien aiment à se le persuader.

CHAPITRE XXIII.

*De la poudre d'or, et de la manière dont
on la ramasse. — Procédé employé pour
la laver. — Sa valeur en Afrique. — De
l'ivoire. — Surprise que cause aux nègres
le prix que les européens mettent à cet
article. — Dents éparses qu'on trouve souvent dans les bois. — Manière de chasser
l'éléphant. — Quelques réflexions sur le
peu de progrès que la culture a faits
dans le pays, etc.*

On trouve probablement en Afrique, depuis les premiers siècles du monde, ces deux
précieuses marchandises qui nous restent à
examiner, l'or et l'ivoire. Elles sont mises
au premier rang de ses importantes productions, dans les plus anciens monumens de
son histoire.

On a remarqué que l'or ne se trouvoit
presque jamais que dans les pays montueux
et stériles. La nature, a-t-on dit, compense

ainsi, par la richesse d'une de ses productions, ce qu'elle nous refuse en fertilité. Cette
observation, cependant, n'est pas exacte.
L'or se trouve en quantité considérable dans
toutes les parties du Manding, pays qui,
à la vérité, a des collines, mais qu'on ne peut
pas appeler montueux, et encore moins sté-
rile. On en trouve aussi en abondance dans
le Jallonkadou, sur-tout aux environs de
Bouri, autre pays inégal, mais nullement
infertile. Il est à remarquer que dans ce dernier lieu (Bouri) qui est situé à environ
quatre jours de marche, au sud-ouest de
Kamalia, le marché de sel est souvent fourni
en même tems de sel gemme qui vient par le
grand désert, et de sel marin de Rio-Grandé.
Le prix des deux qualités, à cet éloignement
du lieu où on les a prises, est à-peu-près
le même : les maures qui apportent l'une du
nord, et les nègres qui amènent l'autre du
sud, sont conduits ici par le même motif, le
desir d'échanger leur sel contre de l'or.

L'or du Manding ne se trouve jamais
dans aucune matrice ni veine ; il est tout en
petits grains, presque purs, dont la grosseur
varie depuis celle d'une tête d'épingle, jusqu'à celle d'un pois. Ils sont dispersés dans

un grand volume de sable ou d'argile : les mandingues appellent l'or, dans cet état, *sanou munko* (poudre d'or). Il est cependant très-probable, d'après ce que j'ai entendu dire de la situation du terrein, que la plupart de ces grains ont été dans l'origine entraînés par l'action répétée des eaux qui descendent en torrens des montagnes voisines. Voici, à-peu-près, la manière dont on le ramasse.

Vers le commencement de décembre, lorsque la moisson est finie et que les rivières sont fort baissées, le mansa ou chef de la ville indique un jour pour commencer le *sanou kou* (le lavage de l'or). Les femmes doivent se tenir prêtes pour le tems marqué. Une pelle ou bêche pour creuser le sable, deux ou trois calebasses pour le laver, et quelques tuyaux de plumes pour contenir la poudre d'or, sont tous les ustensiles employés à ce travail. Le matin du départ, on tue un bœuf pour le repas du premier jour, et l'on fait nombre de prières et d'opérations magiques pour s'assurer un bon succès; car on regarde comme un mauvais présage de ne pas réussir ce jour-là. Je me souviens d'avoir vu le mansa de Kamalia et quatorze des habitans si déconcertés du lavage de leur première journée, que très-peu eurent le courage de continuer, et ceux qui le firent n'eurent qu'un succès médiocre ; chose, à la vérité, peu surprenante : car au lieu de fouiller une terre neuve, ils s'obstinoient à creuser et à laver dans un endroit où ils creusoient et lavoient depuis plusieurs années, et où, par conséquent, il ne pouvoit rester que très-peu de gros grains.

Le lavage du sable des ruisseaux est de tous les procédés le plus facile pour obtenir la poudre d'or : mais dans la plupart des endroits, les sables ont été fouillés avec tant de soin, qu'à moins que le ruisseau ne change de courant, on n'y trouve de l'or qu'en petites quantités. Tandis que quelques personnes d'une troupe cherchent dans les sables, d'autres remontent le torrent jusqu'aux endroits où l'eau plus rapide, ayant entraîné le sable, l'argile, etc., n'a laissé que de petits cailloux. La recherche que l'on fait dans ces pierres est beaucoup plus pénible que l'autre. J'ai vu des femmes qui s'étoient usé la peau du bout des doigts à ce travail ; quelquefois aussi les ouvriers en sont dédommagés en trouvant des morceaux d'or, qu'ils appellent *sanou birro* (pierres d'or), qui les paient amplement de toutes leurs peines. Une femme et sa fille, habitantes de Kamalia, trouvèrent en un jour deux morceaux de ce genre, qui pesoient l'un cinq drachmes, et l'autre trois. Mais la méthode la plus sûre, comme la plus avantageuse de laver, se pratique dans le fort de la saison sèche. On creuse un puits profond au pied de quelque montagne, que l'on sait d'avance contenir de l'or; ce travail se fait avec de petites bèches ou pelles, et l'on retire la terre dans de grandes calebasses à mesure que les ouvriers bèchent. En creusant différentes couches d'argile ou de terre, on lave de chacune une ou deux calebasses par manière d'essai; et l'on continue ainsi jusqu'à ce qu'on soit arrivé à une couche qui contienne de l'or, ou jusqu'à ce qu'on soit arrêté par des rochers, ou par des eaux. En général, lorsque les travailleurs rencontrent une couche d'un beau sable rougeâtre avec de petites taches noires, ils y trouvent plus ou moins d'or; et ils envoient de grandes calebasses pleines de ce sable, aux femmes d'en-haut, qui le lavent: car quoique le puits soit creusé par des hommes,

l'or est toujours lavé par des femmes, qui
dès l'enfance ont pris l'habitude d'un travail
analogue, en séparant les cosses du maïs de
la farine.

Comme je ne suis jamais descendu dans
aucun de ces puits, je ne peux dire de quelle
manière ils sont travaillés sous terre. La position dans laquelle je me trouvois m'obli-
geoit de prendre beaucoup de précautions
pour ne pas réveiller les soupçons des naturels, en examinant de trop près les richesses
de leur pays. Mais la manière de séparer l'or
d'avec le sable est très - simple; cette opération se fait souvent par des femmes, au milieu
de la ville. Les gens qui ont été à la recherche dans les vallées, rapportent ordinairement le soir, avec eux, chacun une ou
deux calebasses de sable qu'ils font laver par
les femmes qui sont restées à la maison.
Voici comment se fait ce travail:

On met dans une grande calebasse, avec
une suffisante quantité d'eau, une portion
de sable ou d'argile; car l'or se trouve quelquefois dans une argile brune. La femme
chargée de ce soin, secoue alors la calebasse
de manière à mêler ensemble le sable et
l'eau, et à donner au tout un mouvement de

rotation. Elle commence par remuer doucement, puis elle augmente de vîtesse jusqu'à
ce qu'à chaque révolution du mélange il
sorte un peu de sable et d'eau par-dessus
le bord de la calebasse. Le sable ainsi séparé ne contient que les parties les plus gros-
sières, mêlées d'un peu d'eau vaseuse. Après
que l'opération a duré quelque tems, on
laisse le sable tomber au fond et l'on épanche
l'eau ; on ôte ensuite avec la main une partie du plus gros sable , puis on remet de
nouvelle eau ; et l'on recommence ainsi jusqu'à ce que l'eau sorte presque pure. La
femme prend ensuite un seconde calebasse
et secoue doucement le sable de l'une dans
l'autre , en laissant dans la première la partie
qui se trouve le plus près du fond , et dans laquelle il doit probablement se trouver le plus
d'or; on met à cette petite quantité un peu
d'eau, et on la remue dans la calebasse en l'examinant avec soin. Si l'on y voit quelques parti-
cules d'or , on scrute avec la même attention
ce qu'on a mis dans l'autre calebasse. En
général , les chercheurs sont contents si le
contenu des deux calebasses peut fournir
trois ou quatre grains d'or. Quelques femmes
cependant, par une longue habitude ont si

bien appris à connoître la nature du sable
et la manière de le laver, qu'elles trouvent
de l'or où d'autres n'en peuvent apercevoir une seule particule. On garde la poudre
d'or dans des tuyaux de plumes que l'on
bouche avec du coton. Les laveuses aiment
fort à montrer un grand nombre de ces plumes dans leurs cheveux. Généralement parlant, on suppose qu'une personne, avec un
soin ordinaire, dans un sol convenable,
peut ramasser dans le cours d'une saison
sèche, autant d'or qu'il en faut pour la valeur de deux esclaves.

   Tels sont les simples procédés par lesquels
les nègres du Manding se procurent de
l'or. Ces détails prouvent que le pays contient une grande quantité de ce précieux
métal; car beaucoup des plus petites parti-
cules doivent nécessairement échapper à
l'œil nud; et comme en général les naturels
fouillent le sable des ruisseaux à une grande
distance des montagnes, très loin par conséquent des mines d'où l'or est originaire, les
ouvriers sont quelquefois fort mal payés de
leurs peines. Les courans ne peuvent entraî-
ner à une grande distance que de petites portions du métal; les plus pesantes doivent

rester près du lieu d'où elles sont sorties. Si l'on suivoit jusqu'à leurs sources les ruisseaux qui charrient de l'or, et si l'on examinoit avec soin les montagnes d'où ils viennent, on trouveroit probablement dans le sable, l'or en parties beaucoup plus grosses *; on pourroit même y ramasser avec avantage des petits grains par l'usage du vif-argent, et par d'autres procédés que les habitans ignorent.

Une partie de cet or se convertit en ornemens pour les femmes; bijoux en général plus précieux par leur poids que par leur travail : ils sont massifs et incommodes, sur-tout les boucles d'oreilles, si pesantes pour l'ordinaire, qu'elles allongent et déchirent le bas de l'oreille. Pour éviter cet inconvénient, on les soutient par une

---

* J'ai ouï dire que la mine d'or (comme on l'appelle) qui a été découverte en 1795 à Wicklow en Irlande, étoit près du sommet et sur la pente rapide d'une montagne. On y a souvent trouvé des morceaux d'or, du poids de plusieurs onces. Ce qui, deux milles plus bas, eût été de la poudre d'or, étoit là du gravier d'or, c'est-à-dire, que chaque grain avoit la forme d'un petit caillou. On en a trouvé un morceau qui pesoit près de vingt-deux onces, poids de troy.

lanière de cuir rouge, qui passe par-dessus
la tête et va d'une oreille à l'autre. Le collier
montre plus d'invention : l'arrangement bien
entendu des divers grains de rassade et des
plaques d'or, est regardé comme la plus
grande preuve de goût et d'élégance. Lorsqu'une femme de distinction est en grande
toilette, les ornemens d'or qui composent
sa parure peuvent valoir tous ensemble de
cinquante à soixante livres sterling.

Il se consomme aussi une petite quantité d'or par les slatées, pour défrayer leurs
voyages à la côte, et leur retour : mais une
beaucoup plus grande portion est enlevée
annuellement par les maures, en échange de
sel et d'autres marchandises. Pendant mon séjour à Kamalia, l'or que gagnèrent les divers
marchands du lieu pour le sel seul, équi-
valoit presque à 198 liv. sterling ; et comme
Kamalia est une petite ville peu fréquentée
par les négocians maures, cette quantité
étoit probablement fort médiocre en comparaison de l'or recueilli à Kancaba, à
Kankarée et dans quelques autres grandes
villes. Le sel, dans cette partie de l'Afrique,
a une très-grande valeur : une brique d'environ deux pieds et demi de long sur

quatorze pouces de large et deux pouces
d'épaisseur, se vend quelquefois 2 liv. 10 sh.
sterling. Le prix ordinaire de cette quantité est de 1 liv. 15 sh. à 2 liv. Quatre de
ces briques sont regardées comme formant
la charge d'un âne : il en faut six pour
un bœuf. La valeur des marchandises européennes dans le Manding varie beaucoup,
suivant que la côte en fournit plus ou
moins, ou que l'on craint la guerre dans
le pays. Mais les retours de ces articles se
font ordinairement en esclaves. Le prix
d'un esclave de choix, lorsque j'étois à
Kamalia, étoit de 9 à 12 minkallis; et les
marchandises d'Europe avoient alors les
valeurs suivantes :

18 pierres à fusil,
48 feuilles de tabac, } un minkalli.
20 charges de poudre à tirer,
Un coutelas,
Un mousquet vaut de 3 à 4 minkallis.

Les productions du pays et les diverses
denrées nécessaires à la vie échangées contre
de l'or, se vendent aux taux suivans :

Denrées ordinaires pour la consommation
d'un jour, le poids d'un *teelee-kissi* (fève
noire, dont six font le poids d'un min-

kalli); un poulet, un teelee-kissi; une brebis, trois teelee-kissis; un bœuf, un minkalli; un cheval de 10 à 17 minkallis.

Les nègres pèsent l'or dans de petites balances qu'ils portent toujours sur eux. Ils ne mettent aucune différence de valeur entre la poudre d'or et l'or travaillé. Dans les échanges d'un article contre un autre, la personne qui reçoit l'or le pèse toujours avec son propre teelee-kissi. Il arrive par fois qu'on fait tremper ces fèves dans du beurre de shea pour les rendre plus pesantes; et j'ai vu une fois un caillou qu'on avoit usé de manière à lui donner exactement la forme d'une fève; mais ces fraudes ne sont pas très-communes.

Après avoir exposé tous les renseignemens que ma mémoire a pu me fournir sur la manière dont les africains retirent l'or de la terre, et sur la valeur qu'ils lui donnent dans leurs échanges, je passe à l'autre article dont j'ai promis de parler, l'ivoire.

Rien n'étonne plus les nègres de la côte, que l'empressement avec lequel les marchands européens cherchent à se procurer des dents d'éléphant. On a beaucoup de

peine à leur faire comprendre l'usage que
nous en faisons. Quoiqu'on leur montre
des couteaux à manche d'ivoire, des peignes
et d'autres petits objets faits de cette matière, et qu'ils soient convaincus que l'ivoire
ainsi manufacturé faisoit dans l'origine
partie d'une dent, ils ne sont pas satisfaits.
Ils soupçonnent que cette matière se convertit en Europe, en objets beaucoup plus
importans, qu'on leur cache avec soin, de
peur qu'ils n'augmentent le prix de l'ivoire.
Ils ne peuvent se persuader, disent-ils, que
l'on construise des vaisseaux, et que l'on
entreprenne des voyages pour se procurer
un article qui ne seroit bon qu'à faire des
manches de couteaux, etc., usages auxquels
des morceaux de bois seroient tout aussi
propres que de l'ivoire.

Les éléphans sont très-nombreux dans
l'intérieur de l'Afrique; mais ils semblent
être d'une autre espèce que ceux que l'on
trouve en Asie. Blumenbach, dans ses
figures d'objets d'histoire naturelle, a donné
de bons dessins d'une molaire de chacune
des deux espèces. M. Cuvier a donné aussi
dans le magasin encyclopédique, une no-
tice très-claire de leurs différences. Comme

je n'ai jamais vu l'éléphant d'Asie, j'ai mieux
aimé m'en rapporter à ces écrivains, que d'a-
vancer ce fait d'après mon opinion particulière. On a dit que l'éléphant d'Afrique
étoit d'un naturel moins docile que celui
d'Asie, et qu'il n'étoit pas susceptible d'être
apprivoisé. Il est certain que les nègres,
aujourd'hui, ne les apprivoisent pas : mais,
si nous considérons que les carthaginois
avoient toujours dans leurs armées des
éléphans familiarisés, et que même ils en
ont transporté quelques-uns en Italie dans
le tems des guerres puniques, il semble
plus facile à croire qu'ils avoient trouvé
l'art d'apprivoiser leurs propres éléphans,
que de supposer qu'ils se soumissent à la
dépense de faire venir à grands frais de
l'Asie de si énormes animaux. Peut-être
l'usage barbare de chasser les éléphans pour
avoir leurs dents, les a-t-il rendus plus fa-
rouches et moins faciles à traiter, qu'ils n'é-
toient dans les premiers tems.

La plus grande partie de l'ivoire que l'on
vend sur les rivières de Gambie et du Sénégal, vient des pays intérieurs. Les
terres voisines de la côte sont trop maré-
cageuses, trop entrecoupées de ruisseaux

et de rivières, pour qu'un animal aussi gros
que l'éléphant traverse librement ces contrées, sans être aperçu : or, sitôt que les
naturels ont vu sur la terre une empreinte
de ses pieds, tout le village prend les armes. L'espoir de manger sa chair, de faire
des sandales de sa peau, et de vendre ses
dents aux européens, inspire à chacun du
courage, et rarement l'animal échappe à ses
ennemis. Mais dans les plaines du Bambara et du Kaarta, et dans les vastes so-
litudes du Jallonkadou, les éléphans sont
très-nombreux ; et comme la poudre à canon est fort rare dans ces contrées, les naturels ont moins de moyens de leur nuire.
On trouve souvent dans les bois des dents
éparses, que les voyageurs sont très-attentifs
à chercher. L'éléphant a pour habitude d'enfoncer ses dents sous les racines des arbustes
et des buissons qui croissent dans les parties
hautes et sèches du pays, où le sol est léger
et peu profond. Il renverse aisément ces arbustes, et se nourrit des racines qui sont
en général plus tendres et plus remplies
de suc, que ne le sont le bois sec des branches, et même les feuilles. Mais lorsque
les dents sont en partie cariées par l'âge, et

que l'arbre ne cède pas, les grands efforts de l'animal les font quelquefois casser net. Je vis à Kamalia deux dents dont une étoit fort grande, qui avoient été trouvées dans les bois, et qui évidemment avoient été rompues de cette manière. Il seroit au reste difficile d'expliquer autrement la grande quantité d'ivoire en morceaux qu'on apporte à vendre aux différentes factoreries ; car lorsqu'un éléphant a été tué à la chasse, ses dents, à moins qu'il ne les ait brisées en se jetant dans quelque précipice, sont toujours retirées entières *.

Il y a de certains tems de l'année, où les éléphans se rassemblent en grands troupeaux, et traversent le pays pour aller chercher ou de l'eau, ou des alimens ; et comme toute la contrée qui est au nord du Niger est dépourvue de rivières, lorsque les mares des bois sont desséchées, les éléphans s'ap-

---

* L'éléphant se sert aussi de ses longues dents, ainsi que le rhinoceros de sa corne, pour fendre en lattes le tronc des arbres mous qu'il veut manger. Il y a sur cela et sur la manière dont on chasse l'éléphant dans l'orient de l'Afrique, des observations très-curieuses dans le cinquième volume in-4° du Voyage de Bruce. (*Notes du traducteur.*)

prochent des bords de ce fleuve. Ils y restent jusqu'au commencement de la saison
pluvieuse, vers les mois de juin ou de juillet;
et pendant ces intervalles, ils sont beaucoup
chassés par les habitans du Bambara, qui ont
de la poudre à perdre. Les chasseurs d'éléphans sortent rarement seuls : ils se réunissent quatre ou cinq. Chacun se pourvoit
de poudre, de balles, et prend dans un sac
de cuir assez de farine de maïs pour servir
à sa consommation pendant cinq à six jours.
Ils entrent ainsi dans les parties les moins
fréquentées des forêts, et examinent avec
grand soin tout ce qui peut les conduire
à la découverte des éléphans. Quoique l'animal soit fort gros, cette recherche demande
beaucoup d'attention. Les branches rompues, les fientes éparses de l'éléphant,
les empreintes de ses pieds sont observées
attentivement de plusieurs chasseurs : à force
d'exercice et d'observation, ils ont acquis
dans cet art tant de sagacité, qu'aussitôt
qu'ils ont vu le pas d'un éléphant, ils vous
disent, avec une espèce de certitude, combien il y a de temps qu'il a passé, et à quelle
distance on doit le trouver.

S'ils rencontrent une troupe d'éléphans, ils

la suivent de loin jusqu'à ce qu'ils en voient quelqu'un s'éloigner des autres, et venir dans une position où ils puissent le tirer avec avantage. Ils s'approchent, en ce cas, avec beaucoup de précaution, rampant entre les herbes, jusqu'à ce qu'ils soient assez près pour être sûrs de leur coup. Ils tirent alors tous leur coup à-la-fois, et se jettent dans l'herbe la face contre-terre. L'éléphant blessé va sur-le-champ se frotter contre différens arbres : mais, ne pouvant arracher les balles, et ne voyant personne sur qui se venger, il devient furieux et se met à courir à travers les broussailles, jusqu'à ce qu'épuisé par la fatigue et la perte de son sang, il donne aux chasseurs occasion de faire sur lui une seconde décharge, qui ordinairement l'abat.

On enlève alors la peau, qu'on étend par terre, en l'assujétissant avec des chevilles pour la faire sécher. On coupe les morceaux de chair les plus estimés, en tranches minces que l'on fait sécher au soleil pour s'en servir dans l'occasion. On enlève les dents avec une petite hache que les chasseurs portent toujours avec eux, non-seulement pour cet usage, mais aussi pour pouvoir couper les arbres qui renferment du miel : car, quoi-

qu'ils n'emportent des provisions que pour
cinq ou six jours , si leur chasse est heu-
reuse , ils restent quelquefois des mois entiers dans la forêt. Ils se nourrissent, pendant ce temps-là , de chair d'éléphant et
de miel sauvage.

L'ivoire que procurent ces chasses , est
rarement apporté à la côte par les chasseurs
eux-mêmes. Ils le vendent à des marchands
ambulans , qui viennent annuellement de la
côte avec des armes et des munitions pour
acheter cette précieuse marchandise. Quelques-uns de ces marchands ramassent, dans
le cours d'une saison , assez d'ivoire pour
charger quatre ou cinq ânes. Il vient aussi
de l'intérieur , une grande quantité d'ivoire
qu'apportent les troupes d'esclaves. Cependant, il se trouve des slatées mahométans ,
qui par principes de religion ne veulent
pas traiter de l'ivoire, ni manger de la chair
d'éléphant , à moins que l'animal n'ait été
tué à coups de lance.

Il ne se ramasse pas , dans cette partie de
l'Afrique, autant d'ivoire; et les dents n'y
sont pas aussi grosses que dans les contrées
les plus voisines de la ligne. Peu pèsent ici
plus de quatre-vingt ou cent livres ; et l'une

dans l'autre, une *barre* de marchandises européennes peut être regardée comme le prix d'une livre d'ivoire.

Je crois avoir exposé, avec assez de détail, dans ce chapitre et dans les précédens, la nature et l'étendue des rapports commerciaux qui subsistent aujourd'hui, et durent depuis long-temps entre les nègres, habitans des pays que j'ai visités, et les nations de l'Europe. Il paroît que les esclaves, l'or et l'ivoire réunis à quelques articles dont j'ai parlé au commencement de mon ouvrage, savoir, la cire et le miel, les cuirs, les gommes, et les bois de teinture, composent tous les objets d'exportation. J'ai cependant indiqué d'autres denrées, comme faisant partie des produits de l'Afrique; telles que des grains de différentes espèces, du tabac, de l'indigo, du coton en laine, et peut-être quelques autres. Mais les nègres ne récoltent que pour leur consommation immédiate, tous ces objets qui demandent de la culture et du travail; et sous le système actuel de leurs lois, de leurs mœurs et de leurs gou-nemens, on ne peut rien attendre de plus d'eux. Il n'y a cependant nul doute que toutes les riches productions des Indes orien-

tales et occidentales, ne pussent facilement
être naturalisées et portées à leur perfection
dans les parties de ce vaste continent qui
sont sous le tropique. Il ne faudroit pour
cela que des exemples capables d'éclairer
les naturels sur leurs intérêts, et quelque
instruction pour diriger leur industrie.
Je n'ai pu voir la prodigieuse fertilité du
sol, les immenses troupeaux de bétail
dont il est couvert, tous propres à nourrir l'homme, ou à travailler pour lui ; je n'ai
pu réfléchir en même temps sur les ressources
qui s'offrent d'elles-mêmes pour une navigation intérieure, sans regretter qu'un pays si
généreusement traité par la nature restât
dans l'état inculte et barbare où je l'ai vu.
Je n'ai pas trouvé moins déplorable, qu'un
peuple dont les mœurs sont aussi douces et
le caractère si humain, fût plongé dans
les ridicules superstitions auxquelles il
est asservi, ou n'eût que la faculté de se
convertir à un système religieux, absurde
et fanatique, qui, sans éclairer l'esprit, est
souvent propre à avilir le cœur. Je pourrois
faire sur ce point plusieurs observations,
mais le lecteur pensera probablement que je
n'ai fait que trop de digressions, et je reviens
à la position où je me trouvois à Kamalia.

CHAPITRE XXIV.

Suite de ce qui se passa à Kamalia. —
Manuscrits arabes dont les nègres maho-
métans font usage. — Réflexions sur la
conversion et l'éducation des enfans nègres.
— Retour de Karfa, le bienfaiteur de
M. Mungo Park. — Nouveaux détails
sur l'achat et le traitement des esclaves.
— Carême du rhamadan. — Comment il
est observé par les nègres. — Inquiétudes
de M. Mungo Park, relativement au jour
du départ. — La caravane se met en
route. — Sa description au moment de
son départ. — Ce qui lui arrive en chemin
jusqu'à Kinytakouro.

LE maître d'école, aux soins duquel Karfa
m'avoit confié pour le tems de son absence,
étoit un homme doux, paisible, et dont les
manières étoient affables ; il s'appeloit Fankouma ; et quoique fort strictement attaché
à la religion de Mahomet, il n'étoit nullement intolérant dans ses principes à l'égard

des personnes qui ne pensoient pas comme lui. Il passoit beaucoup de tems à lire, et l'enseignement de la jeunesse sembloit faire son amusement autant que son occupation. Son école étoit composée de dix - sept garçons, pour la plupart fils de kafirs, et de deux filles dont l'une étoit celle de Karfa. Les filles recevoient leur instruction pendant la journée ; mais les garçons prenoient une première leçon à la lumière d'un grand feu avant la pointe du jour, et une deuxième le soir : car étant considérés pendant le tems de leur éducation comme esclaves domestiques de leur professeur, ils étoient occupés toute la journée à planter du maïs, à apporter du bois pour le feu, et aux autres travaux serviles de la maison.

Outre le koran et un ou deux volumes de commentaires faits sur ce livre, le maître d'école possédoit plusieurs manuscrits qu'il avoit en partie achetés à des marchands maures, et en partie empruntés à des buschréens du voisinage, et copiés avec beaucoup de soin. J'avois eu occasion de voir dans le cours de mon voyage d'autres manuscrits. En parlant au maître d'école de ceux que j'avois vus, et en l'interrogeant

sur ceux qu'il me montroit, je découvris
que les nègres possédoient entre autres une
version arabe du pentateuque de Moïse,
qu'ils appellent *Taureta la Mousa*. On estime
tant cet ouvrage, qu'il se vend quelquefois
le prix d'un esclave de choix. Ils ont aussi
une version des pseaumes de David, *zabora
Dawidi*, et enfin le livre d'Isaïe qu'ils appellent *lingeeli la Isa*, et qui est fort estimé. Je soupçonne, il est vrai, qu'il y a
dans tous ces livres des interpolations de
quelques dogmes de Mahomet ; car j'ai distingué dans plusieurs passages, le nom de
ce prophète ; peut-être aussi ce fait eût-il pu
s'expliquer différemment, si j'avois mieux
su l'arabe. Au moyen de ces livres, plusieurs des nègres convertis ont acquis quelques connoissances des évènemens les plus
remarquables de l'ancien testament : l'histoire d'Adam et Eve, la mort d'Abel, les
vies d'Abraham, d'Isaac et de Jacob, l'histoire de Joseph et de ses frères, celles de
Moïse, de David, de Salomon etc. m'ont été
racontées par plusieurs personnes, en langage mandingue avec assez d'exactitude. Je
ne fus pas plus surpris d'entendre les nègres
me parler de ces faits, qu'ils ne le furent eux-

mêmes de voir que je les connoissois ; car quoique les nègres, en général, aient une grande idée de la richesse et du pouvoir des européens, je pense que ceux d'entre eux qui sont convertis à la foi mahométane, pensent assez légèrement de nos connoissances supérieures en matière religieuse. Les blancs qui viennent traiter sur les bords de la mer, ne prennent aucun soin pour détruire ce malheureux préjugé. Ils pratiquent toujours en secret l'exercice de leur culte, et condescendent rarement à avoir avec les nègres quelque conversation familière et instructive. Je m'étonnois donc moins que je ne regrettois de voir que, tandis que la religion mahométane avoit contribué à répandre quelques rayons de lumière parmi ces pauvres peuples, la précieuse lumière du christianisme n'avoit pu pénétrer chez eux. Je ne pouvois que m'affliger de ce que la côte d'Afrique étant connue et fréquentée par les européens depuis plus de deux cents ans, les nègres étoient encore absolument étrangers aux dogmes de notre sainte religion. Nous mettons de l'intérêt à tirer de l'obscurité les opinions et les monumens des anciens peuples ; nous recherchons les beautés de la littérature

arabe ou asiatique, etc. Et tandis que nos
bibliothèques sont meublées de la science de
divers pays, nous distribuons d'une main
avare les lumières de la religion aux nations
aveugles de la terre. Les naturels de l'Asie
tirent peu d'avantage, à cet égard, de leurs
rapports avec nous, et je crains que ces pauvres africains que nous traitons de barba-
res, ne nous regardent comme une race de
redoutables, mais ignorans païens.

  Lorsque je montrai la grammaire arabe de
Richardson à quelques slatées sur la Gambie,
ils furent étonnés d'apprendre que des européens pouvoient entendre et écrire la langue
sacrée de leur religion. D'abord ils soupçon-
nèrent que ce livre pouvoit avoir été écrit
par quelque esclave arabe acheté à la côte ;
mais en l'examinant de plus près, ils convinrent qu'il n'y avoit point de buschréens qui
pût écrire de si beaux caractères arabes ; et
l'un d'eux offrit de me donner un âne et six
barres de marchandises, si je voulois lui donner ce livre. Peut-être une légère et courte
instruction du christianisme, telle qu'on la
trouve dans quelques catéchismes destinés
aux enfans, imprimée avec soin en arabe,
suffiroit-elle pour produire parmi ces peu-

ples un merveilleux effet. La dépense ne
seroit qu'une bagatelle ; la curiosité enga-
geroit plusieurs personnes à lire ce livre;
et la supériorité évidente qu'il auroit sur
tous les manuscrits, tant par l'élégance
des caractères, que par la modicité du
prix, pourroit enfin lui obtenir une place
parmi les livres classiques de l'Afrique.

Les réflexions que je me suis permises
sur cet important sujet, se présentèrent
d'elles-mêmes à mon esprit, en voyant
l'encouragement qu'on donnoit en plusieurs parties de l'Afrique, à l'instruction
telle qu'on l'a dans le pays. Je remarquai à Kamalia, que les écoliers étoient
presque tous des enfans de païens. Leurs
parens ne pouvoient donc avoir aucune
prédilection pour la doctrine de Mahomet :
leur but étoit l'éducation de leurs enfans ; et si un systême plus instructif se
fût offert à eux, il auroit probablement
été préféré. Les enfans ne manquoient
pas non plus d'émulation, ce que leur
maître cherchoit à encourager. Lorsqu'un
de ces élèves a lu en entier le koran,
et fait un certain nombre de prières, le
maître d'école prépare une fête ; l'écolier

subit un examen, ou pour m'exprimer à la manière européenne, prend ses degrés. J'ai assisté à trois inaugurations de cette espèce ; et j'ai entendu avec plaisir, les réponses claires et spirituelles que faisoient les élèves aux buschréens, qui dans ces occasions faisoient le rôle d'examinateurs. Lorsque ceux-ci étoient satisfaits de l'instruction et des talens du récipiendaire, on lui mettoit en main la dernière page du koran, en le priant de la lire tout haut. Quand il avoit fini cette lecture, il pressoit le papier contre son front, et prononçoit le mot *amen* : sur quoi tous les buschréens se levoient, et lui serrant amicalement la main, lui donnoient le titre de buschréen.

Après qu'un élève a subi cet examen, on avertit ses parens qu'il a achevé son éducation, et qu'il est à propos qu'ils rachètent leur fils, en donnant en échange au maître d'école, un esclave ou sa valeur ; ce qui se fait toujours quand les parens en ont le moyen ; sinon le jeune homme reste esclave domestique du maître d'école, jusqu'à ce qu'il puisse, par son industrie, amasser de quoi se racheter lui-même.

Environ une semaine après le départ de

Karfa, trois maures arrivèrent à Kamalia,
avec une quantité considérable de sel et
d'autres marchandises qu'ils avoient obte-
nues à crédit, d'un marchand du Fezzan,
arrivé depuis peu à Kancaba. Ils s'étoient
engagés à lui payer les marchandises lorsqu'ils les auroient vendues ; ce qu'ils espé-
roient pouvoir faire dans le cours d'un
mois. Comme c'étoient de rigides buschréens, on leur prêta deux des huttes de
Karfa, et ils vendirent leurs denrées avec
un fort grand bénéfice.

Le 24 janvier, Karfa revint à Kamalia
avec plusieurs personnes et treize esclaves
d'élite qu'il avoit achetés. Il amena aussi
une jeune fille qu'il avoit épousée à Kancaba, comme sa quatrième femme, et aux
parens de laquelle il avoit donné en indemnité trois esclaves. Elle fut reçue amicalement, à la porte du baloun, par les
autres femmes de Karfa : celles-ci conduisirent leur nouvelle compagne dans une des
meilleures huttes qu'elles avoient fait net-
toyer et blanchir * exprès pour la recevoir.

* Les nègres blanchissent leurs huttes avec un mélange d'os calcinés et d'eau auquel on ajoute ordinairement un peu de gomme.

Mes habits étoient alors si usés, que j'o-
sois à peine paroître dehors. Mais Karfa,
le lendemain de son arrivée, me fit généreusement présent d'une grande culotte et
d'un vêtement comme on les porte dans
le pays.

Les esclaves que Karfa avoit amenés avec
lui, étoient tous prisonniers de guerre. Ils
avoient été pris par l'armée du Bambara
dans les royaumes de Wassela et de Kaarta,
et conduits à Sego, où quelques-uns d'eux
avoient resté trois ans dans les fers. De
Sego on leur avoit fait remonter le Niger,
en compagnie de beaucoup d'autres prisonniers, sur deux grands canots; et on les
avoit mis en vente à Yamina, à Bammakou
et à Kancaba. Le plus grand nombre fut
échangé dans ces endroits pour de la poudre d'or, le reste fut envoyé à Kankarée.

Onze d'entre eux m'avouèrent qu'ils
étoient esclaves depuis leur enfance; mais
les deux autres refusèrent de me dire quelle
avoit été leur première condition. Tous
étoient fort questionneurs : ils me regar-
dèrent d'abord avec horreur, et me de-
mandèrent à plusieurs reprises s'il étoit
vrai que mes compatriotes fussent canniba-

les. Ils desiroient beaucoup de savoir ce que
devenoient les esclaves quand ils avoient
passé l'eau salée. Je leur dis qu'on les
employoit à cultiver la terre ; mais ils
ne vouloient pas me croire, et l'un d'eux
mettant sa main sur la terre, me dit avec
une grande simplicité : Avez-vous réellement une terre comme celle-ci, sur laquelle vous posiez vos pieds ? Une per-
suasion profondément enracinée dans l'esprit des nègres, c'est que les blancs achètent
les esclaves noirs exprès pour les manger
ou pour les vendre à d'autres qui les man-
geront, et cela leur fait naturellement
regarder avec une grande terreur, un
voyage à la côte : aussi les slatées sont
obligés de les tenir continuellement dans
les fers, et de les veiller de très-près
pour les empêcher de s'échapper. On s'as-
sure ordinairement d'eux, en mettant dans
la même paire de fers la jambe droite de
l'un, et la jambe gauche de l'autre ; ils
peuvent marcher, mais fort lentement,
en soutenant leurs fers avec une corde.
Ils sont attachés de quatre en quatre par
le cou, avec une forte corde faite de la-
nières tressées. Dans la nuit, on leur met

aux mains une nouvelle paire de fers, et quelquefois on leur passe au cou une lé- gère chaîne de même métal.

Ceux qui donnent des marques de mé- contentement sont assujettis d'une autre ma- nière. On coupe un épais billot de bois d'en- viron trois pieds de long, sur un côté duquel on fait une entaille évasée. On fait entrer la jambe de l'esclave dans cette entaille à la- quelle on l'attache par le moyen d'une forte vertevelle de fer, dont une branche passe de chaque côté de la cheville. Toutes ces en- traves et ces verroux sont faits avec du fer du pays : dans la circonstance dont je parle, ils furent placés par le forgeron, aussitôt que les esclaves furent arrivés de Kancaba; et on ne les ôta que le jour où la troupe partit pour la Gambie.

A d'autres égards, le traitement des es- claves, pendant leur séjour à Kamalia, fut loin d'être cruel. On les conduisoit tous les matins, avec leurs fers, à l'ombre d'un ta- marin; et là, on les encourageoit à jouer à des jeux de hasard, et à chanter des airs gais qui pussent les réjouir. Car quoique quelques-uns soutinssent leur malheur avec un courage étonnant, ils étoient, pour la

plupart, fort abattus et restoient tout le
jour assis dans une posture mélancolique,
avec des regards fixés vers la terre. Le soir,
on examinoit leurs entraves, on leur mettoit les fers aux mains, et on les conduisoit
dans leurs grandes huttes, où ils étoient gar-
dés pendant la nuit, par des esclaves domestiques de Karfa. Malgré toutes ces précautions, environ une semaine après leur arrivée, un des esclaves eut l'adresse de se
procurer un petit couteau, avec lequel il
ouvrit les anneaux de ses fers, coupa la
corde, et s'échappa. Il s'en seroit probablement enfui plusieurs, s'ils s'étoient prêté
secours les uns aux autres. Mais l'esclave ne
fut pas plutôt en liberté, qu'il refusa de s'arrêter pour aider ses compagnons à rompre
la chaîne qui étoit attachée autour de leurs
cous.

Tous les slatées et tous les esclaves qui
faisoient partie de la caravane, étant alors
rassemblés à Kamalia, ou dans les villages
voisins, on auroit pu croire que nous par-
tirions bientôt pour la Gambie. Mais quoiqu'on eût souvent fixé le jour du départ,
on trouvoit toujours quelque motif pour le
changer. Quelques personnes n'avoient pas

préparé leurs provisions sèches ; d'autres
avoient été visiter leurs parens, ou se faire
payer de quelques petites dettes ; et enfin
il étoit nécessaire d'examiner si le jour choisi
seroit heureux. Par ces raisons, ou par d'autres semblables, notre départ fut retardé de
jour en jour, jusque bien avant dans le mois
de février ; après quoi, tous les slatées convinrent de rester où ils étoient, jusqu'à ce
que la *lune du jeûne fut passée*. A ce sujet,
je dois remarquer que la perte du temps
est un objet peu intéressant aux yeux d'un
nègre : s'il a quelque chose d'important à
faire, il lui est indifférent de le faire aujourd'hui, demain, ou dans un ou deux
mois. Tant qu'il peut passer le présent avec
quelque satisfaction, il met peu d'intérêt à
l'avenir.

Le carême du rhamadan fut observé avec
une grande sévérité par tous les buschréens ;
mais au lieu de me forcer à suivre leur
exemple, comme avoient fait les maures en
pareille occasion, Karfa me dit franche-
ment que j'étois libre de suivre mon incli-
nation. Afin de montrer du respect pour
leurs opinions religieuses, je jeûnai pendant trois jours, ce qui fut regardé comme

suffisant pour m'épargner l'odieuse épithète de kafir. Pendant le jeûne, tous les slatées qui appartenoient à la troupe destinée à partir, s'assembloient chaque matin, dans la maison de Karfa. Là, le maître d'école leur faisoit quelque lecture pieuse dans un grand volume in-folio, dont l'auteur étoit un arabe nommé Scheiffa. Le soir, celles des femmes qui avoient embrassé le mahométisme, se réunissoient, et disoient leurs prières publiquement à la misoura. Elles étoient toutes vêtues de blanc, et faisoient avec une solemnité convenable les différents prosternemens prescrits par leur religion. Pour dire la vérité, les nègres, pendant tout le jeûne du rhamadan, se conduisirent avec une douceur, une humilité qui formoient un constraste parfait avec l'intolérance barbare et la brutale bigotterie que montrent les maures à cette époque.

Lorsque le mois du jeûne fut presque fini, les buschréens s'assemblèrent à la misoura pour épier l'apparition de la nouvelle lune. Mais le ciel étant, ce soir là, nébuleux, ils furent pendant quelque temps trompés dans leur espoir; et plusieurs étoient déja retournés chez eux, avec la résolution de jeûner un jour de plus, lorsque tout-à-coup cet astre tant attendu, sortant de derrière un nuage, montra son croissant, et fut salué avec des claquemens de mains, des battemens de tambour, des décharges de mousquets, et autres marques de réjouissance. Cette lune étant regardée comme très-heureuse, Karfa donna des ordres pour que toutes les personnes appartenantes à la caravane, emballassent leurs provisions sèches, et se tinssent prêtes à partir.

Le 16 avril, les slatées tinrent conseil, et choisirent le 19 du même mois, jour auquel on devoit partir de Kamalia. Cette résolution me tira d'inquiétude : car notre départ avoit été si long-tems différé, que je craignois qu'il ne fût remis jusqu'au commencement de la saison pluvieuse ; et quoique Karfa me traitât avec beaucoup de bienveillance, j'étois loin de trouver ma situation agréable. Les slatées me montroient beaucoup d'inimitié ; les marchands maures qui étoient alors à Kamalia, continuoient, depuis le moment de leur arrivée, à chercher des moyens de me nuire. Je sentois que, dans ces circonstances, ma vie dépendoit en grande partie de la bonne opinion qu'avoit de moi un indi-

a. 7

vidu à qui chaque jour on faisoit des histoires
calomnieuses sur les européens ; et je pouvois
difficilement me flatter qu'il jugeât impartial-
lement entre moi et ses compatriotes. Le
temps, à la vérité, m'avoit habitué à la
manière de vivre du pays ; une cabane en-
fumée et un mauvais souper ne m'étoient pas
fort pénibles. Mais je me lassois, à la fin,
d'un état continuel d'alarmes et d'inquiétudes ; et je soupirois tristement vers les jouissances que procure une société cultivée.

Dans la matinée du 17, il arriva une circonstance, qui fit en ma faveur un changement considérable. Les trois marchands
maures qui, depuis leur arrivée à Kamalia,
avoient toujours logé sous la protection de
Karfa, et avoient gagné l'estime de tous
les buschréens, par les apparences d'une
grande sainteté, firent subitement leurs paquets, et sans même faire à Karfa un remer-
ciment pour toutes ses bontés, passèrent les
montagnes pour aller à Bala. Chacun fut surpris de ce départ inattendu ; mais l'affaire s'é-
claircit le soir, par l'arrivée du marchand du
Fezzan, qui venoit de Kancaba, et dont j'ai
parlé plus haut. Il assura à Karfa, que ces
marchands maures lui avoient emprunté tout

leur sel et toutes leurs marchandises, et qu'ils l'avoient envoyé chercher pour venir à Kamalia recevoir leur paiement. Lorsqu'on lui eut dit qu'ils étoient partis du côté de l'ouest, il essuya avec la manche de son habit une larme de chacun de ses yeux, et s'écria : ces skirrukas (voleurs) sont mahométans; mais ce ne sont pas des hommes; ils m'ont volé deux cents minkallis. J'appris par ce marchand, la prise qu'avoient faite les français de notre convoi de la méditerranée, en octobre 1795.

Le 19 avril, jour tant désiré de notre départ, étoit enfin arrivé. Les slatées ayant ôté les fers à leurs esclaves, ils s'assemblèrent avec eux devant la porte de la maison de Karfa, où tous les paquets étoient préparés. Chacun prit la charge qui lui fut assignée. La caravane, à son départ de Kamalia, consistoit en vingt-sept esclaves destinés à la vente, qui appartenoient à Karfa et à quatre autres slatées. Mais nous en reprîmes ensuite cinq à Marabou, et trois à Bala : le tout composoit donc trente-cinq esclaves. Les hommes libres étoient au nombre de quatorze; mais la plupart avoient avec eux une ou deux femmes, et quelques esclaves domestiques : de plus,

le maître d'école qui retournoit alors à Woradou, lieu de sa naissance, prit avec lui huit
de ses écoliers; de façon que le nombre des
hommes libres, joint à celui des esclaves domestiques, se montoit à trente-huit. La caravane entière composoit soixante-treize personnes. Parmi les hommes libres étoient six
jillakées (chanteurs), dont les talens harmo-
niques étoient souvent exercés, soit pour
nous distraire de nos fatigues, soit pour nous
procurer un bon accueil de la part des étrangers. Lorsque nous partîmes de Kamalia, nous
fûmes suivis, pendant environ un demi-
mille, par presque tous les habitans de la
ville, dont quelques-uns pleuroient et ser-
roient la main à leurs parens prêts à partir.
Lorsque nous fûmes parvenus à une élévation d'où nous voyions Kamalia, toutes les
personnes appartenantes à la caravane, reçurent ordre de s'asseoir d'un côté, ayant le
visage tourné vers l'ouest; les gens de la ville,
furent priés de s'asseoir de l'autre côté, le
visage tourné vers Kamalia. Alors le maître
d'école et deux des principaux slatées, s'é-
tant placés entre les deux grouppes, pronon-
cèrent d'un ton solemnel une longue prière;
après quoi, ils marchèrent trois fois autour

de la caravane, en faisant des marques sur la terre avec la pointe de leurs lances, et marmottant quelques paroles par manière de charme. Lorsque cette cérémonie fut terminée, toutes les personnes qui composoient la caravane, se levèrent brusquement ; et sans prendre autrement congé de leurs amis, se mirent en marche.

Comme plusieurs des eslaves avoient passé des années dans les fers, l'effort subit qu'ils furent obligés de faire pour marcher vîte, en portant sur leurs têtes de fortes charges, leur fit éprouver dans les jambes des contractions spasmodiques. Nous n'avions pas fait plus d'un mille, qu'il fallut en ôter deux de la corde, et leur permettre de marcher plus lentement, jusqu'à ce que nous eussions gagné Marabou, village muré, où quelques personnes nous attendoient pour se joindre à la caravane. Nous restâmes là environ deux heures, pour donner aux gens qui nous joignoient, le tems de faire leurs paquets ; puis nous continuâmes notre route vers Bala, ville où nous arrivâmes vers quatre heures de l'après-midi. Les habitans de Bala, à cette époque, subsistent principalement de poisson qu'ils pren-

nent en grande abondance dans les ruisseaux
du voisinage. Nous y restâmes jusqu'à l'a-
près-midi du lendemain 20, que nous partîmes pour Worumbang, village qui forme
la frontière du Manding, du côté du Jallonkadou. Comme nous nous proposions
d'entrer bientôt dans les déserts de Jallonka, les habitans de ce village nous
fournirent une grande quantité de provisions ; et le matin du 21, nous entrâmes
dans les bois à l'ouest de Worumbang. Après
avoir fait un peu de chemin, on tint conseil pour savoir si nous continuerions notre
route par le désert, ou si nous épargnerions
un jour de consommation de nos provisions, en allant par Kinytakouro, ville
du Jallonkadou. La matière délibérée pendant quelque tems, il fut convenu que
nous prendrions la route de Kinytakouro;
mais comme cette ville étoit éloignée d'une
grande journée de marche, il fallut prendre quelque rafraîchissement. Chacun en
conséquence ouvrit son sac de provisions,
et en tira une poignée ou deux de farine,
qu'il apporta au lieu où étoient assis Karfa
et les slatées. Lorsque le tout fut conve-
nablement arrangé dans des écuelles de

calebasse, le maître d'école fit une courte prière, dont la substance étoit : « Que Dieu et le saint Prophète puissent nous préserver des voleurs! Puissent les provisions ne jamais nous manquer, et nos membres ne point se fatiguer ! »

Après cette cérémonie , chacun prit sa part de farine et but un peu d'eau ; puis nous repartîmes , courant plutôt que marchant, jusqu'à ce que nous fussions arrivés à la rivière Kokoro, bras du Sénégal, où nous nous reposâmes environ dix minutes. Les bords de cette rivière sont très-hauts, et l'on reconnoissoit à l'aspect des herbes et des branches , que l'eau , à cet endroit, s'étoit élevée dans la saison pluvieuse, à plus de vingt pieds perpendiculaires au-dessus de ce que nous la voyions. Ce n'étoit alors qu'un ruisseau semblable à ce qu'il faut pour faire tourner un moulin. Il étoit rempli de poissons. Les crocodiles qui y abondent, et le danger qu'il y a à le passer à gué dans la saison pluvieuse , lui ont fait donner le nom de *Kokoro* qui veut dire dangereux. De-là nous continuâmes à marcher avec beaucoup de célérité ; et dans l'après-midi, nous traversâmes deux petits bras du Kokoro.

Vers le coucher du soleil, nous fûmes en vue de Kinytakouro, ville considérable presque carrée, située au milieu d'une grande plaine bien cultivée. Avant d'y entrer, nous fîmes halte pour attendre les gens qui étoient restés derrière. Pendant la marche de cette journée, deux esclaves, une femme et une fille qui appartenoient à un slatée de Bala, se trouvèrent si fatiguées qu'elles ne pouvoient suivre la troupe; elles furent rudement fouettées, et on les traîna jusques vers trois heures de l'après-midi, que l'une et l'autre furent affectées de vomissemens. On découvrit par-là qu'elles avoient mangé de l'argile. C'est un usage assez familier aux nègres; mais je ne peux décider s'il provient d'un dérangement d'appétit, ou d'une envie de s'empoisonner. On permit à ces femmes de se coucher dans les bois, et il resta trois personnes avec elles pour les garder, jusqu'à ce qu'elles se fussent reposées : mais elles n'arrivèrent à la ville qu'après minuit; et elles étoient si épuisées de fatigue, que le slatée à qui elles appartenoient, abandonna toute idée de leur faire traverser les bois dans l'état où elles étoient. Il se détermina à retourner avec elles à Bala, et à attendre une autre occasion.

Comme c'étoit la première ville que nous trouvions hors des frontières du Manding, on observa plus d'étiquette qu'à l'ordinaire. Chacun eut ordre de garder sa position, et nous marchâmes vers la ville, formant une sorte de procession, à-peu-près dans l'ordre qui suit. En avant étoient cinq à six chanteurs, tous appartenant à la caravane : ils étoient suivis par les autres personnes de condition libre. Venoient ensuite les esclaves attachés à la manière ordinaire, par une corde passée autour de leurs cous : quatre tenoient à la même corde; et il y avoit, entre chaque groupe de quatre, un homme avec une lance. Après eux, venoient les esclaves domestiques, et en dernier lieu, les femmes libres, épouses des slatées, et autres. Nous avançâmes de cette manière jusqu'à cent toises de la porte. Les chanteurs commencèrent alors une chanson à haute voix, très-propre à flatter la vanité des habitans, et dans laquelle on vantoit leur hospitalité connue pour les étrangers, et particulièrement leur amitié pour les mandingues. En entrant dans la ville, nous

nous rendîmes au bentang, où le peuple
se réunit autour de nous pour écouter notre
dentegi (histoire) : elle fut racontée publiquement par deux des chanteurs. Ils rappor-
tèrent toutes les petites circonstances qui
avoient rapport à la caravane, commençant
par les évènemens arrivés le même jour,
et remontant ainsi la série des faits jusqu'à
Kamalia. Lorsqu'ils eurent fini leur récit,
le chef de la ville leur fit un petit présent;
et tous les gens de la troupe, tant esclaves
qu'hommes libres, furent invités, soit par
une personne, soit par l'autre, et pourvus
pour la nuit, de logement et de subsistances.

CHAPITRE XXV.

La caravane traverse le désert de Jallonka.
— Triste fin d'une des femmes esclaves.
— On arrive à Souseta. — On se rend
à Manna. — Quelques détails sur les
jallonkas. — On traverse le principal
courant du Sénégal. — Pont d'une cons-
truction singulière. — On arrive à Mala-
cotta. — Conduite remarquable du roi
des jaloffs.

N o u s restâmes à Kenytakouro jusqu'à
midi du 22 d'avril, que nous partîmes pour
un village situé à vingt-deux milles de là
dans l'ouest. Les habitans de ce dernier
endroit craignant les hostilités des foulahs
du Fouladou, s'occupoient alors à cons-
truire de petites huttes temporaires dans des
rochers, sur la pente d'une haute colline
près du rivage. La situation qu'ils avoient
choisie, environnée par-tout de profonds
précipices, étoit presque imprenable. Ils
avoient laissé un sentier par lequel il ne

pouvoit monter qu'une personne à-la-fois.
Sur la crête de la colline, immédiatement
au-dessus de ce sentier, je remarquai plusieurs monceaux de grandes pierres entas-
sées, que les habitans destinoient, me dirent-
ils, à jeter aux foulahs, si ceux-ci tentoient
de monter à l'assaut.

Le 23, à la pointe du jour, nous sor-
tîmes de ce village, et nous entrâmes dans
le désert de Jallonka. Dans le cours de la
matinée, nous passâmes par les ruines de
deux petites villes qui avoient été brûlées
par les foulahs. Le feu avoit dû être fort
ardent ; car je remarquai que les murs de
plusieurs des huttes étoient légèrement
pétrifiés, et paroissoient de loin comme
vernis. Vers dix heures, nous arrivâmes à
la rivière de Wonda, qui est un peu plus
large que le Kokoro. Le courant, dans ce
moment en étoit un peu vaseux, ce qui étoit
occasionné, m'assura Karfa, par des bancs
prodigieux de poissons. On en voyoit effectivement dans toutes les directions, et dans
une si grande abondance, qu'il me sembla
que l'eau elle-même avoit un goût et une
odeur de poisson. Aussitôt que nous eûmes
traversé la rivière, Karfa donna des ordres

pour que toutes les personnes de la caravane se tinssent à l'avenir les unes près des
autres , et que chacun marchât à son rang:
Les guides et les jeunes gens furent en
conséquence placés à l'avant - garde, les
femmes et les esclaves au centre, et les
hommes libres à l'arrière-garde. Nous marchâmes dans cet ordre avec une vîtesse
extraordinaire jusqu'au coucher du soleil,
par un pays boisé, mais béau, agréablement
entrecoupé de montagnes et de vallées, et
peuplé de perdrix, de poules de Guinée, et
de cerfs.

Le soir, nous arrivâmes à un joli ruisseau nommé *co-meissang*. Mes bras et mon
cou ayant été toute la journée exposés au
soleil, et irrités dans la marche par le frot-
tement de mes habits ; étoient fort enflammés et couverts de cloches. Je saisis avec
plaisir l'occasion de me baigner dans le
ruisseau pendant que la troupe se reposoit.
Ce remède, uni à la fraîcheur du soir,
diminua beaucoup l'inflammation. A environ
trois milles à l'ouest du co-meissang, nous
fîmes halte dans un bois épais, et nous
allumâmes nos feux pour la nuit. Tout le
monde étoit très-fatigué; nous avions fait

ce jour là, autant que j'en peux juger, environ trente milles : mais on n'entendit personne se plaindre. Tandis qu'on préparoit le souper, Karfa fit casser par un esclave quelques branches d'arbre pour faire mon lit. Lorsque nous eûmes fini notre repas, consistant en kouskous humecté avec de l'eau bouillante, et lorsqu'on eut mis les esclaves aux fers, nous nous couchâmes tous pour dormir. Mais nous fûmes souvent troublés par le rugissement des bêtes féroces, et par les importunités des petites fourmis brunes.

Le 24 avril, avant la pointe du jour, les buschréens dirent leurs prières du matin, et la plupart des hommes libres burent un peu de *moéning* (espèce de gruau) dont on donna aussi une partie à ceux des esclaves qui paroissoient le moins en état de soutenir la fatigue. Une des femmes esclaves de Karfa, étoit fort absorbée, et lorsqu'on lui offrit du gruau, elle refusa d'en prendre. Aussitôt que le jour parut, nous partîmes, et nous marchâmes toute la matinée, par un pays désert, sur un sol rocailleux, qui endommagea beaucoup mes pieds. Je craignois fort de ne pouvoir suivre la troupe pendant toute la journée ; mais je fus en grande partie délivré de cette inquiétude, en voyant que mes compagnons de voyage étoient aussi abattus que moi. La femme esclave qui avoit refusé le matin de prendre de la nourriture, commença à demeurer en arrière, et à se plaindre vivement de douleurs dans les jambes : on lui ôta sa charge, qu'on donna à un autre esclave, et elle eut ordre de marcher en avant de la troupe. Vers les onze heures, comme nous nous reposions près d'un petit ruisseau, quelques personnes découvrirent une ruche d'abeilles dans un arbre creux, et elles alloient procéder à en prendre le miel, lorsque le plus grand essain que j'eusse jamais vu en sortit, et commençant à attaquer la troupe, nous fit fuir de tous les côtés. La peur me prit le premier ; et je fus, je crois, le seul qui m'échappai sans être piqué. Lorsque nos ennemis jugèrent à propos de cesser de nous poursuivre, et pendant que chacun cherchoit à arracher les aiguillons qu'il avoit reçus, on découvrit que la pauvre femme, dont j'ai parlé, et qui s'appeloit Nealée, ne s'étoit pas levée de sa place. Comme plusieurs esclaves, dans leur retraite, avoient laissé derrière eux leurs paquets ; il fallut que quelques personnes retour-

nassent les chercher. Pour le faire sans danger, on mit le feu aux herbes, à une grande
distance à l'est de la ruche : et le vent chas-
sant au loin la flamme, les gens passèrent
à travers la fumée, et recouvrèrent les paquets. Ils amenèrent aussi avec eux la pauvre
Nealée, qu'ils trouvèrent couchée près du
ruisseau ; elle étoit fort exténuée, et s'étoit
traînée près du courant, dans l'espoir de se
défendre des abeilles, en jetant de l'eau sur
son corps. Mais cette mesure ne produisit
pas grand effet ; elle fut piquée d'effroyable
manière.

Lorsque les slatées lui eurent ôté autant
d'aiguillons qu'ils purent, on la lava avec de
l'eau ; puis on la frotta avec des feuilles pilées. Mais la malheureuse femme refusa obs-
tinément d'aller plus loin, déclarant qu'elle
mourroit plutôt que de faire un pas de plus.
Les prières et les menaces étant inutiles, on
eut enfin recours au fouet. Après en avoir
supporté patiemment quelques coups, elle
se leva brusquement, et marcha assez vigou-
reusement pendant quatre ou cinq heures de
suite. Elle tâcha alors de quitter la troupe ;
mais elle étoit si foible qu'elle tomba sur
l'herbe. Quoiqu'elle fût hors d'état de se lever,

le fouet fut encore mis en jeu , mais inutilement: sur quoi, Karfa pria deux slatées de
la placer sur l'âne qui portoit nos provisions
sèches. Mais elle ne pouvoit se soutenir; et
l'âne étant fort rétif, il fut impossible de la
conduire de cette manière. Cependant , les
slatées ne vouloient pas l'abandonner ; et la
marche du jour étant à-peu-près finie , ils
firent avec des bambous , une espèce de littière , sur laquelle elle fut placée et assujétie
avec des bandes d'écorce. Cette littière étoit
portée sur la tête de deux esclaves , dont un
marchoit devant l'autre ; deux suivoient pour
les relever au besoin. On la conduisit ainsi
jusqu'à la nuit, que nous arrivâmes près d'un
ruisseau , au pied d'une haute montagne appelée Gangarran-Kouro. Nous nous arrêtâmes là pour passer la nuit , et nous nous
mîmes à préparer notre souper. Comme nous
n'avions mangé depuis la veille qu'une poignée de farine , et que nous avions marché
toute la journée par un soleil brûlant, plusieurs des esclaves qui portoient des fardeaux
sur leurs têtes, étoient très-fatigués. Quelques-
uns faisoient craquer leurs doigts , ce qui ,
parmi les nègres , est un signe certain de désespoir. Sur-le-champ, les slatées les mirent

2. 8

tous aux fers. Ceux qui avoient donné le plus
de marques de découragement, furent mis à
part, et on leur attacha les mains. Le matin,
on trouva qu'ils avoient repris courage.

Le 25 avril, à la pointe du jour, on éveilla
la pauvre Nealée ; mais ses membres étoient
si roides et si endoloris, qu'elle ne pouvoit
ni marcher, ni se tenir debout. On la mit
donc, comme un cadavre, sur le dos de l'âne,
et les slatées tâchèrent de l'assujettir dans
cette position, en lui attachant les mains
sous le cou de l'animal, et les pieds sous son
ventre, avec de longues bandes d'écorce.
Mais l'âne étoit si indocile, qu'aucune espèce de traitement ne put l'engager à marcher avec sa charge. Nealée ne faisant aucun
effort pour se soutenir, elle fut bientôt ren-
versée, et eut une jambe fort froissée. Tous
moyens ayant ainsi été inutilement employés
pour la mener plus loin; un cri général s'éleva
de toute la troupe : *kang-tegi, kang-tegi*, cou-
pez lui la gorge, coupez-lui la gorge. Ne
voulant pas être témoin de ce massacre,
je hâtai le pas avec les plus avancés de la
troupe. Je n'avois pas fait plus d'un mille,
lorsqu'un des esclaves domestiques de Karfa
me rejoignit tenant au bout de son arc l'habit

de la pauvre Nealée, et me dit : *Nealée affi-
lita* (Nealée est perdue). Je lui demandai si les
slatées lui avoient donné ce vêtement en récompense de ce qu'il lui avoit coupé la gorge.
Il me répondit que Karfa et le maître d'école
n'avoient pas voulu consentir à cette mesure,
et qu'ils l'avoient laissée sur le chemin : il n'y
a nul doute qu'elle n'y ait bientôt péri, et
qu'elle n'ait été dévorée par les bêtes féroces.

Le triste sort de cette infortunée, malgré
le cri qu'avoit élevé la troupe, fit sur tous
les esprits une profonde impression ; et le
maître d'école jeûna en conséquence le jour
suivant. Nous continuâmes à marcher dans
un grand silence, et bientôt après nous traversâmes la rivière Furkoumah, qui étoit
à-peu-près aussi large que la rivière de
Wonda. Nous allions fort vîte, chacun craignant d'éprouver le même sort que la pauvre
Nealée. J'eus beaucoup de peine à me tenir
au pas, quoique j'eusse jeté ma lance et tout
ce qui pouvoit m'embarrasser en marchant.
Vers midi, nous vîmes une grande troupe
d'éléphans, mais ils nous laissèrent passer
sans nous inquiéter, et le soir, nous fîmes
halte près d'un bosquet de bambous ; mais
nous n'y trouvâmes point d'eau. Nous fûmes

donc forcés de faire encore quatre milles,
pour arriver à un petit ruisseau près duquel
nous passâmes la nuit. Nous avions fait, ce
jour là, autant que j'en pus juger, environ
vingt-six milles.

Le 26 avril, au matin, deux des élèves du
maître d'école se plaignirent de douleurs
dans les jambes : un des esclaves boîtoit;
les plantes de ses pieds étoient fort enflam-
mées, et avoient plusieurs ampoules. Nous
continuâmes cependant, et vers onze heures,
nous commençâmes à monter une colline
pierreuse, appelée Boki-Kouro. Il étoit plus
de deux heures après-midi, avant que nous
eussions atteint le plat pays de l'autre côté.
En peu de tems, nous arrivâmes à une belle
et grande rivière appelée *Boki*, que nous passâmes à gué; son eau transparente couloit
doucement sur un lit de cailloux. A environ
un mille à l'ouest de la rivière, nous
prîmes une route qui conduit au nord-est,
vers le *Gadou*. Les slatées voyant sur le
sable uni, les traces de plusieurs chevaux,
conclurent qu'un parti de brigands avoit
depuis peu passé par-là, pour tomber sur
quelque ville du Gadou; et de peur qu'à leur
retour, ils ne découvrissent que nous avions

passé, et ne tentassent de nous suivre à la piste, on commanda à la troupe de se disperser, et de marcher sans ordre au travers des herbes et des broussailles. Un peu avant la nuit, ayant passé la chaîne des montagnes qui sont à l'ouest de la rivière de Boki, nous vînmes à un puits, nommée *cullong-qui* (puits de sable blanc), où nous passâmes la nuit.

Le 27 avril, nous partîmes du puits, le matin de bonne heure, et nous marchâmes avec la plus grande ardeur, dans l'espoir de gagner une ville avant la nuit. Notre route, pendant la matinée, nous conduisit par de grands bois de bambous secs. Vers deux heures, nous vîmes un ruisseau appelé Nunkolo, où chacun de nous se régala d'une poignée de farine, qui, suivant un usage superstitieux, ne devoit pas être mangée qu'elle n'eût été humectée de l'eau de ce ruisseau. Vers quatre heures, nous parvînmes à Souseta, petit village Jallonka, situé dans le Kullo. Ce district comprend toute l'étendue de pays qui est le long des bords de la rivière noire, ou principale branche du Sénégal. C'étoient les premières habitations humaines que nous eussions vues depuis que

nous avions quitté le village à l'ouest de
Kenytakouro. Nous avions fait, dans l'espace de cinq jours, plus de cent milles. Là,
après beaucoup de prières, nous obtînmes
des huttes pour nous coucher; mais le maître
du village nous dit clairement qu'il ne pouvoit nous donner aucunes provisions, parce
qu'il y avoit eu depuis peu une grande disette dans cette partie du pays. Il nous assura qu'avant d'avoir fait leur récolte ac-
tuelle, les habitans de Kullo avoient été
vingt-neuf jours sans goûter de grain ; que,
pendant ce temps, ils avoient vécu unique-
ment de la poudre jaune, qu'on trouve dans
les cosses du *nitta* (espèce de mimosa, qu'appellent ainsi les naturels), et de graines de
bambous, qui bien pilées et préparées, ont
un goût fort semblable à celui du riz. Comme
nos provisions sèches n'étoient pas encore
épuisées, on apprêta pour notre souper
une quantité considérable de kouskous; et
plusieurs habitans du village furent invités
à partager notre repas. Mais ils reconnurent
mal cette attention ; car, dans la nuit, ils se
saisirent d'un des élèves du maître d'école
qui s'étoit endormi sous l'arbre du bentang,
et l'enlevèrent. L'enfant heureusement s'é-

veilla avant que d'être loin du village, et jeta un grand cri. L'homme qui le tenoit lui ferma la bouche avec sa main, et s'enfuit avec lui dans les bois. Apprenant ensuite que ce jeune homme appartenoit au maître d'école, dont la demeure n'étoit éloignée que de trois journées, il présuma bien, je pense, qu'il ne pourroit le garder comme esclave sans le consentement du propriétaire ; en conséquence, il le dépouilla de ses habits, et le laissa revenir.

Le 28 avril, le matin de bonne heure, nous partîmes de Souseta, et sur les dix heures nous arrivâmes à une ville non murée appelée Manna. Ses habitans étoient alors occupés à recueillir les fruits des arbres *nittas*, qui sont très-communs dans ce canton. Les cosses sont longues et étroites et contiennent quelques semences noires enveloppées dans la poudre fine et farineuse dont j'ai parlé ; cette farine est d'un jaune brillant, semblable à celui de la fleur de soufre ; elle a un goût mucilagineux et doux ; lorsqu'on la mange seule, elle est visqueuse, mais mêlée avec du lait ou de l'eau, elle forme un aliment agréable et nourrissant.

Le langage des habitans de Manna, est le même que celui qu'on parle dans tout le vaste et montueux pays que l'on nomme Jallonkadou. Quelques-uns de leurs mots ont beaucoup de rapports avec le mandingue ; mais ils regardent leur langue comme différente.

Leurs noms de nombre sont :

Un	*kidding.*
Deux	*fidding.*
Trois	*sarra.*
Quatre	*nani.*
Cinq	*soulo.*
Six	*seni.*
Sept	*soulo ma fidding.*
Huit	*soulo ma sarra.*
Neuf	*soulo ma nani.*
Dix	*nuff.*

Les jallonkas comme les mandingues, sont gouvernés par un certain nombre de petits chefs, qui sont en grande partie in-dépendans les uns des autres. Ils n'ont point de souverain commun ; et ces chefs sont rarement assez unis entre eux, pour s'aider mutuellement, même en tems de guerre.

Le chef de Manna, avec plusieurs de ses gens, nous accompagna jusqu'au bord du Bafing (ou rivière noire) , bras principal du Sénégal , que nous passâmes sur un pont de bambous , d'une construction très-singulière. Le lecteur peut s'en former quelque idée , d'après la gravure ci-jointe. La rivière , en cet endroit , est unie , profonde et a fort peu de courant. Deux grands arbres attachés par leurs cîmes , sont assez longs pour gagner d'un bord à l'autre , les racines posant sur les rochers , et les cîmes flottant sur l'eau. Lorsqu'on a placé quelques arbres dans cette direction, on les couvre de bambous secs , de manière à former un pont flottant avec un abord en pente à chaque bout , à l'endroit où les arbres touchent aux rochers. Ce pont est emporté tous les ans par le débordement de la rivière , qui a lieu dans la saison pluvieuse ; et il se rebâtit constamment par les habitans de Manna , qui en conséquence demandent à chaque passager un petit péage.

Dans l'après-midi , nous traversâmes plusieurs villages, dans aucun desquels nous ne pûmes nous procurer de logement ; et vers

le soir, nous apprîmes que deux cents jallonkas s'étoient rassemblés près d'une ville
appelée Melo, dans l'intention de piller la
caravane. Ceci nous engagea à changer de
direction, et nous marchâmes en grand
silence jusqu'à minuit, que nous approchâmes d'une ville appelée Koba. Avant
d'y entrer, on fit l'appel par leur nom
de toutes les personnes de la troupe, et
l'on vit qu'il manquoit un homme libre
et trois esclaves. Chacun en conclut que
les esclaves avoient tué l'homme libre,
et s'étoient échappés : il fut donc convenu
que six personnes retourneroient sur nos
pas jusqu'au dernier village, et tâcheroient
de trouver son corps, ainsi que d'apprendre
quelque chose relativement aux esclaves.
Cependant la troupe eut ordre de se tenir
cachée dans un champ de coton près d'un
nitta, et l'on défendit à tout le monde de
parler autrement que tout bas. Les six hommes ne revinrent que le matin, sans avoir
rien entendu dire ni de l'homme libre, ni
des esclaves. Comme aucun de nous n'a-
voit pris de nourriture depuis vingt-quatre
heures, nous résolumes d'entrer dans Koba,
pour tâcher de nous y procurer quelques

vivres. Nous entrâmes donc dans la ville, avant qu'il fût tout-à-fait jour, et Karfa acheta du chef, moyennant trois cordes de rassade, une quantité considérable de pistaches, que nous fîmes rôtir et mangeâmes pour notre déjeûner. On nous procura ensuite des huttes, et nous restâmes là toute la journée.

Vers onze heures, à notre grande surprise, autant qu'à notre grande joie, l'homme libre et les esclaves qui avoient quitté la troupe la nuit précédente, entrèrent dans la ville; l'un des esclaves, à ce qu'il parut, s'étoit blessé le pied, et la nuit étant fort obscure, ils avoient bientôt perdu la troupe de vue. L'homme libre, aussitôt qu'il se trouva seul avec les esclaves, sentit son danger et insista pour leur mettre leurs fers; ceux-ci d'abord avoient quelque envie de s'y refuser, mais il les menaça de les percer l'un après l'autre de sa lance. Ils ne résistèrent plus, et il resta avec eux dans des broussailles jusqu'au matin. Alors il leur ôta leurs fers, et vint à la ville dans l'espoir d'y apprendre quel chemin la troupe auroit pris. Ce que l'on nous avoit dit des jallonkas, qui

se proposoient de piller la caravane, nous
fut confirmé ce jour là , et nous fûmes
obligés de rester à Koba jusques dans l'a-
près-midi du 3o. Karfa alors ayant loué
assez de monde pour nous défendre, nous
nous rendîmes à un village appelé Tinking-
tang. Nous en repartîmes le jour suivant ;
puis nous traversâmes une haute chaîne
de montagnes à l'ouest de la rivière noire.
Jusqu'au soleil couchant, nous parcourû-
mes un pays inégal et pierreux , et nous
arrivâmes à Lingicotta, petit village dans
le district de Woradou. Là , nous tirâmes
de nos sacs de provisions sèches la dernière poignée de farine. Ce fut le second
jour depuis que nous avions passé la rivière noire, que nous marchâmes depuis
le matin jusqu'au soir, sans prendre aucune nourriture.

Le 2 mai, nous partîmes de Lingicotta ;
les esclaves étoient très-fatigués, et nous
fîmes halte pendant la nuit, à environ neuf
milles à l'ouest, dans un village où nous
nous procurâmes quelques provisions par
le crédit du maître d'école. Celui-ci envoya
de là un messager à Malacotta, sa ville
natale , pour apprendre à ses amis son

arrivée dans le pays ; il les pria en même
tems de préparer une grande quantité de
vivres, pour régaler la caravane pendant
deux ou trois jours.

Le 3 mai, nous partîmes pour Malacotta,
et vers midi nous arrivâmes à un village
près d'un ruisseau considérable qui coule
à l'ouest. Nous nous décidâmes à attendre
le retour du messager qu'on avoit envoyé
la veille à Malacotta. Les naturels du pays
m'ayant assuré qu'il n'y avoit point de
crocodiles dans le ruisseau, j'allai m'y
baigner. Très-peu de personnes ici savent
nager ; car les habitans vinrent en foule
pour me dissuader de me hasarder dans
un étang où, disoient-ils, j'aurois de l'eau
par-dessus la tête. Vers deux heures, le
messager revint de Malacotta ; avec lui étoit
le frère aîné du maître d'école qui, impa-
tient de voir son frère, étoit venu au-de-
vant de lui jusqu'au village. Les deux frères
ne s'étoient pas vus depuis neuf ans : leur
entrevue fut tendre et touchante ; ils tom-
bèrent l'un dans les bras de l'autre, et furent
quelque tems avant de pouvoir parler.
Enfin lorsque le maître d'école fut un peu
revenu à lui, il prit son frère par la main,

et se retournant, lui dit en montrant Karfa :
Voilà l'homme qui m'a servi de père dans
le Manding ; je vous l'aurois désigné plutôt,
mais mon cœur étoit trop plein.

Le soir, nous gagnâmes Malacotta, où
nous fûmes bien reçus ; c'est une ville
non murée ; les huttes pour la plupart
sont faites d'éclisses de cannes entrelacées
à-peu-près comme un ouvrage de vannerie,
et recouvertes de boue. Nous passâmes là
trois jours, pendant chacun desquels le
maître d'école nous fit présent d'un bœuf.
Nous fûmes aussi fort bien traités par les
gens de la ville, qui me parurent actifs et
industrieux. Ils font de bon savon en faisant bouillir dans l'eau des pistaches, auxquelles ils ajoutent une lessive de cendres
de bois. Ils fabriquent aussi d'excellent fer
qu'ils portent à Bondou, pour l'y échanger
contre du sel. Une troupe de ces habitans
étoit revenue depuis peu d'une expédition
de commerce de ce genre, et avoit apporté
des détails concernant une guerre entre
Almami Abdulkader, roi de Fouta-Torra,
et Damel, roi des jalloffs. Les évènemens de cette guerre devinrent bientôt le
sujet favori des chants de nos musiciens,

et fournirent matière aux conversations de tous les pays qui bordent le Sénégal et la Gambie. Comme l'histoire en est assez singulière, j'en vais présenter au lecteur le récit abrégé.

Le roi de Fouta-Torra enflammé d'un saint zèle pour la propagation de sa religion, avoit envoyé à Damel une ambassade pareille à celle qu'il avoit envoyée dans le Kasson, et dont j'ai parlé précédemment. L'ambassadeur en cette occasion fut accompagné de deux des principaux buschréens, qui portoient chacun un grand couteau fixé au sommet d'une longue perche. Admis en présence de Damel, l'envoyé exposa les intentions de son maître ; puis il ordonna aux buschréens de présenter les emblêmes de sa mission. Les deux couteaux furent mis devant Damel, et l'ambassadeur s'expliqua ainsi : « Avec ce couteau, dit-il, « Abdulkader ne dédaignera pas de raser « la tête de Damel, si Damel veut embrasser « la foi de Mahomet ; et avec celui-ci, « Abdulkader coupera la gorge de Damel, « si Damel le refuse : choisissez ». Damel dit froidement à l'ambassadeur qu'il n'avoit point de choix à faire, et qu'il ne vouloit

avoir ni la tête rasée ni la gorge coupée.
Avec cette réponse il congédia poliment
l'ambassadeur. Abdulkader en conséquence
prit des mesures, et à la tête d'une puissante armée, entra dans le pays de Damel.
A son approche, les habitans des villes et
des villages comblèrent leurs puits, détrui-
sirent leurs subsistances, et abandonnèrent
leurs demeures. Il marcha ainsi de place
en place, jusqu'à ce qu'il eût fait trois
journées de chemin dans le pays des jalloffs.
Il ne rencontroit à la vérité aucune opposition ; mais son armée avoit tellement souffert de la disette d'eau, que plusieurs de
ses gens étoient morts en chemin : ceci
l'engagea à changer de marche pour aller
gagner dans les bois, un lieu où il y avoit
de l'eau, et où ses gens ayant appaisé leur
soif, accablés par la fatigue, se couchèrent
sans précaution, et s'endormirent sous les
arbres. Ils furent attaqués dans cette position par Damel, avant la pointe du jour,
et complètement défaits. Plusieurs furent
foulés aux pieds dans leur sommeil par
les chevaux des jalloffs ; d'autres furent
tués en essayant de s'échapper ; un plus
grand nombre fut fait prisonnier. Parmi

ceux-ci fut Abdulkader lui-même. Ce prince ambitieux, où plutôt extravagant, qui, un mois auparavant, avoit envoyé menacer Damel, se vit mener en présence de son ennemi comme un misérable captif. La conduite de Damel, en cette circonstance, n'est jamais citée par les chanteurs, qu'avec les plus grands éloges. Elle fut en effet si extraordinaire pour un prince africain, que le lecteur aura peut-être quelque peine à en croire le récit. Lorsque son royal prisonnier fut conduit enchaîné devant lui et étendu sur la terre, le généreux Damel, au lieu de lui mettre le pied sur le cou et de le percer de sa lance, comme il est d'usage en pareil cas, lui parla en ces mots : — Abdulkader, répondez-moi à cette question. Si le hasard de la guerre m'eût mis dans votre position et vous dans la mienne, comment m'auriez-vous traité ?— Je vous aurois percé le cœur de ma lance, reprit Abdulkader avec beaucoup de fermeté, et je sais que c'est le sort qui m'attend. — Non, répondit Damel ; ma lance à la vérité est teinte du sang de vos sujets tués au combat, et je pourrois la rougir davantage en la trempant dans le vôtre.

2. 9

Mais cela ne rebâtiroit pas mes villes et ne rendroit pas la vie aux milliers d'hommes qui sont morts dans les bois : je ne vous tuerai donc point de sang-froid ; mais je vous retiendrai comme mon esclave, jusqu'à ce que je m'aperçoive que votre présence dans votre royaume ne puisse plus être dangereuse pour vos voisins ; je verrai alors ce qu'il sera convenable de faire de vous. — Abdulkader resta donc prisonnier , et travailla comme esclave pendant trois mois. Au bout de ce terme, Damel prêta l'oreille aux sollicitations des habitans de Fouta-Torra , et leur rendit leur roi.

Quelque étrange que puisse paroître cette histoire, je n'ai nul doute qu'elle ne soit vraie. Elle me fut racontée à Malacotta, par les nègres ; mais elle m'a été répétée depuis par des européens sur la Gambie, ainsi que par quelques français à Gorée, et confirmée par neuf esclaves qui , ayant été faits prisonniers avec Abdulkader dans les bois, furent transportés dans le même vaisseau que moi, aux Indes occidentales.

CHAPITRE XXVI.

La caravane se rend à Konkadou, et traverse la rivière Falemé. — Son arrivée à Baniserile, à Kirwani et à Tambacunda. — Incidens sur la route. — Procès relatif à un mariage.— Arbre shea. — La caravane traverse plusieurs villes et villages, et arrive enfin sur les bords de la Gambie. — Elle traverse Medina, capitale de Woulli, et s'arrête définitivement à Jindey. — M. Mungo Park, accompagné de Karfa, se rend à Pisania. — Diverses particularités qui précèdent son départ d'Afrique. — Il arrête son passage sur un vaisseau américain.— Court récit de son passage en Angleterre, par la voie des Indes occidentales.

Le 27 mai, nous partîmes de Malacotta, et ayant traversé le *Ba-lée* (rivière de miel), bras du Sénégal, nous arrivâmes le soir à une ville murée appelée *Bintingala*, où nous passâmes deux jours. Un autre jour

nous conduisit de là à Dindikou, petite
ville située au pied d'une haute chaîne de
montagnes, à raison de laquelle on a donné
à ce district le nom de *Konkadou* (pays
montueux). Ces hauteurs produisent beaucoup d'or. On me montra une petite
quantité de ce métal qui avoit été recueillie
depuis peu : les grains étoient de la grosseur ordinaire ; mais ils étoient beaucoup
plus plats que ceux du Manding. On les
avoit trouvé dans du quartz blanc, qu'on
avoit brisé à coups de marteau. Je ren-
contrai dans cette ville un nègre dont les
cheveux et la peau étoient d'un blanc obscur : c'étoit un de ces hommes que dans
les îles espagnoles de l'Amérique on appelle
albinos, ou nègres blancs. Leur peau est
d'une teinte cadavéreuse et désagréable à
la vue. Les naturels, avec raison je crois,
regardent cette couleur comme l'effet d'une
maladie.

Le 11 mai, nous partîmes de Dindikou.
Après une pénible journée de marche,
nous arrivâmes le soir à Satadou, capitale
d'un district du même nom. Cette ville
étoit autrefois d'une grande étendue, mais
plusieurs familles l'ont quittée à cause des

incursions des foulahs de Fouta Jalla, qui
avoient pris l'habitude de venir secrètement
au travers des bois et d'enlever les gens
qu'ils trouvoient ou dans les champs de
grain, ou même aux puits près de la ville.
Dans l'après-midi du 12, nous traversâmes
la rivière Falemé, la même que j'avois déja
passée à Bondou, dans mon voyage vers l'est.
Cette rivière, en cette saison, se passe aisément à gué en cet endroit, le courant
n'ayant qu'environ deux pieds de profondeur; l'eau en est très-pure, et coule rapidement sur un lit de sable et de gravier.
Nous passâmes la nuit à un petit village
appelé *Medina* : ce lieu appartient en entier
à un marchand mandingue, qui par un
long commerce avec les européens a con-
tracté quelques-unes de leurs habitudes.
On lui servoit ses alimens dans des plats
d'étaim; et les maisons même sont bâties
dans le genre de celles qu'ont les anglais
sur la Gambie.

Le 13 mai, au matin, tandis que nous
nous préparions à partir, une caravane
d'esclaves qui appartenoit à quelques marchands serawoullis passa la rivière, et con-
vint de venir avec nous jusqu'à Baniserile,

capitale du Dentila. Ce lieu étoit à une grande journée de marche de celui où nous étions. Nous partîmes donc ensemble et marchâmes avec beaucoup de vîtesse dans les bois jusqu'à midi. A ce moment, un des esclaves serawoulli laissa tomber un fardeau de dessus sa tête, faute pour laquelle il fut rudement fouetté. La charge fut replacée; mais il n'eut pas fait plus de deux milles qu'il la laissa encore tomber; il reçut le même traitement que la première fois. Après cela nous marchâmes avec beaucoup de peine jusqu'à environ deux heures, que nous nous arrêtâmes pour respirer un peu près d'un étang, la journée étant excessivement chaude. Le pauvre esclave étoit alors si épuisé, que son maître fut obligé de le détacher de la corde. Il resta sans mouvement sur la terre. Un serawoulli demeura près de lui, se proposant de tâcher de l'amener à la ville pendant la fraîcheur de la nuit. Cependant, nous continuâmes notre route, et après une journée fort pénible, nous arrivâmes tard dans la soirée à Baniserile.

Un de nos slatées étoit natif de ce lieu, dont il étoit absent depuis plusieurs années.

Cet homme m'invita à aller avec lui à sa maison. Nous trouvâmes à sa porte ses amis qui le reçurent avec des grandes démonstrations de joie, lui serrant les mains, l'embrassant, chantant et dansant devant lui. Aussitôt qu'il se fut assis sur une natte près du seuil de la porte, une jeune personne, sa future épouse, lui apporta dans une calebasse un peu d'eau, et se mettant à genoux devant lui, le pria de s'en laver les mains. Lorsqu'il eut fini, la fille, dans les yeux de qui rouloit une larme de joie, avala l'eau; cette action étoit considérée comme la plus grande preuve qu'elle pût donner à son amant de son attachement et de sa fidélité.

Vers huit heures du même soir, le serawoulli qu'on avoit laissé dans les bois pour prendre soin de l'esclave fatigué revint, et nous dit que cet homme étoit mort. Tout le monde cependant fut persuadé que lui-même l'avoit tué, ou l'avoit laissé sur le chemin exposé à périr; car les serawoullis passent pour être infiniment plus cruels que les mandingues, dans la manière dont ils traitent leurs esclaves. Nous restâmes deux jours à Baniserile pour y acheter du fer du pays, du beurre de shea et quelques autres articles propres à vendre sur la Gambie. Le slatée qui m'avoit mené chez lui et qui étoit propriétaire de trois esclaves de la caravane, ayant su que le prix des esclaves sur la côte étoit très-bas, se décida à nous quitter et à rester à Baniserile jusqu'à ce qu'il trouvât à vendre avantageusement les siens. Il nous fit entendre que dans l'intervalle il acheveroit son mariage avec la jeune fille dont j'ai parlé.

Le 16 mai, nous partîmes de Baniserile, et marchâmes dans des bois épais jusqu'à midi que nous aperçûmes de loin la ville de Jalifunda; mais nous n'en approchâmes point, parce que nous nous proposions de passer la nuit dans une grande ville nommée *Kirwani*, où nous arrivâmes vers quatre heures de l'après-midi. Cette ville est située dans une vallée, et le pays, à plus d'un mille à la ronde, est sans bois, et bien cultivé. Les habitans semblent être actifs et industrieux. Ils ont sans doute porté leur agriculture à un certain point de perfection; car ils ramassent pendant la saison sèche, le fumier de leur bétail, dont ils font de grand tas pour en fumer leurs terres dans

la saison. Je n'ai rien vu de semblable
dans aucune autre partie de l'Afrique.
Près de la ville, sont plusieurs fourneaux
dans lesquels les habitans préparent de
très-bon fer. Ils le forgent ensuite à coups
de marteau en petites barres d'environ un
pied de long sur deux pouces de large.
Deux de ces barres suffisent pour faire une
bêche à la manière mandingue.

Le lendemain de notre arrivée, nous re-
çumes le matin la visite d'un slatée du lieu,
qui dit à Karfa que parmi quelques esclaves
qu'il avoit achetés depuis peu, s'en trouvoit
un natif de Fouta Jalla; et comme ce pays
n'étoit pas éloigné, il n'osoit employer cet
homme aux travaux de la campagne, dans
la crainte qu'il ne prît la fuite. Il desiroit
donc de changer cet esclave pour un de
ceux de Karfa, et il offrit à celui-ci du
beurre de shea et quelque peu de drap pour
le décider à consentir à cet échange, qui
fut accepté. Sur cela, le slatée envoya
un enfant dire à l'esclave en question, de
venir lui apporter quelques pistaches. Le
pauvre homme entra peu de tems après
dans la cour où nous étions assis, et n'eut
aucun soupçon de ce qui se traitoit, jusqu'à

ce que son maître, ayant fait fermer la porte,
lui dit de s'asseoir. L'esclave alors connut
le danger qui le menaçoit ; voyant qu'on
fermoit la porte sur lui, il jeta les pistaches, et sauta par-dessus la palissade. Pour-
suivi par les slatées, il fut bientôt pris et
mis aux fers : après quoi, on en détacha
un de ceux de Karfa, que l'on remit en
échange au slatée. Le malheureux captif
fut d'abord extrêmement affligé ; mais dans
l'espace de quelques jours, sa mélancolie se
dissipa par degrés , et il finit par devenir
aussi gai que tous ses camarades.

Le 20, au matin, en partant de Kirwani,
nous entrâmes dans le désert de Tenda, qui a
deux journées de marche. Les bois étoient très-
épais et le terrein avoit sa pente au sud-ouest.

Vers dix heures, nous rencontrâmes une
caravane de vingt-quatre personnes, qui
avec sept ânes chargés, revenoit de la Gambie.
La plupart de ces gens étoient armés de fusils;
ils avoient sur leurs épaules de grands baudriers de drap écarlate , et sur leurs têtes
des chapeaux à l'européenne. Nous sûmes
par eux, qu'il y avoit sur la côte fort peu
de demande pour les esclaves , aucun vaisseau n'étant arrivé depuis plusieurs mois.

Sur cette nouvelle, les serawoullis, qui
avoient voyagé avec nous depuis la rivière
Falemé, se séparèrent de la caravane avec
leurs esclaves. Ils n'avoient pas, dirent-ils,
le moyen de nourrir leurs esclaves sur la
Gambie, jusqu'à ce qu'il arrivât un vaisseau ;
et ils ne vouloient pas les vendre à perte. Ils
prirent donc le chemin du nord, pour se
rendre à Kajaaga. Nous continuâmes notre
route à travers le désert, et marchâmes tout le
jour dans un pays inégal, couvert de grands
taillis de bambou. Au coucher du soleil, nous
arrivâmes à notre grande joie, sur le bord
d'un étang, près d'un grand arbre tabba, qui
a fait donner à ce lieu le nom de Tabbagée.
Nous nous y reposâmes pendant quelques
heures. L'eau, dans cette saison, n'est nullement commune dans ces bois, et pendant
le jour, il fait une chaleur insupportable.
Karfa proposa de marcher la nuit : en conséquence, vers onze heures du soir, on ôta
les fers aux esclaves, on donna à toutes les
personnes qui composoient la caravane, l'ordre de marcher près les unes des autres, tant
pour empêcher les esclaves de s'enfuir, que
pour se tenir en garde contre les bêtes féroces.
Nous marchâmes vîte et gaiement jusqu'à la

pointe du jour ; on s'aperçut alors qu'une
femme libre avoit quitté la caravane pendant
la nuit ; on l'appela de manière à faire retentir
son nom au loin dans les forêts. Mais, comme
on n'entendit aucune réponse, on présuma
qu'elle s'étoit trompée de chemin , ou qu'un
lion l'avoit saisie sans qu'on s'en fût aperçu.
Enfin , il fut convenu que quatre personnes
retourneroient à quelques milles de là , jusqu'à un petit ruisseau, près duquel plusieurs
personnes de la caravane s'étoient arrêtées
dans la nuit pour boire. Nous devions attendre leur retour. Le soleil étoit levé depuis
environ une heure lorsque les quatre envoyés
revinrent avec la femme ; ils l'avoient trouvée
profondément endormie auprès du ruisseau.

Nous reprîmes alors notre route, et vers
onze heures nous gagnâmes une ville murée,
appelée Tambaconda, où nous fûmes bien
reçus. Nous y passâmes quatre jours, à cause
d'un procès dont je vais raconter le sujet.

Modi-Lemina, l'un des slatées qui faisoient
partie de la caravane, avoit précédemment
épousé une femme de cette ville , dont il avoit
eu deux enfans ; il étoit allé ensuite dans le
Manding , et y avoit passé huit ans, sans
donner de ses nouvelles à la femme qu'il

avoit laissée. Celle-ci, n'espérant plus de le voir revenir, avoit, au bout de trois ans, épousé un autre homme, dont elle avoit eu pareillement deux enfans. Lemina, de retour, réclama sa femme; mais le second mari refusa de la lui rendre, s'appuyant sur ce que, par les lois de l'Afrique, lorsqu'un homme avoit été trois ans éloigné de sa femme sans lui faire dire s'il étoit vivant ou mort, la femme étoit libre de se remarier. Toutes ces circonstances ayant été mûrement pesées par une assemblée des chefs, on décida que la femme auroit le choix de rester avec son second mari, ou de retourner avec le premier, comme elle le jugeroit à propos. Quelque favorable que fût à la dame ce jugement, elle trouva quelque difficulté à se décider, et demanda du tems pour y réfléchir. Je crus remarquer que les premières amours auroient l'avantage. Lemina, il est vrai, étoit un peu plus âgé que son rival, mais il étoit aussi beaucoup plus riche. Je ne prétends pourtant pas déterminer de quel poids cette circonstance pouvoit être dans l'affection de sa femme.

Le 26, au matin, comme nous partîmes de Tambaconda, Karfa me dit qu'il n'y

avoit point de sheas, plus à l'ouest que
dans cette ville. J'avois cueilli dans le
Manding, et apporté avec moi des feuilles
et des fleurs de cet arbre ; mais elles s'étoient
tellement brisées en chemin, que je pensai
qu'il valoit mieux en prendre ici quelques
autres échantillons ; je cueillis, en conséquence, celui d'après lequel est faite la gravure ci-jointe. La figure de ce fruit place
évidemment le shea dans l'ordre naturel des
sapotae. Il a quelque ressemblance avec
l'arbre *madhuca*, qu'a décrit le lieutenant
Charles Hamilton, dans les recherches asia-
tiques, vol. 1, page 300.

Vers une heure, nous gagnâmes Sibikillin, village entouré de murs. Mais les habitans de ce lieu ayant la réputation d'être
inhospitaliers, et de plus fort adonnés au
vol, nous ne jugeâmes pas à propos d'y
entrer. Nous nous reposâmes quelque tems
sous un arbre ; puis nous continuâmes à
marcher jusqu'au soir, que nous nous arrêtâmes pour passer la nuit près d'un petit
ruisseau, dont les eaux couroient vers la
Gambie.

Le lendemain, le chemin nous conduisit
par un pays sauvage, rocailleux, par-tout

entrecoupé de montagnes, et peuplé de singes et de bêtes féroces. Dans les petits ruisseaux, entre les montagnes, nous trouvâmes une grande quantité de poisson. La marche de cette journée fut très-fatigante : ce ne fut qu'au coucher du soleil, que nous arrivâmes au village de Koumbou, près duquel sont les ruines d'une grande ville qui a été détruite dans une ancienne guerre. Les habitans de Koumbou, comme ceux de Sibikillin, ont si mauvaise réputation, que les étrangers logent rarement dans le village ; nous passâmes en conséquence la nuit dans les champs, où nous fîmes des cabanes pour nous couvrir, le tems annonçant de la pluie.

Le 28 mai, nous partîmes de Koumbou, et allâmes coucher à une ville foulah, à environ sept milles dans l'ouest. Le jour suivant, après avoir traversé un bras considérable de la Gambie, appelé Neola-Koba, nous parvînmes à une contrée bien peuplée. Là, sont plusieurs villes à la vue les unes des autres, qui toutes prises ensemble, portent le nom de Tenda ; mais chacune a en outre un nom particulier. Celle où nous logeâmes s'appeloit Koba-Tenda : nous y passâmes la journée du lendemain, à l'effet

d'y prendre des vivres pour traverser les bois
de Simbani.

Le 30, nous gagnâmes Jallacotta, ville
considérable, mais qu'infestent beaucoup
de bandits foulahs, qui venant de Bondou au travers des bois, emportent tout
ce qu'ils peuvent attraper. Quelques jours
avant notre arrivée, ils avoient volé vingt
têtes de bétail, et le lendemain de cette attaque, ils en avoient tenté une seconde ;
mais ils avoient été battus ; et l'un deux avoit
été fait prisonnier. Ici, l'un des esclaves de
la caravane, qui depuis trois jours marchoit
avec beaucoup de peine, se trouva hors d'état
d'aller plus loin : son maître, qui étoit un des
chanteurs, proposa de l'échanger pour une
jeune fille esclave qui appartenoit à quelqu'un de la ville. La pauvre enfant ignora
son sort jusqu'au matin, que tous les paquets
étant faits et la caravane prête à se mettre en
route, elle vint avec quelques autres filles
pour nous voir partir. Son maître la prit par la
main et la remit au chanteur. Jamais un visage
plus serein ne passa tout-à-coup à l'expression d'un plus profond désespoir. La terreur
qu'elle montra lorsqu'on lui mit son fardeau
sur la tête et qu'on lui passa la corde autour

du cou, ainsi que la douleur avec laquelle
elle dit adieu à ses compagnes, étoient vraiment attendrissantes.

Vers neuf heures, nous trouvâmes une
grande plaine couverte de ciboas, espèce de
palmiers, et nous vînmes au bord du Nérico,
qui est un bras de la Gambie. Ce n'étoit alors
qu'un petit courant d'eau; mais dans la saison
pluvieuse, cette rivière est souvent funeste
aux voyageurs. Aussitôt que nous l'eûmes passée, les chanteurs commencèrent à beugler
une chanson particulière, dans laquelle ils
exprimoient leur joie de ce que nous étions
arrivés sains et saufs dans le pays de l'ouest,
où, comme ils disoient, dans la terre du soleil
couchant. Le pays où nous nous trouvions
étoit très-plane, son sol étoit un mélange de
sable et d'argile. Dans l'après-midi, il tomba
beaucoup de pluie, et nous eûmes recours au
parapluie ordinaire des nègres, une grande
feuille de ciboa, qui, placée sur la tête,
défend tout le corps de la pluie. Nous passâmes la nuit sous l'ombre d'un grand tabba,
près des ruines d'un village. Le lendemain
matin, nous traversâmes un ruisseau appelé
Noulico, et vers deux heures je me revis, à
ma grande joie, sur les bords de la Gambie,

qui étoit là profonde, peu rapide, et navigable : mais les gens du pays me dirent
qu'un peu plus bas, elle avoit si peu d'eau,
que les caravanes la traversoient souvent à
gué. Sur la rive méridionale, vis-à-vis l'endroit où nous étions, est une grande plaine
de terre argileuse, appelée Toumbi - Tou-
rila. C'est une espèce de marais dans lequel
des voyageurs se sont souvent perdus, parce
qu'il faut plus d'un jour pour le traverser.
Dans l'après-midi, nous rencontrâmes un
homme et deux femmes, qui portoient sur
leur tête des paquets de toile de coton. Ils
alloient, nous dirent-ils, à Dentila acheter
du fer ; cet article étant, dans ce moment,
très-rare sur la Gambie. Un peu avant la
nuit, nous arrivâmes à un village du royaume
de Woulli, appelé Seesukunda. Près de ce
village, est une grande quantité de l'espèce
d'arbres appellés *Nittas* ; et les esclaves, en
passant, avoient cueilli de grosses touffes
de leurs fruits. Mais telle étoit la superstition
des habitans, qu'ils ne voulurent pas permettre qu'aucun de ces fruits entrât dans
leur village. On les avoit assurés, nous
dirent-ils, qu'il arriveroit quelque malheur
au pays, lorsque les gens vivroient de

nittas, et négligeroient la culture du bled.

Le 2 juin, nous partîmes de Seesukunda, et passâmes par plusieurs villages, dans aucun desquels on ne permit à la caravane de s'arrêter, quoique nous fussions tous très-fatigués. Il étoit quatre heures après-midi avant que nous eussions atteint Baraconda, où nous nous reposâmes un jour.

Le 4, au matin, étant partis de Baraconda, nous parvînmes en peu d'heures à Medina, capitale des états du roi de Woulli, lequel, comme le lecteur peut s'en souvenir, m'avoit reçu hospitalièrement au commencement de décembre 1795, lors de mon voyage vers l'est. Je demandai sur-le-champ des nouvelles de mon bon vieux bienfaiteur, et j'appris avec grand chagrin qu'il étoit dangéreusement malade. Comme Karfa ne voulut point permettre que la caravane s'arrêtât, je ne pus présenter mes respects au roi en personne : mais je lui fis dire par l'officier auquel nous payâmes les droits, que ses prières pour mon bon voyage n'avoient pas été inutiles. Nous continuâmes notre route jusqu'au coucher du soleil, que nous nous arrêtâmes à un petit village un peu à l'ouest de Koutakunda. Le jour suivant, nous arrivâmes à Jindey, où j'avois quitté, dix-huit mois auparavant, mon ami le docteur Laidley. Pendant ce long espace de tems, je n'avois pas vu la figure d'un chrétien, ni entendu une seule fois les sons enchanteurs de ma langue maternelle.

Nous trouvant à peu de distance de Pisania, où avoit, dans l'origine, commencé mon voyage ; et apprenant que mon ami Karfa n'auroit probablement pas une occasion favorable pour vendre ses esclaves sur la Gambie, il me vint à l'esprit de lui observer qu'il seroit de son intérêt de les laisser à Jindey, jusqu'à ce qu'il se présentât des acquéreurs. Karfa fut de mon avis. En conséquence il loua du chef de la ville des huttes pour les loger, ainsi qu'une pièce de terre pour leur y faire cultiver du grain, à l'effet de les nourrir. Quant à moi, il déclara qu'il ne vouloit pas me quitter jusqu'à mon départ d'Afrique. Nous partîmes donc, le 9 de bon matin, Karfa, moi et l'un des foulahs de la caravane. Quoique j'approchasse ainsi du terme de ma fatigante route, et que j'eusse l'espoir de me retrouver bientôt au milieu de mes compatriotes, je ne pus sans émotion me séparer de mes malheureux compagnons de voyage, qu'attendoient, dans une terre étrangère, la misère et la captivité. Pendant une pénible marche de plus de cinq cents milles anglais, exposés à l'action dévorante des feux du tropique, ces pauvres esclaves, accablés de bien plus de maux que moi, avoient eu pitié de mon sort. Souvent ils venoient d'eux - mêmes m'apporter de l'eau pour étancher ma soif : le soir, ils rassembloient des branches et des feuilles pour me préparer un lit, lorsque nous couchions en plein air. Nous nous quittâmes avec des témoignages réciproques de regret et de bienveillance : des vœux et des prières étoient tout ce que je pouvois leur offrir ; et ce fut pour moi une consolation d'apprendre qu'ils savoient que je n'avois rien de plus à leur donner.

L'empressement où j'étois d'avancer ne souffrant aucun retard, nous gagnâmes le soir Tendacunda, où nous fûmes reçus hospitalièrement dans la maison d'une vieille femme noire appelée la Seniora Camilla. Elle avoit demeuré plusieurs années à la facto-

rerie anglaise, et parloit notre langue. Elle
m'avoit connu avant que je quittasse la
Gambie, au commencement de mon voyage:
mais quand je la revis, mon vêtement et
ma figure étoient si différens de ceux d'un
européen, qu'elle fut très-excusable de me
prendre pour un maure. Lorsque je lui eus
dit mon pays et mon nom, elle me regarda
avec une extrême surprise, et pouvoit à
peine en croire le témoignage de ses sens.
Elle m'assura qu'aucun des traiteurs de la
Gambie ne s'attendoit à jamais me revoir.
Ils avoient appris, il y avoit long-tems,
que les maures du Ludamar m'avoient tué,
comme ils avoient tué le major Houghton.
Je m'informai de mes deux serviteurs John-
son et Demba; et j'appris avec grand chagrin qu'ils n'étoient revenus ni l'un ni
l'autre. Karfa, qui jamais n'avoit entendu
parler en anglais, nous écoutoit avec grande
attention. Tout ce qu'il voyoit lui sembloit
merveilleux, les meubles de la maison, les
chaises, etc.; les lits sur-tout et leurs rideaux
excitoient particulièrement son attention. Il
me faisoit sur l'usage, sur la nécessité de
chaque objet, mille questions auxquelles il
m'étoit quelquefois difficile de répondre.

Le matin du 10, M. Robert Ainsley ayant appris que j'étois à Tendacunda, vint me trouver, et m'offrit poliment de me prêter son cheval. Il m'apprit que le docteur Laidley avoit transporté tout ce qu'il possédoit dans un lieu appelé Kaye, situé un peu plus bas sur la rivière, et que dans ce moment il étoit allé avec son vaisseau à Doumasansa pour acheter du riz ; mais qu'il devoit être de retour dans un ou deux jours. Il m'invita en conséquence à rester chez lui à Pisania jusqu'à l'arrivée du docteur. J'acceptai son offre ; et toujours accompagné de mon ami Karfa, je me rendis à Pisania vers dix heures. Le schouner de M. Ainsley étoit à l'ancre devant la place : c'étoit l'objet le plus surprenant que Karfa eût encore vu. Il eut de la peine à comprendre l'usage des mâts, des voiles et des agrès, et il ne concevoit pas qu'avec toute l'adresse possible on pût faire mouvoir à son gré un si grand corps par la seule force du vent. La manière de joindre les unes aux autres les planches qui composoient la coque du bâtiment, et d'en fermer les joints pour empêcher l'eau d'y entrer, étoit absolument neuve pour lui : enfin le schouner,

ses cables et son ancre tinrent Karfa dans
la méditation pendant la plus grande partie
du jour.

Vers midi du 12, le docteur Laidley revint de Doumasansa, et me reçut avec
autant de joie que de surprise, comme un
ressuscité d'entre les morts. Trouvant que
les effets que je lui avois laissés n'étoient
encore ni vendus ni partis pour l'Angleterre, je ne perdis point de tems pour reprendre l'habillement anglais, et pour ôter
à mon menton sa fatigante parure. Karfa
me vit avec grand plaisir dans mes nouveaux vêtemens; mais il regretta beaucoup
que j'eusse coupé ma barbe, dont la perte,
me disoit-il, m'avoit ôté la figure d'un
homme pour me donner celle d'un enfant.
Le docteur Laidley se chargea avec plaisir
d'acquitter les engagemens pécuniaires que
j'avois contractés depuis mon départ de la
Gambie, et prit pour le tout, ma traite sur
l'*association africaine*. Ma convention avec
Karfa étoit, comme je l'ai dit, de lui donner
la valeur d'un esclave de choix, objet pour
lequel je lui avois remis en partant de Kamalia, mon billet sur le docteur Laidley:
car je ne voulois pas que, si je fusse venu

à mourir sur la route, mon bienfaiteur perdît ce que je lui devois. Mais ce digne homme avoit continué de me montrer tant de bonté, que je crus ne m'acquitter que bien foiblement en lui disant qu'il alloit recevoir le double de la somme que je lui avois promise ; et le docteur lui dit qu'il étoit prêt à délivrer des marchandises pour cette valeur, au moment où il voudroit les envoyer chercher. Karfa fut confondu de cette marque inattendue de ma générosité. Sa surprise augmenta quand je lui dis que je me proposois d'envoyer un beau présent au bon vieux maître d'école Fankouma, à Malacotta. Il me promit d'emporter les marchandises qui lui seroient destinées avec les siennes : le docteur l'assura qu'il l'aideroit à se défaire avantageusement de ses esclaves, aussitôt qu'il arriveroit un des vaisseaux qui font la traite. Ces offres, et d'autres témoignages de bonté du docteur Laidley, n'étoient pas perdus pour Karfa. Il me disoit souvent : « Mon voyage a vraiment été heureux ». Mais quand il remarquoit les produits de nos manufactures, et notre supériorité dans tous les arts qui embellissent la vie civi-

lisée, il sembloit rêveur, et s'écrioit avec
un soupir involontaire : *Fato fing inta feng*,
c'est-à-dire les hommes noirs ne sont rien.
D'autres fois il me demandoit avec un grand
sérieux ce qui avoit pu m'engager , moi qui
n'achetois point d'esclaves, à parcourir un
aussi misérable pays que l'Afrique. Il vouloit
dire par-là qu'après tout ce que j'avois vu
dans ma patrie, rien dans la sienne ne devoit
me paroître digne d'un moment d'attention.
J'ai cité ces traits de ce bon nègre , non-
seulement par attachement pour lui, mais
aussi parce qu'ils me paroissent prouver
qu'il possédoit une ame supérieure à sa
condition. Ceux de mes lecteurs qui aiment
à étudier la nature humaine dans toutes
ses variétés , et à suivre ses progrès depuis
l'état le plus grossier jusqu'aux derniers
degrés de la civilisation , ne liront peut-être
pas sans intérêt ce que je rapporte de cet
honnête africain.

Depuis plusieurs mois il n'étoit arrivé à
la Gambie aucun vaisseau européen ; et ,
comme la saison pluvieuse alloit commencer , j'engageai Karfa à retourner à
Jindey trouver ses gens. Il me quitta le 14
avec beaucoup d'attendrissement : mais

comme je ne me flattois guère de quitter
l'Afrique avant la fin de l'année , je
lui dis que j'espérois de le revoir avant
mon départ. En cela , néanmoins , je fus
trompé , et désormais mon récit approche
de sa fin.

Le 15 , le Charlestown , vaisseau américain , commandé par M. Charles Harris ,
entra dans la rivière. Il venoit chercher des
esclaves , se proposant de toucher à Gorée
pour s'en pourvoir , et de se rendre de là
à la Caroline méridionale. Comme les marchands européens établis sur la Gambie
avoient alors beaucoup d'esclaves sur les
bras , ils convinrent avec le capitaine d'a-
cheter la totalité de sa cargaison , qui consistoit principalement en rhum et en tabac ,
et de lui en payer le montant en esclaves ,
dans le terme de deux jours.

Cette circonstance m'offroit une si belle
occasion de retourner dans ma patrie, quoique par une voie éloignée , que je ne
crus pas devoir la négliger. J'arrêtai donc
sur-le-champ mon passage sur ce vaisseau ,
pour aller en Amérique ; et ayant pris
congé et du docteur Laidley à qui j'avois
tant d'obligations, et des autres amis que

j'avois dans le pays, je m'embarquai à Kaye le 17 juin.

Notre navigation jusqu'au bas de la rivière, fut ennuyeuse et pénible; le tems étoit si chaud, si humide et si mal sain, qu'avant notre arrivée à Gorée, quatre matelots, le chirurgien et trois esclaves étoient morts de la fièvre. Nous fûmes obligés, faute de vivres, de rester à Gorée jusqu'au commencement d'octobre.

Le nombre des esclaves embarqués à bord de ce vaisseau, tant sur la Gambie qu'à Gorée, étoit de cent trente, dont environ vingt-cinq, je crois, avoient été en Afrique de condition libre. Ceux-ci pour la plupart étoient buschréens, et sachant écrire un peu d'arabe. Neuf avoient été faits prisonniers dans la guerre de religion qui avoit eu lieu entre Abdulkader et Damel, et que j'ai rapportée à la fin du précédent chapitre. Deux autres m'avoient vu quand j'avois passé à Bondou; et plusieurs avoient entendu parler de moi dans l'intérieur du pays. Ma conversation avec eux dans leur langage, leur faisoit grand plaisir; et le chirurgien étant mort, je consentis à le remplacer pour le reste du voyage.

Les pauvres nègres avoient véritablement besoin de toutes les consolations qu'il étoit en mon pouvoir de leur donner : non pas que je remarquasse qu'il fût commis contre eux aucun acte de cruauté, ni par le capitaine, ni par les gens de l'équipage ; mais la manière dont, sur les vaisseaux négriers américains, on enferme et l'on attache les nègres, étant, à cause de la foiblesse des équipages, beaucoup plus sévère que la méthode usitée sur les bâtimens anglais employés à ce trafic, ces malheureux souffroient beaucoup, et une maladie générale régnoit parmi eux. Outre les trois qui étoient morts sur la Gambie, et six ou huit qui périrent à Gorée, il en mourut onze en mer ; et plusieurs de ceux qui résistèrent, étoient dans un triste état de foiblesse et de maigreur.

Pour augmenter ces maux, le vaisseau, après avoir été trois semaines en mer, commença à faire tant d'eau, qu'il falloit sans cesse travailler aux pompes. On trouva donc à propos d'ôter des fers quelques-uns des plus vigoureux nègres, pour les employer à ce travail, et on les y appliqua souvent au-delà de leurs forces. Il en résulta une complication de peines difficile à dé-

crire. Cependant nous fûmes soulagés plus
promptement que je ne l'espérois ; car la
voie d'eau continuant à nous gagner, l'é-
quipage exigea que le bâtiment se rendît
aux îles de l'Amérique, seule ressource
qui nous restât pour nous sauver la vie.
En conséquence, après quelques difficultés
de la part du capitaine, nous nous diri-
geâmes vers Antigoa, où nous arrivâmes
heureusement vingt-cinq jours après notre
départ de Gorée. A l'instant même de notre
arrivée, nous fûmes encore sur le point
de périr. En approchant du côté nord-ouest
de l'île, nous touchâmes sur le rocher le
Diamant, et n'entrâmes qu'avec beaucoup
de peine dans le port de Saint - Jean. Le
vaisseau fut ensuite condamné comme ne
pouvant plus tenir la mer, et les esclaves,
m'a-t-on dit, durent être vendus pour le
compte des propriétaires.

Je restai dans cette île dix jours, au
bout desquels, le paquebot le Chesterfield,
en revenant des îles sous le vent, ayant
touché à Saint-Jean pour prendre la malle
d'Antigoa, j'arrêtai mon passage sur ce
bâtiment. Nous mîmes à la voile le 24
novembre, et après une traversée courte

mais non exempte de mauvais tems, nous arrivâmes à Falmouth le 22 décembre. Je me rendis de là immédiatement à Londres. J'avois été absent d'Angleterre pendant deux ans et sept mois.

APPENDICE.

OBSERVATIONS

SUR

LA GÉOGRAPHIE DE L'AFRIQUE.

CHAPITRE PREMIER.

Des opinions qu'ont eues sur le cours du Niger les géographes anciens, ainsi que les modernes, jusqu'à Delisle et Danville.

Le voyage que vient de faire M. Mungo Park dans l'intérieur de l'Afrique occidentale, nous a fait connoître sur la géographie, les mœurs et le commerce de ce pays, plus de faits importans que n'en avoit recueilli aucun voyageur. En nous indiquant les positions des sources du Sénégal, de la Gambie et du Niger *, il nous apprend où

* Je me sers ici du nom de Niger, parce que c'est celui que les européens connoissent le mieux. Le nom que donnent à ce fleuve les habitans de ses bords, est *Guin* ou *Jin*. (Edrisi d'Hartmann, pag. 32, 48, 51.) Il est cependant plus souvent appelé *Joliba*, mot africain, qui signifie la *grande eau* ou le *grand fleuve*. De

2. 11

nous devons chercher les contrées élevées
de cette partie du globe ; il nous montre
même quelle est la plus haute, puisqu'il dit
ou marque le lieu où le Niger et la Gambie
prennent une direction opposée, l'un vers
l'est, l'autre vers l'ouest. Nous connoissons
aussi, grace à ce voyageur, les limites du
désert et des parties fertiles de ces contrées,
ainsi que les limites du pays des maures
et de celui des nègres. Le dernier est sans
doute bien plus intéressant, puisqu'on peut
regarder ses frontières comme une borne
en géographie *morale*, à cause des qualités
du corps et de l'esprit, qui sont si opposées
chez les nègres et chez les maures. Il n'est
point d'observateur du genre humain qui

même le Gange a deux noms, *Padda*, qui est son vrai
nom, et *Gonga*, qui veut dire la grande rivière.

Les maures et les arabes appellent le Niger NIL ABEED,
c'est-à-dire, le fleuve des esclaves : mais ils lui donnent
aussi le nom de NIL KILBEER, la grande eau. Il paroît qu'en Afrique on se sert du mot de NIL ou NEEL,
comme dans l'Inde de celui de Gonga ; pour désigner
toute grande rivière.

Par le nom de Niger, les anciens ne vouloient désigner que le fleuve des noirs ou des éthiopiens. Ce nom
est latin, car les grecs croyoient que le fleuve dont nous
parlons étoit ou la source, ou un bras du Nil égyptien.

ne convienne que le sol et le climat donnent lieu à des habitudes qui souvent déterminent le caractère national.

Il faut avouer que, proportionnément à
la vaste étendue de l'Afrique, le pays qu'a
vu M. Mungo Park dans ce continent,
semble peu de chose, quoiqu'il soit pourtant de près de onze cents milles anglais en
ligne directe, à partir de son extrémité
occidentale, le cap Verd : mais considérée
en elle - même, la course de ce voyageur
est assez grande, puisqu'il a parcouru plus
de chemin qu'on n'en fait quand on visite
tout le midi de l'Europe.

Le voyage de M. Mungo Park offre un
nouveau triomphe aux sciences, puisqu'il
confirme la vérité de quelques faits relatifs
à la géographie et à l'histoire naturelle,
lesquels se trouvent dans les anciens,
mais dont notre manque de connoissances
n'avoit pas voulu reconnoître l'authenticité.
Ces faits sont le cours du Niger, et l'existence des lotophages. Il n'est pas étonnant
que les grecs et les romains aient mieux
connu l'Afrique que nous ne la connoissons. Ils y avoient formé de grands établissemens. Les romains avoient même pénétré

jusqu'au Niger *; au lieu que nous ne pos-
sédons que quelques factoreries sur les côtes
occidentales de cette partie du monde.
Mais la démonstration des deux faits dont je
viens de parler, doit nous apprendre à être
moins empressés de révoquer en doute l'autorité des anciens auteurs. Ce qu'ils rapportent peut aussi bien nous paroître inexact
parce que nous ne savons pas le comprendre,
que parce qu'ils ont quelquefois adopté des
principes faux.

Il n'est guère de point de géographie qui
ait été plus discuté de nos jours, que le
cours de ce grand fleuve d'Afrique généralement connu sous le nom de Niger. Quelques écrivains ont prétendu qu'il couroit
vers l'ouest, d'autres vers l'est ; mais ces
derniers sont en bien plus petit nombre
que les autres **.

Quoique M. Mungo Park, qui a vu le

* Pline, *Lib.* 5. *cap. IV.*

** Presqu'au moment où M. Mungo Park voyageoit
sur les bords du Niger, le savant Lalande a soutenu
contre l'opinion de Danville, que le cours de ce fleuve
alloit vers l'est. Le chevalier Bruce avoit avancé la même
chose. (*Note de l'auteur*).

Niger, mette pour jamais un terme à la question, en décidant que le cours de ce fleuve va de l'ouest à l'est, ainsi que l'avoit déja avancé le major Houghton, il n'est pas inutile de retracer les opinions qu'ont eues à ce sujet les plus anciens historiens.

Il y a plus de vingt-deux siècles que, d'après ce qu'il avoit appris des africains, Hérodote * a parlé d'un grand fleuve d'Afrique, placé très-loin au midi du grand désert, et abondant en crocodiles. Il dit qu'il coule de l'ouest à l'est, et partage l'Afrique de la même manière que le Danube partage l'Europe; que les peuples des bords de la méditerranée, après avoir découvert ce fleuve, avoient été conduits jusqu'à une grande ville bâtie sur ses rives; et que les habitans de ces contrées étoient noirs, c'est-à-dire, beaucoup plus noirs que ceux qui étoient allés chez eux. Hérodote a pensé que ce fleuve étoit un affluent du Nil qui coule en Egypte, et il a raisonné d'après cette idée; ce qui n'a fait que donner plus de force à l'opinion que cet historien avoit sur la direction de son cours.

* Euterpe, chap. XXXII.

Pline croyoit également que le Nil vé-
noit de l'ouest ; mais il étoit loin de penser
qu'il eût rien de commun avec le Niger,
et il a décrit ce dernier comme un fleuve
absolument distinct. Nous voyons qu'il nie
que le cours du Niger aille vers l'ouest ;
car il peint le fleuve Bambotus comme
se jetant dans la mer occidentale ; et il
entend par ce fleuve, la Gambie ou le Sénégal, et non le Niger *.

Ptolémée affirme que le Niger est un
fleuve distinct du Sénégal et de la Gambie, qu'il désigne sous les noms de *Dara-
dus* et de *Stachir*, noms qui leur convien-
nent parfaitement, et dont il dit que les
eaux se versent dans la mer occidentale,
des deux côtés du promontoire *Arsina-
rium* **, qu'on appelle aujourd'hui le cap
Verd. Suivant Ptolémée, le Niger coule
d e l'ouest à l'est, et parcourt la moitié de
la largeur de l'Afrique, entre l'océan atlantique et le cours du Nil.

* *Lib. 5, cap. IX.*

** C'est probablement une corruption de *senhagi*, ou
assenhagi, comme l'écrivent les premiers navigateurs
portugais. Les senhagi sont une puissante tribu.

Ce que je viens de rapporter suffit pour faire connoître, d'après quels écrivains on a anciennement établi dans les systêmes de géographie, que le cours du Niger étoit de l'ouest à l'est. J'ignore quel est le premier qui a prétendu le contraire : mais on voit que dès le douzième siècle, Edrisi dit que le Nil des nègres ou le Niger, non seulement coule à l'ouest et dans la mer atlantique, mais encore qu'il sort du Nil égyptien : opinion diamétralement opposée à celle d'Hérodote.

Cette assertion montre combien Edrisi connoissoit peu la géographie de l'Afrique, et doit nous rendre douteux d'autres faits qu'avance le même auteur, et à l'appui desquels il ne cite aucune autorité. Il est très-vraisemblable que les eaux qui se rassemblent à l'ouest de la Nubie, coulent vers l'ouest, et se perdent dans des lacs ; et il se peut, quoique cela soit fort improbable, qu'un bras du Nil suive le même cours. Mais grace aux connoissances que nous avons acquises, nous pouvons assurer que tout ce qu'Edrisi a débité sur le cours du Niger, est rempli d'erreurs.

Voici, ce me semble, à quoi l'on doit

attribuer ces erreurs. Edrisi avoit probablement entendu dire que les eaux à l'ouest
de la Nubie couroient vers l'ouest. Il savoit aussi qu'un grand fleuve * avoit son
embouchure dans l'Atlantique, presque dans
le même parallèle; et que de plus un volume d'eau dont la direction étoit entre
l'est et l'ouest, et entre la Nubie et l'embouchure dont je viens de faire mention,
arrosoit une vaste étendue de pays dans
le centre de l'Afrique. Or, en admettant le
fait du cours des eaux à l'occident de la
Nubie, fait que j'essaierai de démontrer
par la suite, y a-t-il rien de plus naturel
que de supposer, comme le fit Edrisi, que
la source, l'embouchure, et le fragment
d'un grand fleuve placé entre ces deux
extrémités, sont trois parties qui appartiennent à un même tout? On doit aussi
observer qu'il croyoit le continent d'Afrique de près de quatre cents lieues plus
étroit qu'il n'est entre la Nubie et l'embouchure du Sénégal.

Aboulfeda a suivi l'opinion d'Edrisi à
l'égard du Niger, qu'il appelle tantôt un

* Le Sénégal.

fleuve jumeau avec celui d'Egypte, tantôt le Nil de Gana. Aboulféda connoissoit la forme du continent d'Afrique, et par conséquent il n'ignoroit pas qu'il étoit environné par la mer *; mais il n'a décrit que le nord et le nord-est de ce continent. Cet auteur vivoit dans le quatorzième siècle.

Il est probable qu'Edrisi a beaucoup influé sur l'opinion des modernes concernant le cours du Niger. Un auteur qu'on a long-tems cru être né dans le pays qu'il a décrit ** et qui est entré dans de plus grands détails qu'aucun autre sur la géographie de l'Afrique, devoit naturellement inspirer plus de confiance à cet égard que ceux qui l'avoient précédé. L'homme ne connoît d'autre critérium que l'évidence, d'après lequel il puisse juger de la vérité.

Puisque le géographe arabe qui a écrit avec le plus d'étendue sur le pays où coule le Niger, a conduit ce fleuve dans la mer atlantique, nous ne devons pas être sur-

---

* Aboulféda vivoit avant les découvertes des portugais.

** Communément appelé le géographe Nubien.

pris que les premiers navigateurs portugais
qui puisèrent sans doute dans les livres
arabes leurs notions sur la géographie de
l'Afrique, aient adopté les mêmes idées,
et pris le Sénégal pour le Niger, ainsi que
nous le voyons dans l'histoire de leurs découvertes au quinzième siècle. Les portugais qui à cette époque étoient la nation la
plus célèbre pour les voyages maritimes et
les découvertes, devoient avoir de l'autorité en ce qui regardoit la géographie de
l'Afrique; de sorte que malgré ce qu'avoit
dit Ptolémée et les autres anciens auteurs,
on peignit le grand fleuve qui arrose l'intérieur de l'Afrique, comme courant vers
l'ouest et étant le commencement de celui
du Sénégal. On supposa même qu'il donnoit naissance à toutes les grandes rivières
de l'Afrique occidentale.

Sanuto, dont l'ouvrage sur la géographie
parut en 1588, dit qu'un bras du Niger
est le *Rio Grandé*, et l'autre le *Sestos*.
Il croit que le Sénégal n'a rien de commun
avec le Niger.

La carte de M. Delisle, faite en 1707,
présente le Niger courant vers l'est, depuis Bornou, et se terminant par le fleuve

du Sénégal à l'ouest. Mais dans les cartes que ce géographe a tracées en 1722 et en 1727, cette erreur est corrigée. La source du Sénégal est placée dans le lac peu profond de Maberia, entre le 14.e et le 15.e degré de longitude à l'est du cap Verd, et par le 12.e de latitude. Sur les mêmes cartes, le fleuve de Tombuctou, appelé Guien, sort d'un autre lac peu éloigné, et coule vers Bornou, où il se perd dans un troisième lac.

On doit attribuer ce changement aux connoissances que les marchands français ont recueillies à Gallam * et qu'on trouve en substance dans la collection des voyages du P. Labat, publiée en 1728. Il y a pourtant quelques points sur lesquels il diffère. Suivant le P. Labat **, les marchands mandingues rapportent que le Niger, par lequel il entend le Sénégal, prend sa source dans le lac Maberia, dont la situation n'a pas pu être déterminée ; que la rivière de Gambie

* Gallam est un des noms de l'endroit où l'on a bâti le fort Saint-Joseph, et sert souvent à désigner les établissemens des Français dans cette partie de l'Afrique.

** Vol. 2, page 161 et suivantes.

est un bras du Niger; qu'elle prend naissance à Baracota, dont la position est également inconnue, et qu'elle traverse un lac marécageux avant d'arriver à Baraconda, où les anglais et les portugais ont leurs établissemens. Au-dessous de Baracota, dit encore le père Labat, le Niger a un autre bras appelé le Falemé, qui après avoir fait le tour du pays de Bambouk, vient rejoindre le Niger à Gallam; enfin le Niger se séparant en deux bras, forme une île considérable un peu plus haut que le Kasson.

On peut remarquer qu'en ajoutant foi à toutes ces circonstances, le père Labat a montré qu'il ne connoissoit nullement l'intérieur de l'Afrique, puisque les rivières dont il parle semblent ne prendre naissance et n'arroser que des terreins unis; tandis qu'il y a peu de contrées dont la surface soit moins de niveau que celle-là, ainsi qu'on le verra par la suite.

Le père Labat rapporte aussi * qu'à l'orient du lac Maberia, on trouve le royaume de Guinbala, d'où sort le fleuve Guien qui

* Vol. 2, page 163.

passe près de la ville de Tombuctou. Ensuite il dit * que Tombuctou n'est point situé sur les bords du Niger, mais bien à six lieues de ce fleuve; qu'en se rendant de Gallam à Tombuctou, les marchands d'esclaves restent en route vingt-deux jours seulement, et que cinq jours avant leur arrivée, ils quittent à Timbi les bords du fleuve pour éviter un trop grand détour.

Le père Labat ne dit pas positivement que le Niger ou le Sénégal soit entièrement navigable depuis les cataractes de Govinea au-dessus de Gallam, jusqu'à Tombuctou. Mais il y a grandement apparence qu'il le croyoit, d'après le projet qu'il présente ** : « Pour former au-dessus des « cataractes un établissement de bateaux qui « pourroient remonter jusques vis-à-vis « de Tombuctou, et épargner les frais con- « sidérables et les fatigues des voyages par « terre ».

On trouve donc dans l'ouvrage du père Labat, l'idée du lac Maberia, source prétendue du Niger; le fleuve de Tombuc-

* Vol. 3, page 361 à 364.

** Vol 3, p. 367, 368.

tou sous le nom de Guien, et de plus,
quoique cela ne soit pas dit d'une manière
affirmative, une navigation continue de
Gallam à Tombuctou. Mais on étonneroit
sûrement beaucoup les gens du pays, en
leur demandant s'ils ont jamais vu quelques bateaux descendre de Tombuctou aux
cataractes de Govinea.

Delisle et Danville, qui pensent à-peu-
près l'un comme l'autre sur cet objet *,
regardent le fleuve Guien comme n'ayant
aucune communication avec le lac Maberia.
Ils croient qu'il prend sa source dans un
autre lac situé au nord et à peu de distance du premier, et en cela ces deux
géographes ne se trompent point. Ils nient
aussi avec raison qu'on puisse naviguer
depuis les cataractes jusqu'à Tombuctou;
mais ensuite ils commettent une double
erreur en plaçant les sources du Sénégal
si loin et dans l'est de l'Afrique, car ce
fleuve sort du sud-est.

Nous devons considérer la géographie de

* Danville diffère de Delisle en plaçant Tombuctou
à une très-grande distance de Gallam, et en représen-
tant le lac Maberia comme moins éloigné qu'il ne l'est,
et le seul où le Sénégal prend sa source.

Danville comme la plus correcte de celles qui ont paru avant les recherches faites sous la direction de l'ASSOCIATION AFRICAINE. D'après les rapports du major Houghton et de M. Magra, on a déja établi, quoique d'une manière un peu vague, que les sources du Joliba ou Niger, sont situées dans le pays, ou du moins près du pays de Manding, et que ce fleuve court vers l'est ou vers le nord-est, où se trouve Tombuctou. On sait de la même manière que Bammakou est placé près du point le plus haut jusqu'où il est navigable; que Sego * et Jenné sont bâtis sur ses bords, et que ses eaux courent dans un double canal aux environs de Tombuctou; enfin on a une idée vague de la position de cette dernière ville. On verra dans le cours de cet écrit que loin de contredire ces faits, les observations de M. Mungo Park les demontrent, et les faisant sortir de l'obscurité dans laquelle ils avoient été jusqu'alors enveloppés, indiquent avec précision les divers lieux dont la position n'étoit pas encore exactement déterminée.

Quant aux erreurs des premiers géogra-

* Capitale du royaume de Bambara.

phes, elles sont plus aisément aperçues
que leurs causes. Cependant on doit les
attribuer en partie à l'ignorance des marchands africains, et plus probablement encore en plus grande partie à la difficulté
que les habitans des côtes et ceux de l'intérieur avoient de se faire entendre les uns
des autres ; difficulté qui a produit beaucoup
d'erreurs, souvent attribuées au mensonge,
ou du moins, à une grande indifférence
pour la vérité.

Je conçois aisément qu'en allant de Tombuctou à Gallam ou de Gallam à Tombuctou,
les caravanes de marchands aient cru que
les principales rivières qu'elles avoient traversées ou longées dans leur route, com-
muniquoient les unes aux autres. D'après
les remarques de M. Mungo Park il paroît
clairement que le bras oriental du Sénégal
et le bras occidental du Joliba sont très-
près l'un de l'autre au commencement de
leur cours : ainsi durant tout leur voyage,
les caravanes peuvent fort bien n'être jamais éloignées d'une rivière que d'un petit
nombre de journées.

Quant au conte si long-tems accrédité,
qui dit que le Niger donne naissance à toutes

les rivières de l'Afrique occidentale , nous devons observer que dans tous les pays arrosés par de grands fleuves , l'ignorance se hâte toujours de les faire sortir d'une source commune, et de croire que cette source est probablement un lac. De nos jours même, on a vu le Burrampouter et l'Ava marqués ainsi sur les cartes. Pline dit * que l'Euphrate et le Tigre se réunissent en Arménie par le moyen d'un lac ; et Edrisi fait, ainsi que je l'ai déja remarqué , sortir d'un même lac le Nil et le Niger **.

* Pline, *lib.* 6, *cap. XXVII.*

** Thomson le croyoit comme Edrisi. Après avoir parlé du Nil, il dit :

His brother Niger too, and all the floods
In which the full-form'd maids of Afric lave
Their jetty limbs.

Voici comment j'ai essayé de rendre ces vers.

Le même lac produit son frère le Niger,
Et ces ondes d'argent, où la jeune africaine
Baigne les beaux contours de ses membres d'ébène.

(*Note du traducteur*).

2.   12

Il paroît que le lac Maberia, où Danville et Delisle croient que prend sa source le Sénégal, ou le fleuve qui coule à l'ouest, n'est autre que le lac Dibbie, formé par le Joliba, qui coule à l'est ; ce que les recherches de M. Mungo Park nous ont fait connoître. Nous apprenons de plus que le Guien ou Guin du père Labat, de Danville et de Delisle, est le bras septentrional du même Joliba, sortant du lac Dibbie, et formant avec le bras méridional, une île de quatre-vingt-dix à cent milles anglais de long ; île que M. Mungo Park appelle Ginbala. Il y a dans cette île une ville du même nom, placée près du bras septentrional du fleuve : mais j'ignore si l'île doit son nom à la ville ou au fleuve qui, en cet endroit, s'appelle Gin ou Guin.

M. Danville a représenté cette partie de l'île de Ginbala, comme soumise à Tonka Quata, le même que le père Labat a dit être souverain du pays, où sont le lac Maberia et la rivière de Guien *.

Ceci nous explique l'erreur de ceux qui, d'après le rapport des marchands mandin-

* Labat, vol. 2, page 161, et vol. 3, page 361.

gues, ont imaginé que le lac Maberia, qui répond au lac Dibbie de M. Mungo Park, donnoit naissance au Sénégal, et qui ont pris le Guien ou le Gin pour un fleuve distinct, non pour un bras sortant du même lac. Les mandingues peuvent fort bien avoir dit aux marchands français, que le lac Maberia et les fleuves Joliba et Guin les meneroient à Tombuctou ; mais leur ont-ils dit aussi que le fleuve du Sénégal les conduiroit au lac Maberia ? Peut-être les marchands français croyant cette navigation sans aucune interruption, n'ont jamais songé à demander si les mandingues leur parloient d'*un* ou de *deux* fleuves ; et les mandingues peuvent fort bien en même-tems avoir parlé de *deux* fleuves différens, sans se douter du préjugé de ceux qui les interrogeoient.

Il faut ajouter que, soit à cause des difficultés qu'offroit l'analyse de leurs documens géographiques, soit à cause des renseignemens dont je viens de parler, Delisle et Danville décrivent *deux* lacs près l'un de l'autre ; le premier à la source prétendue du Sénégal, et le second à celle du fleuve de Tombuctou. Il me semble probable que cette erreur provient de ce qu'on n'a pas compris que les eaux couroient à l'est vers le lac Maberia, et non à l'ouest en sortant de ce lac ; de sorte que quand on a dit à ces géographes que le fleuve de Tombuctou sortoit d'un lac, ils en ont conclu que ce lac devoit être différent de celui qui étoit à la source du Sénégal. Toutefois , il est certain qu'ils croyoient qu'en sortant de ce lac le fleuve couroit vers l'ouest.

Je viens de présenter les diverses opinions et les erreurs des premiers géographes au sujet du Niger ; et l'on voit par-là qu'une période de vingt-deux siècles n'a fait que ramener les choses au point où elles étoient d'abord. Maintenant je vais analyser la partie la plus importante de ces matières , c'est-à-dire , les découvertes de M. Mungo Park.

CHAPITRE II.

Des découvertes géographiques de M. Mungo Park.

Puisque le plan et le but du voyage de M. Mungo Park ont été présentés au commencement de cet ouvrage, il est inutile de s'étendre encore sur ce sujet. La carte particulière des pays qu'il a parcourus expliquera plusieurs points importans de géographie : mais il est très - nécessaire de rappeler au lecteur les particularités que ne doit pas d'abord lui offrir l'inspection de cette carte, ou qui par leur nature ne peuvent pas y être insérées.

Les découvertes de M. Park donnent, ainsi que je l'ai déja observé, une face nouvelle à la géographie *physique* de l'Afrique occidentale. Elles prouvent, d'après le cours des grands fleuves et d'après d'autres renseignemens, qu'une chaîne de montagnes, s'étendant de l'ouest à l'est, occupe

le parallèle entre le 10.e et le 11.e degrés de
latitude nord, et au moins depuis le 2
jusqu'au 10.e degré de longitude à l'ouest
de Greenwich. Suivant d'autres voyageurs,
cette chaîne s'étend encore davantage à
l'ouest et au sud, et forme différentes branches qui probablement sont moins élevées.
C'est le long d'une de ces branches que
commence à couler la rivière de Gambie;
une autre suit fort loin le cours de Rio
Grande, et une troisième semble terminer
la côte occidentale d'Afrique.*. Ainsi cette
chaîne est plus rapprochée de l'équateur
qu'on ne le croyoit; et d'après cela, nous
comprenons parfaitement ce que signifie le
passage **, où Aboulfeda dit que le continent d'Afrique, après s'être étendu au
midi *** depuis Gibraltar jusques aux environs de l'équateur, tourne vers l'est, et

---

* L'auteur veut parler ici de Sierra-Leone.

** Prologomena.

*** Aboulfeda dit en effet littéralement au midi;
car il ignoroit, ainsi que Ptolémée et Strabon, qu'au-
delà des détroits la côte d'Afrique s'étendoit à l'ouest;
il croyoit qu'elle tournoit à l'est du midi.

passe derrière les montagnes de Komri, où le Nil prend sa source *.

Les montagnes en question sont indubitablement celles dont parloit Aboulfeda, qui par le nom de Komri ** n'a pu désigner que les montagnes de la Lune, où Ptolémée place les sources du Nil. Aboulfeda croyait les sources du Nil très-loin dans le sud ou le sud-ouest, ce que je crois comme lui, on peut supposer que la chaîne se prolonge de là dans l'est ou le sud-est, et borne l'Abyssinie au sud. C'est-là du moins le seul moyen de bien entendre Aboulfeda; d'autant que cette opinion est confirmée par M. Mungo Park, qui a trouvé une partie

***

* Il faut croire qu'Aboulfeda supposoit les baies de Bénin et de Saint-Thomas, de 11 ou 12 degrés plus à l'est qu'elles ne le sont réellement; et d'après cela il pouvoit croire que la mer venoit par-derrière les montagnes où le Nil prend sa source.

Observons que c'est du Nil d'Egypte et non du Niger que veut parler cet auteur, ainsi qu'on le voit par un autre passage de ses Prologomena, article des fleuves.

** Komri, ou plutôt *Kummerie*, signifie en arabe, *lunaire*, et est dérivé de Kummer, la lune. (*Hastings*).

de la chaîne *. Suivant Léon d'Afrique **, le pays de Melli est borné au sud par des montagnes ; et ces montagnes doivent être à-peu-près dans le même parallèle que celles de Kong, vues par M. Mungo Park.

M. Beaufoy a eu des renseignemens qui prouvent que les contrées situées au sud et au sud-ouest du Niger, vis-à-vis et à l'ouest de Kassina, sont montueuses et boisées. Celles sur-tout qui s'étendent entre Kassina et Assentai, présentent une longue chaîne de montagnes couvertes de forêts, montagnes dont quelques-unes s'élèvent à une prodigieuse hauteur ***.

Il est reconnu que les sources du Nil sont très-loin au sud du parallèle de dix degrés nord. Or, en admettant que cette chaîne de montagnes s'étend en général à l'est, elle doit se détourner vers le sud, par-delà Kong et Melli, pour passer au

* M. Mungo Park a vu les montagnes de Kong, non aucune autre partie de la chaîne.

** *Léo africanus*, pag. 249.

*** Mémoires de l'Association africaine, années 1790 et 1791, in-4°., page 117 à 123, et in-8°., 176 à 186.

dessus des sources du Nil, dont j'imagine que la principale est située dans le pays de Darfour.

La partie plus élevée de ce que M. Mungo Park a découvert de cette chaîne, est située entre le 5.ᵉ et le 9.ᵉ deg. de longitude ouest. C'est-là que prend sa source la rivière de Gambie, qui court à l'ouest-nord-ouest *; et là naissent aussi le Sénégal qui court au nord-ouest, et le Joliba ** à l'est-nord-est. Cependant la pente générale de ces montagnes se prolonge très - loin dans le nord, et présente l'abaissement gradué de plusieurs sommets, qui forment autant de grands échelons. Aussi les eaux suivent d'abord cette direction ; et le Niger sur-tout court plus de cent milles droit au nord avant de tourner vers l'est.

Une grande partie du pays qui borne le côté septentrional des montagnes, d'où sortent les bras affluens du Sénégal, est couverte

---

* Rio-Grandé a sa source très-loin au sud de cette chaîne de montagnes, et suit une direction au nord jusqu'à leur pied, où elle tourne vers l'ouest. (*Journal de Watt*).

* * C'est-à-dire le Niger.

d'épaisses forêts. À son retour, M. Mungo Park traversa ces forêts, dont une portion appelée le désert de Jallonka, ne lui offrit pendant cinq jours d'une marche forcée, aucune trace d'habitation. Tout ce qu'eurent à souffrir, même les hommes libres * de la caravane qui traversoit alors ce désert, est presque incroyable.

La source du principal bras du Sénégal est à environ quatre-vingt milles géographiques à l'ouest de celle du Joliba; et la source de la Gambie est à environ cent milles à l'ouest de celle du Sénégal. Les bras affluens de ce dernier fleuve sont en grand nombre, et entrecoupent le pays dans une étendue de plus de deux cents milles de l'est à l'ouest, sur le passage des caravanes. C'est ce qui fit que M. Mungo Park fut obligé de rester à Manding durant une grande partie de la saison des pluies **,

---

* La caravane étoit principalement composée d'esclaves, qu'on conduisoit du Manding dans les ports de la Gambie, ainsi qu'on l'a vu dans la relation.

** Il y a en Afrique une saison pluvieuse, ainsi qu'un changement périodique des vents, comme on le voit dans l'Inde sous les mêmes latitudes. C'est en effet une MOUSSON.

chose à laquelle il semblera peut-être qu'on
ne doit guère s'attendre dans un pays regardé en Europe comme le plus aride du
globe.

Nous pouvons croire que le Joliba, ou
le Niger, se divise en plusieurs bras comme
le Sénégal. Il doit nécessairement recevoir
dans son cours, toutes les eaux qui descendent des montagnes de Kong du côté
du midi. Mais comme M. Mungo Park ne
voyagea que sur la rive septentrionale, il
ne put voir que divers bras qui sont de ce
côté-là, et on lui dit qu'il lui étoit impossible de voyager de l'autre bord. Il n'est
pas possible que ce fleuve ne soit grossi par
quelque grande rivière, lorsqu'il s'éloigne
assez des montagnes pour que les eaux
puissent se rassembler.

Dans l'endroit jusqu'où M. Mungo Park
a suivi les bords du Niger, et où, quoique
éloigné de sa source de quatre cent vingt
milles en ligne directe, il peut être encore
regardé comme au commencement de son
cours, ce fleuve charrie déja un très-grand
volume d'eau. M. Mungo Park le jugea le
plus considérable de tous ceux qu'il avoit
vus en Afrique ; et il lui parut abondant

en crocodiles. La saison des pluies ne venoit que de commencer; et le fleuve pouvoit être traversé à Sego, où son lit a beaucoup de largeur.

Cependant nous ne pouvons pas estimer le volume des eaux du Niger, de ce Niger dont parloient Pline et les romains, d'après celui qu'elles ont à Sego et à Silla *. Nous ne connoissons pas d'autre fleuve passant à Kassina qui, située à l'est de Silla, en est éloignée de plus de sept cents milles. Or, dans un si long cours, il doit recevoir bien des eaux tributaires, et être devant Kassina bien plus considérable que là où le vit M. Mungo Park. Peut-être n'est-il pas inutile de remarquer ici, pour ceux à

---

* Suivant Pline, liv. 5, chap. IV, il paroît que la domination des romains s'est étendue jusqu'au Niger, où ils avoient pénétré par la route de Gadamis, de Fezzan, de Tabou et de Kassina, route la plus directe et la plus commode en partant de la méditérranée. Il est prouvé que Balbus conquit ces trois premières villes.

Pline savoit que le Niger débordoit périodiquement comme le Nil et dans le même tems; ce qu'attestent aussi les rapports du major Houghton, et les observations de M. Mungo Park.

Pline dit de plus que les productions du Niger sont les mêmes que celles du Nil.

qui ces matières ne sont pas familières,
que quand les rivières ne sont qu'à quelque
distance de leur source, elles se déploient
proportionnément à leur volume, et que
souvent elles deviennent moins larges en
avançant dans leurs cours *.

On ne peut pas douter que le Joliba ne

* Dans les mémoires de l'Association africaine, on
décrit le fleuve de Kassina, comme courant vers l'ouest
et passant à Tombuctou, où il reçoit le nom de Gnewa,
nom qu'on a peut-être pris pour celui de Joliba ; car
on remplace plus souvent un *l* par un *n* qu'un *n* par
un *m* *.

Il est probable qu'il y a erreur dans le cours qu'on
attribue au fleuve, et que dans le pays de Kassina ainsi
que dans celui de Tombuctou, il coule de l'ouest à l'est.
Il semble aussi qu'il est plus considérable dans l'est
que dans l'ouest, ce qui devient une présomption en
faveur de son cours vers l'est. Il faut ou que le fleuve
qui passe à Kassina et celui qui passe à Tombuctou
soient le même, ou qu'ils se réunissent entre ces deux
villes, chose que nous n'avons jamais entendu dire. Je
m'étendrai davantage sur ce sujet dans la dernière
partie de cet écrit.

* Abderachman Aga l'appelle Gulbi, ou Julbie, ainsi qu'on
le voit dans l'Edrisi d'Hartmann. Je saisis cette occasion pour
dire combien j'ai d'obligation aux savantes notes de M. Hartmann.

soit un beau fleuve, et le roi des rivières de l'Afrique occidentale, comme le Nil l'est de celles de l'Afrique orientale : mais les fleuves et les rivières d'Afrique sont bien moins considérables que ceux d'Amérique et d'Asie.

M. Mungo Park jugea qu'au-dessous des cataractes de Félow, ou Félou comme l'écrit le père Labat, le Sénégal avoit un moindre volume d'eau que celui qu'a le Twid * en été, vis-à-vis de Melross. A la vérité, M. Mungo Park parloit ainsi dans la saison du sec ; mais comme le fleuve ne commence à grossir périodiquement que plusieurs mois après cette saison, ce voyageur ne le vit pas à son dernier point de diminution. D'ailleurs, dans l'endroit où il étoit, tous les bras du Sénégal étoient réunis, à l'exception du Falemé, qui lui-même avoit alors environ trois pieds de profondeur. Le Sénégal est cependant encore guéable dans quelques endroits au-dessous de celui où il est grossi par les eaux du Falemé. Le père Labat rap-

* Le Twid n'est guère plus considérable que la Marne.

porte * que les maures le traversent dans le tems du sec, et commettent beaucoup de vols et de ravages sur la rive méridionale, rive où l'on a bâti la plupart des villes et des villages, dans l'espoir qu'ils y seroient moins exposés aux incursions de ce peuple brigand.

Le Sénégal n'est donc un grand fleuve que dans la saison des pluies. Alors semblable à tous les autres fleuves et rivières situés entre les tropiques, il remplit son lit, surmonte ses bords et se répand dans les campagnes.

M. Mungo Park observa la marque du plus haut point où étoit monté le Kokoro, affluent oriental du Sénégal, et il trouva que cette rivière avoit été de vingt pieds plus haute qu'elle n'étoit quand il la traversa en allant au midi. Le principal bras du fleuve, appelé le Bafing ou le fleuve Noir, n'étoit pas guéable, et fut traversé sur un pont volant d'une singulière construction. Tous

---

* Le père Labat, vol. 2, page 172, en rapportant cela, décrit les obstacles qui s'opposent à la navigation du Sénégal, obstacles qui ne proviennent pas de l'inégalité de la pente, mais des rochers qui se trouvent dans le lit du fleuve.

les bras de ce fleuve ont des crocodiles dans les endroits où les passa M. Munko Park.

Le Falemé prend sa source fort haut, et reçoit les eaux d'une grande étendue de pays.

M. Mungo Park a fait moins d'observations sur le cours de la Gambie. Il est à remarquer que la position qu'on a désignée à ce voyageur comme celle des sources de cette rivière, est presque la même que celle qui se trouve dans la carte de Wadstrom, qui avoit pourtant pris ses renseignemens ailleurs. Cette coïncidence est très-satisfaisante. On trouve dans le docteur Afzelius, qu'entre les points les plus rapprochés de la Gambie et de Rio Grandé, il y a quatre journées de marche.

M. Mungo Park a traversé six rivières venant du nord-est et se jetant dans la Gambie. La principale de ces rivières est le Nérico, qui sort du royaume de Bondou, et est reconnue pour la limite d'un pays que ses habitans appellent le pays de l'ouest, ou du soleil couchant. Ce pays plus bas que celui de l'est, a un sol uni et composé de sable et d'argile. Il paroît que toute la partie que M. Park en traversa à son retour, est couverte de bois, que l'on n'a éclaircis qu'à la façon des Numides, dans certains endroits habités.

Dans le grand espace qu'on appelle le désert
de Jallonka , les arbres semblent aussi vieux
que la terre *.

Les royaumes de Bambara et de Kaarta ,
ont aussi beaucoup de forêts, mais moins
que le pays dont je viens de parler. D'ailleurs,
les arbres n'y sont pas si grands.

Voici ce qui résulte des observations de
M. Mungo Park, relativement à l'élévation
de l'intérieur de l'Afrique ; près des sources
des fleuves et des grandes rivières.

Le pays situé à l'est des royaumes de
Bondou et de Néola, et à l'ouest du Bambara et du Kaarta , est très-élevé et a une
pente rapide du côté de l'est. Il se rétrécit
beaucoup du Bambara au Néola, c'est-à-dire,
qu'il a trois cents milles de largeur au sud,
et seulement soixante à soixante-dix au nord.
Il est même probable qu'il se réduit à rien en
avançant dans le grand désert ; ainsi il forme
un vaste triangle, dont le vertex est au nord
du petit royaume de Kasson. Ce pays élevé

* Thomson a eu ces forêts en vue quand il a dit:
Beneath primeval trées, that cast
Their ample shade o'er Niger 's yellow stream.
Sous ces arbres si vieux , dont les épais rameaux
Ombragent du Niger les jaunissantes eaux.

n'est pourtant pas par-tout de la même hauteur. La partie la plus haute et en memê-tems
la plus étendue comprend ce qui est à l'est.
Sa limite orientale est , comme je l'ai dit plus
haut , vis-à-vis du Kaarta et du Bambara ;
et il se termine du côté opposé par une grande
pente dans le Woradou , à l'ouest du principal bras du Sénégal. Du Woradou , la ligne
de sa limite s'étend au nord , jusqu'à une
autre pente pareille à la première. Là , le
Sénégal se précipitant de la première hauteur sur la seconde ; forme les cascades de
Govinea.

La partie la plus élevée contient le Manding,
le Jallonkadou , le Fouladou , le Kasson , le
Gadou et quelques autres petits états. Le
second plateau comprend le Bambouk ; le
Konkadou, le Satadou , le Dentila et d'autres
pays. Il est borné au sud-ouest par le grand
talus que forme le pays de Kirwanney , où
les eaux commencent à couler vers l'ouest.
Au nord-ouest, il a la pente où se trouve
la seconde et dernière cascade du Sénégal,
qu'on appelle la cascade de F'low. Cette cataracte est à environ trente milles anglais au-
dessous de Govinea ; et quarante-huit milles
au-dessus du fort Saint-Joseph. Là , le fleuve

coulant dans la partie la plus basse du pays, est, à l'exception de quelques endroits, navigable jusqu'à la mer *. Le Falémé coule dans un terrein beaucoup plus bas que ceux que parcourent les autres rivières qui se réunissent au Sénégal.

La navigation de la Gambie est gênée à Baraconda, dans le royaume de Woulli : mais quoiqu'on appelle ces endroits une cascade, M. Mungo Park apprit que les canots pouvoient y passer ; de sorte qu'il faudroit plutôt le nommer un *rapide*, suivant l'expression américaine, c'est-à-dire, un endroit où l'eau court bien plus rapidement que dans les autres, mais n'interrompt pourtant pas tout-à-fait la navigation.

Le Joliba, ou le Niger, descend du pays de Manding dans le Bambara, et court vers l'est avec une extrême rapidité jusqu'à Bammakou, qui est à 150 milles de sa source. Là, il commence à couler mollement et est navigable jusqu'à Houssa, et probablement jusque dans le Wangarah. Il est certain que le fleuve qui passe à Kassina et à Houssa, est non-seulement navigable mais très-large, et qu'on lui

* Le père Labat, vol. 2, page 172.

donne le même nom que les maures et les arabes donnent au Joliba, c'est-à-dire, le nom de Nil Abeed ou de fleuve des esclaves; ce qui montre quelle idée ces deux nations se font des habitans du pays qu'arrosent ces fleuves *.

Tandis que M. Watt étoit à Tiembo **, capitale du royaume des Foulahs, il apprit que pour se rendre de cette ville à Tombuctou, principal objet de ses recherches, on faisoit une partie de la route le long d'une *grande eau*, qu'on rencontroit à une trentaine de jours de marche de Tiembo. Il n'est nulle-ment douteux que cette *grande eau* ne soit le Joliba, dont le nom, ainsi que je l'ai déjà observé, signifie en langue mandingue, la *grande eau*, ou plutôt le *grand fleuve*.

Quelques personnes ont cru que par cette *grande eau*, les foulahs entendoient un grand lac : mais cela est très-improbable, bien qu'il

---

* Peut-être le major Rennell se trompe-t-il dans l'idée qu'il se fait du sens que ces peuples attachent au mot d'esclave. Les habitans de quelques parties de l'Afrique et entr'autres les nubiens s'en qualifient comme d'un titre honorifique. (*Note du traducteur*).

** En 1794.

y ait dans d'autres parties de l'Afrique des
lacs où se jettent les rivières, qui ne vont
pas porter leurs eaux jusqu'à la mer. Quant
à la grande eau dont parlent les foulahs, la
distance même où ils la trouvent prouve que
c'est le Joliba ; car en un mois on va bien de
Tiembo au-delà de Yamina, mais à peine
peut-on se rendre à Sego ; et l'on sait d'après
M. Watt, que pour aller à Tombuctou, les
foulahs traversent le territoire de Beliah,
de Bowriah, de Manda, de Sego. Nous
ignorons où est situé Beliah ; mais il y a
apparence qu'il se trouve au nord-est, ou à
l'est-nord-est de Tiembo ; car M. Mungo
Park place Bowriah, sous le nom de Bouri,
tout près du Manding, qui est probablement
ce que M. Watt appelle Manda. A l'égard
de Sego, il ne peut y avoir aucun doute. Ce
que le même voyageur rapporte de la largeur
de la *grande eau*, peut ou s'appliquer au
lac Dibbie, ou n'être qu'une hyperbole africaine. Le sens paroît assez clair.

J'ai extrait tout ce que contient le journal
manuscrit de M. Watt, sur la *grande eau*
et sur les Nyalas. M. Mungo Park a aussi
entendu parler des Nyalas ou Gaungays :
mais il pense que l'interprète de M. Watt

comprit mal ce qu'on lui disoit à ce sujet,
ou bien qu'on lui disoit des mensonges. Quoi
qu'il en soit, en voici l'extrait.

« J'eus une longue conversation avec
« quelques hommes d'une tribu mandin-
« gue, appelée la tribu des Nyalas. Les
« Nyalas sont grands voyageurs, et très-
« respectés par tous les autres peuples d'A-
« frique. C'est de cette nation que sont tous
« les *gaungays*, c'est-à-dire, les ouvriers
« en cuir. Elle fournit aussi ceux qui por-
« tent la parole dans toutes les ambassades;
« car non-seulement ils sont bons orateurs,
« mais ils ont le privilège de dire ce qu'ils
« veulent sans que personne, pas même
« un roi, puisse s'en offenser. Quiconque
« voyage avec eux est sûr de ne courir
« aucun risque; et, pour me servir de leurs
« propres termes, quand ils se trouvent
« entre des armées, on diffère de donner
« bataille jusqu'à ce qu'ils aient passé.

« Je leur fis plusieurs questions sur Tom-
« buctou. L'un d'eux me dit : — En allant
« à Tombuctou nous trouvons, à environ
« trente jours de marche au-delà de Tiembo,
« une grande eau, dont nos yeux ne peuvent
« pas mesurer l'étendue, et qui est douce

« et bonne à boire. Nous la côtoyons, et
« nous nous arrêtons dans différentes villes
« pour y prendre des vivres. Il y a aussi
« là un pays habité par une mauvaise na-
« tion, qui nous voleroit et nous massa-
« creroit si elle le pouvoit : mais au lieu de
« passer chez elle, nous l'évitons en nous
« éloignant des bords de l'eau.—Les Nyalas
« vouloient me conduire à Tombuctou, pour
« le prix de quatre esclaves * ».

* Journal manuscrit de Vatt, page 181.

CHAPITRE III.

Observations géographiques sur le voyage de M. Mungo Park dans l'intérieur de l'Afrique.

A présent je vais entrer dans le détail des observations géographiques de M. Mungo Park. Si l'on se plaignoit que je m'étends trop sur cet objet, je répondrois que puisque les renseignemens qu'on nous a fournis ne peuvent par leur nature être très-exacts, il est nécessaire de les discuter avec plus de soin, et de mettre sous les yeux du public, non-seulement le résultat, mais le détail de cette discussion, et de lui faire bien connoître sur quoi nous fondons notre opinion.

Peut-être n'obtiendrons-nous jamais de nouvelles lumières à cet égard ; peut-être aussi quelqu'autre voyageur plus heureux, car il ne peut pas y en avoir de plus zélé, de plus entreprenant, de plus courageux, de plus prudent que M. Mungo Park,

achèvera ce que ce dernier a commencé.
Quoi qu'il en soit, on se rappellera les documens qu'il a fournis et la manière dont
nous les avons employés ; et l'on sera à
même de les apprécier, et de les perfec-
tionner.

Celui qui tentera de voyager dans les
mêmes pays que M. Mungo Park, ne peut
trop étudier les détails des travaux de celui-
ci, afin de connoître ce qui a besoin d'être
corrigé, et de s'épargner le tems que lui
coûteroit une inutile attention à des objets
déja remplis.

L'on a fait deux nouvelles cartes à l'occasion du voyage de M. Mungo Park : l'une
contient les découvertes et les établissemens
faits dans différentes parties de l'Afrique
septentrionale ; l'autre, la géographie de
l'expédition de M. Mungo Park, ainsi que
le résultat des recherches de ce voyageur.
Cette carte est à plus grand point que la
première, et mes remarques, mes discus-
sions s'y rapportent particulièrement.

En composant cette carte, il a fallu
bien indiquer la position des lieux d'où
M. Mungo Park est parti, ainsi que celle
du fort St.-Joseph, près duquel il a passé,

puisque ces positions sont différentes de ce qu'on voit sur les cartes déja connues. La position exacte de quelques lieux vus par MM. Watt et Winterbottom contribuant beaucoup au perfectionnement de la géographie , il convient que nous en parlions.

Le cap Verd et le fort St.-Louis, qui est à l'embouchure du Sénégal , sont placés conformément aux observations et au résultat du travail de Fleurieu *.

Gillifrey, situé sur les bords de la Gambie, a été mis sur la carte d'après le terme moyen des longitudes qui lui sont assignées par Danville, d'Après et Woodwille, et qui ne diffèrent entre elles que de 4 minutes et demie **. Les divers points des côtes, et le bas des rivières entre le cap Verd

---

* Le cap Verd est par les 14° 48' de latitude et par les 17° 34' de longitude à l'ouest de Greenwich.

Le fort Saint-Louis est par les 16° 5' de latitude suivant Danville, et par les 16° 8' de longitude suivant Fleurieu.

**Danville   16° 9' 30'
D'Après   16. 5.   } terme moyen 16° 7'
Woodwille   16. 8. 3.
Latitude   13° 16'

et le cap Verga, sont pris des cartes de Woodwille. La partie qui est entre le cap Verd et le 18.ᵉ degré de latitude, est marquée d'après le résultat du travail de Fleurieu, tandis que les détails sont tirés de Danville et de Woodwille.

Le cours de Rio Grandé, depuis la mer jusqu'à la cascade près de la rivière de Dunso, est copié sur la carte du docteur Wadstrom. La rivière de Dunso, traversée par M. Watt, paroît certainement n'être qu'une continuation de Rio Grandé, dont plusieurs bras coulent au sud-est. Les hautes montagnes qu'on voit par-derrière sont sans doute une branche de la grande chaîne à laquelle Aboulféda donne le nom de Komri. La route de M. Watt est tracée d'après une esquisse communiquée par M. Beaufoy *, et dans laquelle l'échelle a été gra-

* M. Beaufoy est mort depuis peu. Le public se rappelle sans doute les obligations qui lui sont dues pour la persévérance et le zèle avec lesquels il a travaillé à augmenter nos connoissances sur l'intérieur de l'Afrique. Sa perte, à cet égard, sera long-tems sentie, sinon irréparable. Il s'étoit livré par goût à l'entreprise de faire faire des découvertes en Afrique; il y avoit contribué plus que personne, et il sembloit fait pour y réussir.

duée par milles anglais, conformément au journal du voyageur. J'y ai eu égard; c'est pourquoi Laby et Tiembo sont placés plus près des côtes que ne les représente la carte du docteur Wadstrom *. La mienne ne met pas plus de cent vingt milles géographiques entre ces deux villes, en admettant que l'échelle de l'esquisse dont je viens de parler soit pour des milles anglais, comme je l'ai cru.

Le point le plus rapproché de la route de M. Mungo Park, se trouve à cent douze milles géographiques au nord de celle de M. Watt, et la rivière de Gambie est presque au milieu de ces deux routes. Ainsi la carte de M. Watt offre un objet de comparaison très-utile, et confirme le rapport des habitans de l'intérieur de l'Afrique, relativement au cours de la Gambie. Suivant ce qu'en dit M. Mungo Park, il faut tra-

---

* Le docteur Afzelius pense que la ville de Kissey est en ligne directe, à environ trente-six milles géographiques au nord-est quart-d'est de Sierra-Leone; d'où il résulte que Tiembo ne doit pas être à plus de cent cinquante-six milles de Sierra-Leone. Cependant sur la carte générale il en est à cent soixante-dix milles. Je me suis conformé à l'esquisse de M. Watt; mais je crois qu'il est probable que Tiembo et la route qu'a suivie ce voyageur devroient être plus dans le sud.

verser cette rivière , quand on se rend des bords du Falemé dans le royaume de Fouta Jallo , dont Tiembo est la capitale.

Pisania , qu'on appelle aussi la factorerie de Kuttijar * , et d'où partit M. Mungo Park , est situé sur les bords de la Gambie. Danville le place à cent soixante-dix milles au-dessus de Gillifrey ; mais la carte de Woodwille ne l'en met qu'à cent cinquante-six milles , ce qui s'accorde mieux avec la relation de M. Mungo Park ; car ce voyageur fut informé que les messagers qui alloient de l'une à l'autre de ces deux villes, ne restoient en route que six jours et demi **.

* C'est-là que résidoit le docteur Laidley à qui M. Mungo Park et l'Association africaine ont eu de grandes obligations. Le docteur reçut M. Mungo Park dans sa maison, et le traita, non comme un étranger, mais comme son fils. Il soigna lui-même ce voyageur pendant la maladie grave qu'il eut ; et voyant qu'il ne recevoit pas les marchandises destinées aux frais de son voyage et envoyées par le consul Willis, il lui fournit toutes les choses dont il avoit besoin, et reçut en paiement des mandats sur l'Association africaine.

** La journée d'un voyageur ordinaire est d'environ dix-sept milles géographiques. Dans l'Inde, les messagers font vingt-cinq milles géographiques par jour, c'est-à-dire, cent milles anglais dans trois jours.

Pisania est donc par les 13° 28′ de longitude ; et suivant la hauteur prise avec un sextant par M. Mungo Park, il se trouve par les 13° 35′ de latitude nord.

Les causes qui ont empêché M. Mungo Park de suivre dans sa route une ligne directe, ayant été expliquées dans la première partie de cet ouvrage, nous n'en parlerons que pour montrer le rapport des dates avec les distances établies sur la carte.

Quelques lecteurs s'étonneront peut-être qu'on ait eu l'idée de suivre une autorité si vague en apparence, que celle de juger des distances par le tems que le voyageur a resté pour se rendre d'un lieu à l'autre. Cependant, ceux qui ont eu l'habitude d'observer le chemin qu'ils faisoient en voyageant, sentiront bien qu'on peut par ce moyen mettre assez d'approximation dans le calcul des distances. Ils en seront même aisément convaincus, ceux qui ont été accoutumés à voyager dans des contrées où la *distance* est réglée par le *tems*, ainsi que ceux qui sont accoutumés à employer des matériaux géographiques de cette nature. Il faut pourtant observer que ces sortes de calculs ne doivent être faits que par des hommes qui ont du jugement et de l'expérience ; que quand on a le moyen de s'en passer, on n'y a pas recours ; mais qu'il est des cas ou l'on ne peut se dispenser d'en reconnoître l'exactitude.

Dans celui dont nous nous occupons ici, on ne peut pas estimer le chemin par la marche des chameaux *, puisque M. Mungo Park a fait la plus grande partie de son voyage à cheval, et le reste à pied. On ne se sert pas même de chameaux dans le pays qu'il a parcouru **. Ce n'est que d'après le nombre des journées qu'emploient les marchands voyageurs à se rendre à Sego et à Tombuctou, soit en partant de différens points de la route de M. Mungo Park, soit en partant de Maroc, de Tunis et de Fez, qu'on peut marquer la distance entre ces divers endroits. Il faut alors établir le calcul, d'après le tems qu'ils mettent à se rendre du Fezzan en Egypte, et de Maroc à Jarra, les distances entre ces lieux étant

* Voyez les Transactions philosophiques de l'année 1791.

** Excepté dans la contrée des maures, où il a été prisonnier. (*Note du traducteur*).

les mieux connues. Il me semble que c'est le moyen d'obtenir un résultat satisfaisant, parce que la coïncidence est frappante.

J'ai commencé par calculer les gisemens et les distances établis par M. Mungo Park; puis j'ai corrigé, autant que je l'ai pu, les gisemens par les latitudes qu'a observées ce voyageur, et enfin j'ai pris les gisemens d'après la boussole, en admettant la variation connue.

Le résultat de ces calculs, joint à la distance que M. Mungo Park établit entre Sego et Tombuctou, a été comparé avec celle que les rapports populaires mettent entre le pays de Woulli, le fort Saint-Joseph, Bambouk et Tombuctou. J'ai trouvé que ces rapports ne différoient pas beaucoup de ce qu'a estimé M. Mungo Park; et j'ai hasardé de corriger cette légère différence à laquelle je devois naturellement m'attendre, et qui n'étoit que de vingt-quatre milles géographiques; bagatelle assurément, lorsqu'il s'agit de la géographie de l'Afrique. Enfin, d'après cela, la position de Tombuctou ne diffère que d'un demi-degré de latitude, et de moins d'un demi-degré de longitude de celle que lui donne l'intersection des lignes de distance de Maroc au nord-ouest, et Fez au nord-est, distance dont je rendrai par la suite un compte particulier.

Une grande partie des observations géographiques de M. Mungo Park est totalement perdue : mais heureusement que la plupart des gisemens qu'il a estimés par la boussole nous ont été conservés ; et pour suppléer à ceux qui manquent, nous avons les notes de la latitude et de la longitude qu'il a déterminées d'après ces gisemens : ainsi, nous pouvons connoître les gisemens mêmes. Comme ce voyageur omit de faire des observations pour juger des variations de l'aiguille aimantée, après qu'il eut perdu * les moyens de corriger sa route par les observations de la latitude, il est assez important et assez difficile de savoir quelle variation on doit estimer dans les longues distances qui sont entre Jarra et Silla, et entre Silla et le Manding.

Il paroît qu'on ignore aussi complète-

* Il étoit alors à Jarra. Les lieux où il a fait des observations sont marqués sur la carte par des astérisques.

2. 14

ment jusqu'à quel point la boussole varie
dans l'intérieur du continent d'Afrique ,
que dans l'intérieur de la nouvelle Hol-
lande. Ce qu'il y a encore de très-remarquable, c'est que les lignes de variation ne
traversent pas l'Afrique avec ce degré de
régularité et d'égalité qu'elles ont sur une
grande partie de la mer atlantique et de
l'océan indien ; c'est du moins ainsi que
j'en juge. Il est donc nécessaire de recher-
cher quel est le degré des variations qui
ont lieu dans les mers qui environnent
l'Afrique , et quelles sont la direction gé-
rale, la nature particulière , et la tendance
de ces variations ?

Les variations de l'aimant sur le globe
ont fixé mon attention à différentes époques
de ma vie ; c'est pourquoi l'application des
observations nouvelles que m'a procurées
un de mes amis, a été moins difficile
pour moi que si le sujet m'eût été entièrement étranger. Une dissertation à cet
égard seroit ici déplacée : je me bornerai
donc à donner succintement le résultat de
mes recherches, en avertissant que la partie
théorique qui concerne l'intérieur de l'A-
frique est fondée sur une continuation

supposée de ces lignes d'égale quantité, desquelles la tendance a déja été observée dans les mers environnantes.

Je ne doute pas que quelques personnes ne regardent cette détermination comme trop hardie ; mais elles avoueront au moins qu'il est difficile de concevoir un arrangement plus probable. D'ailleurs ce qui nous intéresse davantage, c'est que quand nous serions forcés de renoncer à un système général sur cet objet, il n'en seroit pas moins vrai que dans la route de M. Mungo Park le degré de variation de l'aimant ne pourroit pas être très-différent de ce que nous l'avons estimé ; car que la ligne de 18° dans l'Atlantique méridionale soit une continuation de celle de l'Atlantique septentrionale ou de celle de l'Océan indien, le résultat est le même, excepté que dans le premier cas la variation est un peu plus forte.

Il semble qu'entre les Indes orientales et l'Amérique méridionale, et entre l'Europe et l'Afrique méridionale, la variation de l'aimant forme quatre sortes de lignes concentriques sur le globe, lignes dont les plus hauts points de convexité sont opposés l'un à l'autre dans le vaste espace de l'Afrique septentrionale. La carte ci-jointe expliquera encore mieux cette théorie *.

* Cette carte ou plutôt cette esquisse n'est pas donnée pour être rigoureusement exacte, parce qu'il est moralement impossible de se procurer des observations récentes sur le changement rapide qui a lieu dans chaque endroit. Cependant les observations qui déterminent le cours des lignes dans l'Atlantique et qui sont marquées sur la carte, ne sont que de l'an 1793. Il en est de même de celles de la partie occidentale de la méditerranée. Celles d'au-delà du cap de Bonne-Espérance par les 30° est, sont de 1789.

Il est évident que la connoissance raisonnée du degré de variation, dans quelqu'endroit que ce soit, et dans un tems donné, est moins importante pour la question que nous traitons, que celle du rapport des lignes d'égale quantité à une époque récente; et je pense avoir assez bien rempli cet objet par les matériaux que j'ai eus. Quelque changement qui puisse avoir eu lieu depuis 1793, il doit avoir donné un plus grand degré de variation dans les limites du pays où M. Mungo Park a voyagé.

Dans la mer Atlantique, il paroît que la variation augmente d'un degré tous les sept ans. Dans l'Océan indien elle augmente moins, et dans la mer Rouge, elle a très-peu changé de 1762 à 1776.

Dans les endroits où la variation est prouvée, les lignes sont continues, et dans ceux où elle est supposée, elles sont brisées.

Il semble de plus, que depuis le point d'opposition de ces courbes en Afrique, où la variation est de 18°, elle décroît avec une grande rapidité, et finit par n'être plus sensible en allant vers l'est dans l'Inde, ou vers le sud-est dans l'Amérique méridionale. Mais depuis le même point elle croît en allant au nord-nord-ouest vers l'Irlande, ou vers le côté opposé, c'est-à-dire vers la côte de la Caffrerie. Toutefois le changement n'est pas aussi rapide dans l'augmentation, en allant soit vers le nord, soit vers le sud, que la diminution en allant à l'est ou à l'ouest. Tels sont les principes de ce système, que si quelqu'un partoit du cap Verd ou du cap Blanc pour traverser l'Afrique de l'ouest sud-ouest à l'est-nord-est, et se rendre dans la haute ou dans la basse Egypte, il trouveroit à son départ une variation occidentale de quinze degrés et demi à seize degrés et demi; variation qui augmenteroit jusqu'à 18 degrés vers le centre du continent, et ensuite diminueroit jusqu'à un moindre degré que celle qu'il avoit trouvée à son départ.

La route de M. Mungo Park étant comprise entre le cap Verd et le centre de l'Afrique, se trouve par conséquent dans les lieux où la variation est de seize à dix-huit degrés; et la partie de cette route où le manque d'observation de latitude nous oblige de nous en tenir aux rapports de la boussole, est plus près de 18° que de 17° *. Je vais maintenant entrer dans le détail des observations de M. Mungo Park.

En quittant Pisania, M. Mungo Park marcha vers l'est et se rendit à Medina **, capitale du royaume de Woulli. De-là il se dirigea droit à l'est-nord-est, par les pays de Bondou, de Kajaaga et de Kasson,

* La preuve que cette somme de variation existe, c'est qu'en terminant la route de M. Mungo Park à Woulli, il paroît sur la carte qu'il n'y a qu'un petit manque de distance; tandis que la variation est estimée de 7°. Si la somme estimée étoit moindre, cela n'auroit pas lieu; puisque Jarra est placé conformément à sa latitude.

** Le point de départ du major Houghton en 1791, étoit Medina. Sa route se rencontre avec celle de M. Mungo Park en différens endroits, et ensuite elle s'en écarte d'environ trente milles près de la rivière de Falemé, que le major traversa à Galcullo, presqu'à vingt milles plus haut que Naye, où M. Mungo Park passa la même rivière.

dont les deux derniers sont séparés par le
fleuve du Sénégal.

Il détermina la latitude de Kolor, de
Kourkourany, de Joag, de ce côté du fleuve,
ce qui nous donne le moyen de corriger
les parallèles. La *distance* est à présent
laissée comme elle se trouve dans le journal, mais nous ne renonçons pas au dessein
de la corriger par la suite. Le résultat de
ces gisemens et de ces distances, place
Joag à deux cent quarante-sept milles à
l'est de Pisania; d'après deux différentes
observations, sa latitude est de 14° 25'. *

A Joag, M. Mungo Park apprit que
Dramanet, situé à environ deux milles et
demi à l'est du fort Saint-Joseph, étoit à
dix milles à l'ouest de Jaga.

* Suivant ce résultat, Joag est par les 9° 12' de
longitude, et le fort Saint-Joseph par les 9° 21', ce
qui est environ 38 minutes plus à l'est qu'on ne les
trouve sur la carte de Danville, dont nous aurons
encore occasion de parler.

Voici les calculs faits en route par M. Mungo Park.

	Heures.	Milles géogr.	RAPPORTS de la BOUSSOLE	PAYS.	Latitude observée.
De Pisania à Gindey.	6.	6	S. E. $\frac{1}{4}$ E.	Yani.	13° 35'.
Koutacunda.	5.	13.	E.		
Tabajang.	2. $\frac{1}{2}$	6	E. $\frac{1}{2}$ N.		
Medina.	5. $\frac{3}{4}$	15.	*Idem.*		
Konjour.	3.	8.	E. $\frac{1}{2}$ S.		
Mallaing.	2.	6.	E. $\frac{1}{4}$ S.	Woulli.	
Kolor.	5.	12.	E. N. E.	. . . .	13° 49'.
Tambacunda	5. $\frac{1}{4}$	14.	S. E. $\frac{1}{4}$ E.		
Kouniakarry	5.	13.	E. $\frac{1}{4}$ N.		
Koujar.	3.	9.	E. $\frac{1}{2}$ N.		
Un puits.	13.	34.	E. $\frac{1}{4}$ N.	Bois.	
Tallica.	4.	10.	E.		
Ganada.	4.	10.	E. $\frac{1}{2}$ N.		
Kourkourany	4. $\frac{1}{2}$	12.	E. S. E.	. . . .	13° 53'.
Douggi.	1.	3.	E. $\frac{1}{4}$ N.		
Buggil.	4. $\frac{1}{2}$	14.	E. $\frac{1}{2}$ N.	Bondou.	
Soubroudka.	7.	18.	E. $\frac{3}{4}$ N.		
Naye.	7.	16.	E. N. E.		
Flattyaconda	3. $\frac{1}{4}$	7.	*Idem.*		
Kimmou.	4. $\frac{1}{2}$	12.	*Idem.*		14° 25'.
Joag.	6.	16.	E. $\frac{1}{4}$ N.	Kajaaga.	
Sammée.	7.	18.	*Idem.*		

Suite des calculs faits en route par M. Mungo Park.

	Heures.	MILLES géog.	RAPPORTS de la BOUSSOLE.	LATITUDE observée.	PAYS.
De Sammée à					
Kayée . . .	3 ½	9.	E. ¼ N.		
Tiesie . . .	7 ½	18.	N E ¼ N.		
Medina . . .		12.	S. E. ¼ E.		Kasson.
Jombo . . .		12.	*Idem.*		
Kouniakarry .		3.	E. ¼ S.		
Soumo . . .		17.	S E ¼ E.	14. 34.	
Kanjée . . .		17.	*Idem.*	14. 10.	
Liekarago . .		8.	E.		
Fiesrah . . .		14.	E. ¼ S.	14. 5.	
Karancalla . .		18.	E.		
Kemmou . . .		8.	E. ¼ N.		Kaarta.
Marina . . .		13.	N.		
Tourdah . . .		8.	*Idem.*		
Funingkedy. .		12.	N ¼ E ¼ E		
Simbing. . .		16.	N. ¼ E.		Ludamar
Jarra		2.	N. N. E.	15. 5.	

Le fort Saint-Joseph est, dit-on, par les 14° 34′ de latitude, et à neuf minutes au nord de Joag; ainsi il devroit être au nord-ouest plutôt qu'à l'ouest. On trouve dans la carte des voyages du père Labat *, un endroit appelé Gaçouva, qui n'est sans doute rien autre chose que Joag, puisqu'on l'a placé au sud-est du fort Saint-Joseph, et à une distance assez exacte. D'autres endroits marqués sur la même carte, sont également reconnus sur la route de M. Mungo Park; de sorte qu'en ce qui a rapport aux établissemens français du Sénégal, elle est exactement tracée, ce qui n'est pas de peu d'importance pour cette géographie.

D'après les calculs de M. Mungo Park, il y a quatre-vingt-neuf minutes de différence de latitude entre Pisania et Joag, tandis que les observations n'en donnent que cinquante. L'on peut mettre environ neuf minutes de moins que n'en a compté M. Mungo Park, et alors il en restera trente à repartir sur l'étendue de deux cent cinquante trois milles géographiques. En autres termes, le calcul des distances corrigé par l'estimation de

* Vol. 4, page 92.

17° de variation à l'ouest, donne une route à l'est de 20° ½ N. qui par les observations de la latitude, paroît être E. 11° ¼ N., ou E. un quart N.; ce qui fait une différence de 9° ¼. Mais il me semble que cette différence est bien peu de chose en considérant les circonstances dans lesquelles M. Mungo Park a compté les distances.

De Joag nous suivons M. Mungo Park à Kouniakarry et à Jarra. Le calcul du chemin entre les deux premières villes, donne une différence de latitude d'environ vingt-trois minutes ½, et de cinquante-cinq plus à l'est. D'après cela la latitude de Kou-niakarry est de 14° 48'; mais par la hau-teur du soleil prise à Jombo, et dans le voisinage, elle n'est que de 14° 34'; c'est-à-dire 14° moins nord, ou environ 1 point et ¼ dans le rapport de la bous-sole. J'ai corrigé ici la différence de la même manière que dans la première partie de la route; c'est-à-dire que j'ai mis toute la dis-tance, pour le présent, ainsi que la diffé-rence de latitude par observation. D'après cela, Kouniakarry est à cinquante-neuf milles géographiques et demi à l'est de Joag.

La route de Kouniakarry à Jarra, peut

être divisée en deux parties : la première
alloit de Kouniakarry à Fiesurah au sud-
est, et la seconde de Fiesurah à Jarra au
nord-est *.

Les calculs du chemin jusqu'à Fiesurah
sont assez d'accord avec les rapports et la
distance. La latitude de cette ville, déterminée par la hauteur du soleil, est de 14°
5′ ; et je l'ai placée à quarante-sept milles
de plus dans l'est que Kouniakarry. Quant
à Jarra, le calcul s'accorde aussi assez avec
les rapports. La latitude déterminée par la
hauteur du soleil est de 15° 5′ ; c'est-à-
dire un degré plus nord que Fiesurah, et
de trente-trois milles de plus dans l'est.

D'après cela, Jarra est plus à l'est que
Joag de cent trente-neuf milles et demi **.

* Les calculs des rapports de la boussole et des
distances entre Kouniakarry et Jarra ont été perdus ;
et M. Mungo Park les donne de mémoire : mais la
détermination de latitude de ces deux villes, ainsi que
la distance sommaire de l'une à l'autre, sont conservées.

** 139 milles et ½ sont égaux à 144 minutes de longitude. Joag étant par   9° 12′ de longitude:
          ajoutez 144   2. 24.

Jarra est, suivant
M. Mungo Park   6° 48′.

On peut observer que dans le voyage de Joag à Jarra, les calculs de la route ont en général placé les lieux plus au nord que ne les donnent les observations astronomiques ; et que par les dix degrés de latitude, on a estimé la variation de la boussole de dix-sept degrés. Il est difficile d'imaginer que la différence provienne d'une trop forte estimation de la variation de la boussole : mais il est singulier que dans toutes les circonstances, à l'exception d'une seule, elle se trouve de même *. Je suis bien loin de regarder une pareille erreur comme considérable ; elle n'est même d'aucune importance dans les endroits où la détermination de la latitude sert à la corriger, comme entre Pisania et Jarra.

Le sextant de M. Mungo Park fut volé à Jarra, ce qui empêcha ce voyageur de pouvoir continuer ses observations solai-

---

* M. Carmichaël voyageant d'Alep à Bassora, se trouva entre les 6 et 7 degrés de variation, à une distance de sept cent vingt milles anglais : mais l'avantage étoit prodigieusement en sa faveur, puisque le chemin étoit droit, le pays découvert, et le pas du chameau égal. (*Voyez les Transactions philosophiques de* 1791).

res, et par conséquent rendit près de la moitié de ses découvertes géographiques, très-incertaine relativement à la latitude. Jarra doit donc être considéré dans ce voyage, comme le point géographique le plus avancé dont la détermination de la latitude fixe la position. Cependant le reste de la route ne paroît pas trop inexact, quand on voit combien le gisement que M. Mungo Park assigne à Sego est d'accord avec la ligne qui part de Jarra.

Il est sans doute très-heureux que M. Mungo Park n'ait pas été privé de son sextant à une époque antérieure ; c'est-à-dire avant de faire la route difficile qui se trouve entre le passage du Sénégal et Jarra. On peut ajouter qu'il est également heureux d'avoir eu une latitude connue, afin de pouvoir déterminer le véritable gisement de Tombuctou. En effet, ce gisement étoit indiqué depuis Benowm ; car ce lieu se trouvant presqu'à l'est de Jarra, et Tombuctou à l'est deux quarts nord, on ne doit pas appréhender qu'il y ait une grande erreur.

Jarra, qu'on appelle aussi Yarra, a déja

été marqué dans les cartes tracées pour l'Association africaine, et tiré originairement des cartes de Delisle. On ne sait pas pourquoi Danville l'a dédaigné ou négligé. Dans la première carte il est placé un peu plus à l'ouest, et dans une latitude plus haute d'environ $\frac{1}{4}$ de degré.

Entre Jarra et Wassibou, les calculs de M. Mungo Park donnent, ainsi qu'on le voit dans son journal, une différence de quarante-une minutes de latitude nord, et d'un degré trente-une minutes de longitude est; ce qui, réduit depuis le point de départ, fait quatre-vingt-neuf milles, et produit une direction à l'est 26° sud. M. Mungo Park n'estime point la variation après avoir quitté Jarra; mais moi je la porte à 17°, et alors la direction doit être E. 9° S. et la distance de quatre-vingt-seize milles géographiques et demi. Il n'y a alors qu'une différence de latitude de seize minutes; le point de départ est de quatre-vingt-quinze milles; et Wassibou se trouve par les 14° 49' de latitude, et à quatre-vingt-quinze milles à l'est de Jarra.

Voici la note des différences de latitude et de longitude.

	Differ. Lat. S.		Differ. Long. E.
De Jarra à Queira	11′		25′.
Scherilla	14		40.
Dama	11		4.
Wawea	5.		8.
Dingyée			7.
Wassibou			7.
Satile	18		31.
Gallou	1		21.
Mourja	4	N.	14.
Datilibou	9	S.	38.
Fanimbou	12		24.
Giosorra	7		28.
Doulinkibou	7	N.	24.
Diggani	19		8.
Seracorro	5		9.
SEGO	6		3.

Lat. calculée 13° 4′ ⎱ 121 S.   281. E.
Dif. de long. 4 41′ E ⎰

Sansanding	10	N.	15.
Sibiti			7.
Nyara	3		16.
Modibou	3		19.
Silla	2		12.

Lat. calculée 13° 22′. ⎱ 18. N.   69 E.
Dif. de long. 1° 9′. E ⎰

Gisemens originaux entre *Wassibou* et *Diggani.*

De Wassibou

à	Dist.	Gisem.
Satile.	30	S. E. $\frac{1}{4}$ E.
Gallou.	20	E. S. E.
Mourja.	15	E. $\frac{1}{4}$ N.
Datilibou.	25	S. E. $\frac{1}{4}$ E.
Faurimbou	35	E. S. E.
Giosorra.	20	E. S. E.
Doulinkibou.	15	S. E. $\frac{1}{4}$ E.
Lions	18	S. E. $\frac{1}{4}$ S.
Diggani *	7	S.

M. Mungo Park a eu le bonheur de conserver la note de ses gisemens originaux entre Wassibou et Diggani, ville qui n'a qu'une différence de 15′ entre sa latitude et celle de Sego. Mais la note de tous les autres est perdue. Ceux-ci donnent une route de cent soixante-quatorze milles géographiques à l'E. 27° $\frac{1}{2}$ S. : de sorte que si on estime la variation de 17°, la véritable

---

* En examinant ces gisemens, on voit que M. Mungo Park a fait une erreur et mal indiqué la position de Diggani, de Sego, etc. dans sa table des latitudes et des longitudes. J'en fais mention pour prouver qu'il a agi loyalement en présentant jusqu'ici ses fautes.

2. 15

route doit être E. 10° ⅓ S. Les dif. lat. 31,
7; le point de départ 171, 1. Ainsi Diggani doit être par les 14° 17′ et à 279,
6, à l'est de Jarra.

Les calculs de M. Mungo Park donnent
entre Diggani et Sego, E. 43, S. 15; et
corrigés E. 26 S.; ce qui fait une différence
de latitude de 6, 6., et de point de départ
de 13, 5. Ainsi Sego, capitale du royaume
de Bambara, se trouve par les 14° 10′ 30″,
et à 279, 6, à l'est de Jarra *.

Dans cette position, Sego porte à l'E.
10 ⅓ S. de Jarra, et en est éloigné de deux
cent quatre-vingt-quatre milles géographiques. Il importe de remarquer que pendant
que M. Mungo Park étoit à Jarra, il observa
le gisement de Sego avec la boussole, et
il jugea qu'il portoit E. S. E., ou E. 22° ⅓ S.
D'après sa route, ce voyageur le trouva E.
27° ⅓ S.; c'est-à-dire 5° de plus au sud.

Cette différence est si peu de chose dans
une distance de trois cent trente de nos
milles en ligne directe, qu'il ne vaut presque
pas la peine d'en parler. Si l'on pouvoit

---

* Cela étant égal à 4° 47′ de différence de longitude,
Sego, suivant le calcul de M. Mungo Park, devroit
être à 2° 1′ à l'ouest de Greenwich.

compter sur le rapport des gens du pays,
on placeroit Sego près de vingt-cinq min.
de plus dans le nord. Pour moi, je ne crois
pas que quelqu'un qui n'a aucun rensei-
gnement géographique, ni n'est à portée
d'entendre le bruit du canon, ou de voir
des feux, choses qui aident beaucoup à
juger de la ligne de direction d'un endroit
à l'autre, puisse jamais faire moins de
quelques degrés d'erreur dans le gisement
de deux villes éloignées l'une de l'autre de
trois cent trente milles anglais *.

Ayant enfin atteint les bords long-tems
cherchés du Joliba **, près duquel est bâtie
la ville de Tombuctou, M. Mungo Park les
suivit pendant plusieurs jours en allant
vers cette ville. Sa route étoit alors, suivant
la boussole, à l'E. 15° ½ N. et corrigée à
l'E. 32° ½ N., et il fit dans cette direction
soixante-dix milles géographiques. La différence de latitude étant de 37 ½, et le point
de départ de 59, Silla où sont les bornes

---

* Le voyageur pouvait être influencé par le gisement
de cette portion de la route, qui était le plus près de
lui, et qui est plus dans l'est que la partie du côté de
Sego.

** Le Niger.

de cette expédition, se trouve par les 14°
48′ de latitude, et par les o° 59′ de longitude
à l'ouest de Greenwich ; mais on verra par
la suite que corrigée, cette longitude est de
1° 24′ ouest.

Là se termine le voyage de M. Mungo Park
vers l'est, c'est-à-dire, dans un lieu qui est
un peu plus de 16° à l'est du cap Verd,
et précisément par la même latitude. La
distance que donne cette différence de longitude est de neuf cent quarante-un milles géographiques, ou mille quatre-vingt-dix milles
anglais ; et quoiqu'en pénétrant ainsi dans
la partie occidentale de l'intérieur de l'A-
frique, le voyageur se soit arrêté à deux
cent milles en-deçà de Tombuctou, ville
où l'on désiroit qu'il parvînt, et où son
voyage eût sans doute été suivi du plus
grand éclat, il est pourtant allé plus loin
qu'aucun des européens dont nous connoissons les voyages *.

* Peut-être tous les lecteurs ne savent pas qu'au
commencement de ce siècle, Tombuctou fut l'objet
des recherches géographiques des français, comme il
l'est, depuis peu, des anglais. Danville sur-tout s'en
occupa beaucoup, ainsi qu'on le voit dans les Mémoires
de l'Académie des Inscriptions et Belles-lettres, vol. 26.

CHAPITRE IV.

Suite des observations géographiques sur le voyage de M. Mungo Park, dans l'intérieur de l'Afrique.

A Silla, M. Mungo Park apprit qu'il étoit encore à quatorze journées de marche de Tombuctou ; et il estima que cette distance pouvait n'être que de deux cent milles géographiques en ligne directe, parce que le coude que fait le fleuve empêche que la route ne soit droite. Quant à sa position relative, malheureusement le voyageur ne peut pas en obtenir une connaissance certaine. Les gens du pays indiquoient toujours le chemin le long du fleuve ; mais probablement il est tantôt d'un côté, tantôt de l'autre. On a vu que M. Mungo Park ne s'était trompé que de très-peu de chose dans son estimation sur le gisement de Sego ; mais ici le cas était bien différent.

La route de Jarra à Sego se fait toujours par terre, ce qui est cause qu'on suit une

ligne bien plus droite, que quand on est
obligé d'aller en partie par eau, comme
cela a ordinairement lieu de Silla à Tombuctou. Il n'est pas douteux qu'il n'y ait
des gens qui, ayant fait le voyage par terre,
eussent pu donner de meilleurs renseignemens à M. Mungo Park ; mais il ne les
vit point. Ces gens étaient les marchands
maures et leurs agens ; et l'on sait trop
combien cet anglais avoit à s'en défier,
pour chercher à avoir aucune communication avec eux.

A Benowm, le gisement de Tombuctou
fut indiqué à M. Mungo par des hommes
de quelque considération, lesquels avoient
résidé à Walet, et étoient allés à Tombuctou
et à Houssa. Mais la grande distance de
Tombuctou à Benowm, qui est presque le
double de celle de Sego à Jarra, ne permet
pas qu'on ait assez de confiance dans le
rapport de ces hommes, pour le préférer à
toute autre autorité. Il doit seulement servir à estimer la position de Tombuctou ;
et il paraît en effet qu'il coïncide parfaitement avec les autres données.

La position de Tombuctou, indiquée en
différens tems, était toujours, d'après la

boussole, E. ¼ S. M. Mungo Park ne vit jamais celui qui lui montroit cette position, varier de plus d'un demi-point, et cette variation était vers le midi, c'est-à-dire, E. ¼ S. ¼ S. Mais la notion principale et qu'il adopta, étoit E. ¼ S.; ce qui, en estimant 17° la variation de l'aimant, fait E. 2 ¼ N., ou plus correctement encore, E. 5 ¼ N. Ensuite, en admettant qu'il y ait deux cents milles géographiques de Silla à Tombuctou, ce qui fait supposer cinq cents milles géographiques de Tombuctou à Benowm, la première de ces villes est à environ 50′ de latitude au nord de l'autre. Benowm est par le même parallèle que Jarra, ou par les 15° 5′; ainsi Tombuctou doit se trouver par les 15° 55′. L'obliquité des méridiens intermédiaires peut accroître cette latitude de quelques minutes, et l'on peut dire simplement qu'elle est de 16°.

Telles furent les notions que M. Mungo Park eut à Benowm sur la latitude de Tombuctou; car la distance sur le rumb qui détermine la différence de latitude, ne peut être moindre qu'on ne l'a estimée.

M. Mungo Park dit que les habitans de Silla indiquoient toujours la direction de

Tombuctou le long du Joliba. Or, si le cours général de ce fleuve, lorsqu'il est rendu au pied des montagnes, peut influer sur la solution de cette question, on doit en inférer que Tombuctou est par une latitude plus haute d'environ un demi-degré que celle de Benowm, c'est-à-dire, par 16° 3o′; et l'on doit remarquer que la différence entre ces résultats équivaut presque à ce qui résulteroit d'une erreur de 5° dans l'indication de la boussole, ainsi qu'on l'éprouva de Sego à Jarra.

Tandis que M. Mungo Park se trouvait à Benowm, il fut informé que de ce lieu il n'y avoit que dix journées de marche pour se rendre à Walet, capitale du royaume de Bierou, et de Walet, onze journées pour se rendre à Tombuctou. Ainsi, Walet est à deux cent quarante milles géographiques à l'est de Benowm, en comptant vingt-quatre milles géographiques par journée, comme il paroît que c'est la régle, à moins qu'on n'ait voulu parler de journées de courriers, ce qui est possible. Mais ce qui est plus intéressant pour nous, c'est que d'après ce qu'apprit M. Mungo Park touchant la position de Walet, cette ville se trouvait dans la même ligne de direction sur laquelle on lui montroit Tombuctou, placé par les 16° 30 minutes de latitude. Or, comme Walet est sur le chemin le plus court pour se rendre de Benowm à Tombuctou, on peut en inférer aussi que de tous les lieux indiqués, il se trouve le plus rapproché de la ligne de direction vers Tombuctou ; et j'avoue qu'à cause de cela, je penche beaucoup à adopter le plus haut parallèle.

Ces autorités sont les seules que les observations et les recherches de M. Mungo Park nous fournissent sur le gisement de Tombuctou. Elles ne varient, comme on vient de le voir, que d'un demi-degré de latitude, c'est-à-dire, de 16° à 16° 30'. L'on peut se rappeler que cette latitude est bien plus méridionale que celle que Danville lui a assignée, et que je lui ai donnée moi-même dans un autre ouvrage. Je m'étois mépris avec le géographe français, au point de placer cette ville entre le 19.ᵉ et le 20.ᵉ degré.

Avant de rapporter les autorités qui, d'après les lieux situés au nord de cette ville, ont assigné sa position, il est nécessaire de comparer le calcul des distances fait par M. Mungo Park, avec le rapport des marchands et des voyageurs. Nous verrons quelle est la longitude de Tombuctou, observée à l'ouest, et celle qu'on lui donne à partir du côté opposé.

Suivant le calcul de M. Mungo Park, il paroît que Sego se trouve par les 14° 10' de latitude, et par les 2° 1' de longitude à l'ouest de Greenwich; et la distance en droite ligne de Sego à Medina, capitale du royaume de Woulli, est de six cent dix-huit milles géographiques. Or, les marchands nègres comptent trente-six journées de marche de l'une à l'autre de ces villes. L'on met pour se rendre de Fez en Egypte cinquante-trois jours, c'est-à-dire qu'on fait 16 milles 3 * par jour; en allant de Maroc à Jarra, on met cinquante jours, et l'on fait 16 milles ¼ par jour. Je prends la plus forte de ces marches, et je l'applique aux trente-six jours qu'il faut pour se rendre de Medina à Sego, ce qui donne environ cinq cent quatre-vingt-sept milles, ou trente-un milles de moins que ne compte M. Mungo Park.

* Strictement 16. 262.

M. Danville estime la distance du fort Saint-Joseph à Tombuctou, deux cent quarante lieues de France *. Une lieue équivaut à 2 milles géog. et 64, ou à 23 m. ¼ au degré; conséquemment il en résulte que la distance est de six cent trente-quatre milles géographiques. M. Lalande estime cette distance à deux cent cinquante lieues, ce qui fait environ six cent soixante milles **. En passant par Tischéet et par Aroan, Ben-Ali se rendit du fort Saint-Joseph à Tombuctou en quarante-huit jours. Ce détour peut être estimé à huit jours de plus que la route directe, car M. Mungo Park nous donne les positions de Tischéet et d'Aroan d'une manière très-exacte : ainsi, il reste quarante jours qui, à 16 m. 3 par jour, font six cent cinquante-deux milles.

Enfin, quoique le calcul que je vais citer soit assez vague, il n'est pas entièrement inutile. Le guide du major Hougton se chargea de le conduire de Ferbanna dans le Bambouk à Tombuctou, et de le ramener en quatre-vingt-dix jours. Ferbanna

* Mém. de l'Acad. des Inscrip., tome 36.

** Mémoires sur l'Afrique, page 23.

est à-peu-près aussi éloigné de Tombuctou que le fort Saint-Joseph. Peut-être ne doit-on compter que dix jours de repos à Tombuctou : ainsi il reste quarante jours de marche de l'une à l'autre de ces villes.

Le terme moyen des trois premiers rapports est de six cent quarante-neuf milles ; et sur la carte, la distance entre le fort Saint-Joseph à Tombuctou est, suivant M. Mungo Park, de six cent soixante-sept milles, ou dix-huit milles de plus.

Il n'y a dans le calcul de ce voyageur qu'une différence de trente-un milles entre Woulli et Sego, et de dix-huit milles entre le fort Saint-Joseph et Tombuctou ; et dans l'un et l'autre cas, c'est un excédant. Je suis loin d'offrir ces résultats, dans le dessein de les faire adopter ; mais je veux montrer par-là qu'il y a en général plus de coïncidence que d'opposition dans les notions qu'on a sur la position de Tombuctou.

Cependant M. Mungo Park et le major Houghton n'étoient pas d'accord sur la distance de Medina au Falemé. Le premier estime cette distance à trente-six milles de plus que l'autre. De plus, en s'en retournant par la route méridionale, M. Mungo

Park trouva par le nombre de ses journées,
qu'il avoit donné trop d'étendue à l'espace
qui sépare la rivière de Gambie et le Falemé :
ce qui est évident. Suivant le rapport des
voyageurs africains à Pisania, concernant
l'arrangement des journées, il paraît qu'on
a porté trop haut l'espace qui est à l'ouest
du Kasson, tandis que celui qui est à l'est
est assez bien apprécié. Pour parler même
avec plus d'exactitude, peut-être l'espace
à l'est est-il estimé un peu au-dessous de
ce qu'il devroit l'être, et celui qui est à
l'ouest l'est-il trop. Si le terme moyen des
différences entre Pisania et Tombuctou,
et le fort Saint-Joseph et Tombuctou,
c'est-à-dire entre 31 et 18 est de vingt-quatre
milles, le résultat doit paraître juste, parce
qu'il s'accorde assez bien avec l'excédant
trouvé par M. Mungo Park, lors de son
retour par le midi.

Cela me conduit naturellement à examiner la position du fort Saint-Joseph, parce
que c'est le point de démarcation entre
le haut et le bas du fleuve du Sénégal ;
c'est-à-dire entre la route des français au-
dessous, et celle des anglais dans l'intérieur
de l'Afrique.

L'opinion des français sur cette position, met Tombuctou à une trop grande distance de l'ouest; l'excédant est même plus considérable que celui qui provient de la différence entre le calcul de M. Mungo Park et le rapport des marchands nègres; car il va jusqu'à trente-sept milles.

S'il étoit certain que le cours du Sénégal eût été exactement mesuré depuis son embouchure jusqu'au fort Saint - Joseph, ainsi que le père Labat dit qu'il l'a été par ordre du gouverneur Labruë, la question seroit résolue. Mais des arpentages faits à la hâte, ont été si souvent appelés des mesurages exacts, qu'il faut avoir une meilleure autorité que celle du moine voyageur, pour compter sur la distance qu'établit celui du Sénégal. On ne voit pas même, dans la liste des lieux portés dans la connoissance des tems, que la longitude du fort Saint-Joseph ait été déterminée par un mesurage trigonométrique.

Dans la carte du Sénégal et de la Gambie, publiée en 1751, Danville place Saint-Joseph 7° 44′ à l'est de l'île de Fer, qui étant elle-même 17° 37′ à l'ouest de Greenwich, fait que le fort Saint-Joseph se trouve par 9° 53'; c'est 32' à l'ouest de la position indiquée par la route de M. Mungo Park, qui donne 9° 21'. Mais Danville suppose une longitude de 6° 9' 15" seulement, entre le fort Saint-Louis à l'embouchure du Sénégal, et le fort Saint-Joseph. Comme j'ai placé le fort Saint-Louis, ainsi que l'a fait Fleurieu, par les 16° 8' de longitude *, le fort Saint-Joseph est par 9° 59' en ne comptant pas les secondes. Cela fait une différence de trente-sept milles géographiques ou trente-huit minutes avec ce que dit M. Park; c'est-à-dire, treize milles de plus que le terme moyen des différences entre les assertions sur la position de Tombuctou.

Il est évident que comme ni la position de Saint-Louis, ni celle de Gillifrey ne sont déterminées d'une manière exacte, soit par rapport au cap Verd, soit par rap-

---

* Il faut remarquer que Danville met la longitude du cap Verd, 18' et $\frac{1}{2}$ de plus dans l'est, par rapport à l'île de Fer, que ne l'a fait Fleurieu ; et le fort Saint-Louis plus à l'ouest, par rapport au cap Verd, de 10 m. $\frac{1}{4}$.

Danville n'estime pas plus de 3° 2' 30" de différence entre la longitude de Pisania et celle du fort Saint-Joseph ; et d'après le calcul de distance de M. Mungo Park, cette différence est de 3° 42'.

port à chacun d'eux, il seroit inutile de chercher à se servir de l'un ou de l'autre pour établir leur véritable situation ; et c'est par cette raison que j'ai adopté celle que nous donne la route de M. Mungo Parck, qui est corrigée par vingt-quatre milles, ou vingt-cinq minutes de longitude plus à l'ouest ; de sorte que le fort Saint-Joseph se trouve situé dans la carte par les 9° 46′ de longitude, et les 14° 34′ de latitude.

Par suite de cette correction, toutes les positions à l'est, telles que Joag, Jarra, Sego, etc., doivent être placées de vingt-cinq minutes plus en arrière à l'ouest, dans le systême établi sur les bases qu'ont fournies les matériaux géographiques de M. Mungo Park. En conséquence, je place

Joag	à	9°	37′	ouest, au lieu de	9°	12′
Jarra	à	7	13	. .	6	48
Sego	à	2	26	. .	2	1
Silla	à	1	24	. .	0	59
Et Tombuctou	à	1	33	est	1	58 *

* Les latitudes restent telles qu'elles étaient. Quant aux autres détails relatifs à Tatta, *voyez* les Mémoires de l'Association africaine, édition in-4.°, page 225, et édition in-8.°, page 333.

Je vais maintenant établir, d'après les différents rapports, à quelle distance est situé Tombuctou, en partant du nord-ouest, du nord et du nord-est.

Depuis Tatta, sur la frontière méridionale de Maroc, à neuf journées et demie au sud-est de la capitale (ce qui équivaut à cent cinquante-sept milles géographiques), la distance est de cinquante journées de marche de caravane, suivant M. Matra.

Depuis Mourzouk, capitale du royaume de Fezan (en supposant sa latitude de 27° 48′ et sa longitude de 15° 3′ à l'est, ou en droite ligne, au sud de Mesurata), il y a soixante-quatre jours de marche, suivant le rapport de Ben Ali ; et depuis Tunis il y en a soixante-dix-sept, en passant par Kabès et Gadamis, suivant M. Magrah.

Nous avons déja déterminé page 234, que sur la route qui est entre Mourzouk et le Caire, ainsi qu'entre Maroc et Jarra, les moyennes proportionnelles étoient 16, 3, et 16, 25 : et en conséquence la première a été adoptée pour la distance qu'il y a entre Woulli et Sego. D'après cette même supputation, les cinquante jours de marche depuis Tatta, donnent huit cent-quinze milles géographiques, et les cinquante-neuf et demi depuis Maroc, en donnent neuf cent soixante-dix; les soixante-quatre depuis Mourzouk, en donnent mille quarante-trois; et les soixante-dix-sept depuis Tunis, mille deux cent cinquante-cinq.

Maintenant on voit que la position que nous avons assignée ci-dessus à Tombuctou, s'accorde exactement avec la distance de Maroc, en passant par Tatta : elle est de dix-huit milles plus courte que celle du Fezan (Mourzouk); mais elle est de soixante-un milles plus longue que celle de Tunis. Ainsi la coïncidence des trois lignes de distance depuis Gambie, Maroc et le Fezan, peut être regardée comme complète, puisqu'en employant la même manière de supputer presque dans toute l'étendue du continent d'Afrique, à partir depuis le cap Verd jusqu'en Egypte, on ne trouve qu'une différence de dix-huit milles; d'où il suit que le public n'a rien à desirer présentement par rapport à cette importante position. Il est de peu de conséquence de savoir lequel des deux résultats est le véritable; mais je pense qu'il est plus prudent de s'attacher à la ligne

qui provient d'un calcul en détail, et qui
a été corrigé comme ci-dessus, qu'à de
longues lignes données en masse, et qui
sont plus sujettes à erreur. Je termine là
ce qui regarde la position de Tombuctou,
en le plaçant par les 16° 30′ de latitude,
et 1° 33′ de longitude à l'est du méridien
de Greenwich.

Cependant il convient de dire un mot
sur la manière d'évaluer la route qui a
été adoptée ici, parce qu'elle diffère ma-
tériellement de celle qui étoit basée sur les
longues lignes de distance dont on s'est servi
dans les mémoires de l'Association africaine
en 1790. Dans cet ouvrage je donnois 16
milles ½ à un seul jour ; mais je diminuois
cette évaluation selon la longueur des lignes
de distance. Il paroîtroit que cette proportion dans la diminution, quoiqu'assez convenable dans les pays où des obstacles quelconques changent la ligne de direction,
n'est point applicable à cette partie de l'A-
frique où l'on traverse les grands déserts
dans une ligne si droite, que la simple dé-
viation résultant de la marche de chaque
jour augmente d'une manière presque in-
sensible ; et l'on peut même dire qu'elle

est moindre que par-tout ailleurs. Voilà pourquoi on trouve un produit de $16\frac{1}{4}$ ou plus dans les routes de chameaux et dans celles des pélerins de la Mecke, où il paroît que les chameaux voyagent avec de légers fardeaux. C'étoit pour n'avoir pas bien conçu cette évaluation, que j'avois placé Tombuctou si loin au nord. Je ne sais à quoi attribuer la cause de l'erreur de M. Danville.

Les détails géographiques depuis Silla jusqu'à Tombuctou, sont copiés exactement d'après la carte de M. Mungo Park, et ne demandent que peu d'éclaircissemens. Jinné, grande ville, est à deux petites journées au-delà de Silla ; et Tombuctou à douze journées encore plus loin. Il paroîtroit que tous les jours de marché auroient été calculés comme étant fort courts, puisque M. Mungo Park n'évalue le total des quatorze qu'à deux cents milles géographiques.

A deux journées au-dessous de Jinné, le Joliba forme un lac considérable dont il a déja été fait mention sous le nom de Dibbie. Le fleuve reparoît de nouveau sous la forme d'une multitude de ruisseaux :

ceux-ci se réunissent plus bas, et forment
deux larges bras qui se séparent ensuite,
concourant à former une île qui a près de
cent milles de long : son nom de Ginbala
ou Jinbala nous l'a fait reconnoître pour
être le pays appelé Guinbala par M. Danville;
mais ce géographe s'est trompé en prenant
le bras nord de la rivière qui l'arrose,
et qu'on nomme la rivière de Guin, pour
la source de celle de Tombuctou, autrement dit le Niger. Il s'est aussi trompé
en prenant le lac de Dibbie pour la source
du Sénégal.

Telles étoient les erreurs qui existoient
dans la géographie de cette partie du monde,
à l'époque où *l'Association africaine* prit
naissance; c'est par suite de l'une de ces
erreurs que l'on faisoit parcourir au
fleuve du *Sénégal* un espace de cinq cents
milles qui, dans la réalité, est occupé par
le *Niger*.

La position de Houssa sera déterminée
dans la carte d'Afrique.

La position si importante de Tombuctou
étant fixée, ainsi que toutes celles qui en
dépendent, je vais suivre M. Mungo Park
lorsqu'il retourne par le sud au point d'où

il est parti dans l'ouest : je commencerai par Sego, où il passa.

Le long de cette ligne, on a relevé le gisement des terres, au moyen de la boussole, autant que les circonstances ont pu le permettre, jusqu'au moment où le vol commis près de Sibidoulou rendit cet instrument inutile. C'étoit cependant la partie la plus intéressante de la route, parce qu'elle est située le long du Joliba, dont on est parvenu par ce moyen à reconnoître le cours, jusqu'à près de trois cent cinquante milles anglais. M. Mungo Park, en outre, dessina les circuits qu'il fait, et parvint à se procurer des notions sur le lieu de sa source, pendant le long séjour qu'il fit à Kamalia, dans la province de Manding, appelée communément Mandinga.

Kamalia est à environ quarante milles géagrophiques au sud-ouest de Sibidoulou*; et c'est vers ce lieu que M. Mungo Park imagina d'étendre la ligne des gisemens qu'il releva depuis Sego. Il apprit aussi que Jarra étoit situé à dix journées au nord - ouest

---

* Il est situé presqu'à moitié chemin des fleuves Joliba et Sénégal.

de Kamalia; ce qui s'accorde d'une manière satisfaisante avec le résultat que donne Sego, puisqu'il produit cent cinquante - quatre milles géographiques pour les dix jours de marche, et que Kamalia lui-même se trouve être par les 12° 46′, à deux cent vingt-sept milles et demie de Sego, dans une direction ouest, 21 sud, corrigée par 17° de variation.

La ville de Bammako, où le Joliba commence à être navigable, est à environ cinquante milles de Kamalia *. Les naturels du pays estiment qu'elle n'est éloignée que de dix journées de Sego. Ce sont peut-être de longues journées de caravanes d'esclaves, telles que M. Mungo Park en a fait l'expérience en allant à l'ouest de cet endroit.

A Kamalia, on indiqua à M. Mungo Park la source du Joliba, ou du Niger, dans la partie sud, un peu à l'ouest, à sept jours de distance, qu'il évalue à cent huit milles géographiques. Le nom du lieu est Sankary, et paroît être celui que désigne Danville

* Bammako, d'après les gisemens relevés primitivement par M. Mungo Park, est éloigné de Sego à l'ouest de 8° sud, 178 milles géographiques; et Kamaliah à l'ouest de 7° $\frac{1}{2}$.

sous le nom de Songo, qu'il suppose cependant être à la source de la rivière de Gambie, dans le royaume de Manding : tant étoient erronées les idées qu'on avoit autrefois sur la géographie de ce pays.

Il est peut-être à propos d'observer ici que M. Mungo Park, tandis qu'il étoit à Kouniakarry dans le royaume de Kasson, forma le dessein d'en sortir, en dirigeant sa route au sud-est, par le Kasson, le Fouladou et le Manding ; ce chemin l'auroit conduit en vingt jours sur les bords de Joliba. On ne fait pas mention du nom du lieu situé sur la rivière où il seroit arrivé. Il se peut que ce soit Yamina ; mais il n'eut pas la permission de suivre cette route. S'il l'eût prise, il n'auroit pas probablement autant souffert ; mais aussi il est à présumer que les connoissances que nous lui devons sur cette partie du monde, auroient été moins étendues.

On a déjà dit que l'espace compris entre Jarra et Kamalia se trouve en quelque sorte contrôlé par la longueur du chemin qu'il est dit que l'on parcourt entre ces deux villes. Il est aussi à propos de remarquer comme une nouvelle preuve de la concor-

dance qui règne dans les positions respec-
tivesde Jarra et de Kong, que la distance
s'accorde généralement avec le récit du
schérif Imhammed, qui dit que Yarba (il
veut dire Yarra, ou Jarra) est éloigné de
dix-huit à vingt jours de marche au nord-
ouest de Gonjah, c'est-à-dire, Kong *.
On dit à M. Mungo Park que Kong étoit
à dix journées au sud, ou au sud sud-
ouest de Sego; et lorsqu'il côtoya le Niger
à l'ouest, il aperçut la grande chaîne des
montagnes bleues de Kong. Ces notions
s'accordent bien avec le récit du schérif.

Il règne encore un plus grand degré d'in-
certitude relativement aux données, pour
établir la position géographique entre Kamalia et Woulli; car, dans cette longue
ligne de près de quatre cents milles géographiques, la route n'a été tracée que
d'après la position du soleil et des étoiles,
parce que la boussole devenoit inutile pendant que le voyageur étoit en mouvement.
D'ailleurs, la rapidité de sa marche et la
hauteur des bois se seroient opposées au
succès de ce genre d'observation, en supposant que la fatigue du corps et la faim

---

* Mémoires de l'Association d'Afrique, chap. XII.

lui eussent laissé le desir ou le pouvoir de l'employer : car il est constant qu'il eut à faire une marche longue et forcée à travers le désert de Jallonka, pendant laquelle il courut grand risque de périr de faim, ou de devenir la proie des bêtes sauvages.

C'est tout autant que l'on en pouvoit attendre d'un homme qui se trouvoit dans cette situation, que d'avoir obtenu de lui quelques idées générales sur la route qu'il a suivie, et en même-tems les longueurs proportionnelles de plusieurs distances, qu'il a évaluées en calculant le tems. Quant à une échelle absolument exacte, il a laissé le soin de la déterminer d'après l'étendue de l'espace parcouru. Cette méthode lui a si bien réussi, que le milieu de la ligne, lorsqu'on la rapproche de la capitale du Woulli, ne paroît pas différer d'un demi-point d'avec la position de cette ville ; c'est ce que l'on peut voir dans la carte de Bambouk, levée par le père Labat *. Il y a tracé le cours de la rivière Falemé, que M. Park traversa en allant et en revenant ; et cette carte est d'un grand secours pour déterminer au juste l'endroit où notre voyageur passa cette rivière à son retour.

* Vol. 4, p. 92.

Il est d'abord nécessaire d'observer que
M. Danville, dans sa carte du Sénégal, etc.
(1751) n'a eu nullement d'égard à l'é-
chelle de la carte du père Labat, non plus
qu'à la plupart des gisemens qui y sont
indiqués ; il a mieux aimé suivre une autre
autorité , peut-être le cours des deux rivières indiqué dans quelque ouvrage. M.
Danville prétend qu'il n'y a pas plus de
trente-sept milles géographiques entre les
deux passages Naye et Kayée sur les rivières
du Falemé et du Sénégal ; tandis que M.
Mungo Park en compte soixante-deux. Ici
l'échelle du père Labat s'accorde avec cette
dernière ; car il évalue cet intervalle
à 28 lieues $\frac{3}{4}$ de France , ce qui équivaut à 2, 16, milles géographiques par
lieue. Suivant le calcul de M. Mungo Park,
les lieues seroient donc probablement des
lieues de route , puisque celles en ligne
directe paroissent équivaloir à 2, 64. Voilà
ce qui a induit M. Danville en erreur ; et
il s'est servi de cette même échelle défec-
tueuse pour mesurer le cours de la rivière
Falemé en remontant. Il l'a diminué d'environ vingt-six milles géographiques, et
ne le plaçant qu'à la hauteur de 13° en

latitude, tandis que d'après l'échelle primitive (ou plutôt proportionnée) il devroit s'étendre jusqu'à 12° 34.'

Cette carte du père Labat indique donc la position de Ferbanna sur le Falemé *, ainsi que les frontières sud du Bondou et du Bambouk avec d'autres détails.

M. Mungo Park, lorsqu'il fut arrivé au passage de la rivière Falemé, entre Satadou et Medina **, se procura quelques notions générales sur sa position, par rapport aux lieux ci-dessus énoncés. Car il apprit que Ferbanna (Tenda) étoit situé un peu au-dessous de la rivière : que Bondou étoit à six journées au nord. Il se procura cette connoissance par le rapport que lui fit un compagnon de voyage qui se rendoit dans ce lieu; il apprit aussi la

* Ce n'est point Ferbanna du Bambouk où demeuroit le major Houghton, mais Ferbanna-Tenda, à travers lequel le roi de Bambouk indiqua que passoit la route sud des slatées, depuis le Woulli jusqu'au Manding. (Voyez les mémoires de l'Association d'Afrique 1798, p. 11).

** Il y a plusieurs endroits qui portent ce nom : celui dont il est ici question, est situé au sud de Bambouk.

position générale du Bambouk. A cela on
peut ajouter qu'il avoit à sa droite, dans
la partie nord, une chaîne de montagnes,
au pied de laquelle il passa à Dindikou :
c'est cette même chaîne qui, dans la
carte du père Labat, traverse la rivière
Falemé, au-dessous de Ferbanna, et qui
se trouve aussi répondre précisément à
Dindikou. En outre, dans la carte du père
Labat, elle est à la même distance des
frontières sud du Bambouk que celle vue
par M. Mungo Park. Enfin il paroît, d'après
la description de la route méridionale indiquée par le Roi de Bambouk (voyez les mémoires de 1793, p. 11.) que M. Mungo
Park passa au sud de Ferbanna, et même
pas très-loin de cette ville ; car le chemin
du Roi, depuis Ferbanna (Tenda) se di-
rigeoit vers l'est, en passant par Concou-
dou, province qui est le Konkodou de
M. Mungo Park. Il traversoit aussi le Sillou-
mana, le Gangaran, le Gadou et le Manding.
D'après cela il y a tout lieu de croire
qu'à l'exception de Ferbanna, c'est la même
route que suivit M. Mungo Park à son
retour. Il revint laissant le Gangaran d'un
côté et le Konkodou de l'autre. Le Sillou-

mana est probablement le même lieu qui est connu sous le nom de Kullo-Manna*, passage fameux sur *la rivière noire* qui est le principal bras du Sénégal , sur lequel on a jeté un pont d'une singulière construction pour l'usage des caravanes. Il n'est pas à présumer que l'on trouve deux ponts sur la route du sud , comme celui de Manna , où les rochers escarpés qui bordent la rivière et son lit étroit , en ont singulièrement favorisé la construction.

On peut donc conclure que depuis Konkodou, la route indiquée par le Roi de Bambouk, au lieu de tourner au S. O. vers Satadou , va droit à l'ouest à Ferbanna , et se réunit ensuite à celle du Woulli, soit à Baneserile, soit à Kirwanny, n'étant qu'une branche de la grande route du sud qui traverse directement les montagnes; tandis que l'autre s'en éloigne, en faisant un coude vers le sud ; lequel coude , d'après la description que donne M. Mungo Park du chemin qu'il a suivi, ressemble tellement à celui qui est

---

* Kullo est une province du Jallankadou, qui est située sur les deux rives du Bafing , ou rivière noire; et Manna est le nom de la ville. (*Park*).

dans la carte du père Labat au-dessus de Ferbanna, que je ne puis m'empêcher de soupçonner que le Dambanna de Labat ne soit le Dindikou de M. Mungo Park. Je reprends la construction de la route.

Ferbanna, dans la carte du père Labat, est situé à trente-trois lieues à l'est de Cacullo, par une latitude de 11 degrés sud. Cacullo est un autre passage sur la rivière Falemé, situé d'après les observations du major Houghton, par les 13°. 54′ de latitude, et il est à environ vingt milles au sud de Naye, où M. Mungo Park traversa cette rivière en allant. D'après l'échelle *proportionnelle* fournie par la route de M. Mungo Park, les trente-trois lieues donnent 71 ¼ milles géographiques pour la distance de Ferbanna à Cacullo; autrement 12° 46′ de latitude : c'est à partir de ce point que le père Labat décrit le cours de la rivière, en remontant vingt-quatre milles plus haut, dans une direction sud-est ¼ est. C'est vers cet endroit que nous pouvons supposer que M. Mungo Park traversa le Falemé à son retour. En effet tout porte à le croire, la circonstance des montagnes, le coude que fait la route et que nous avons décrit plus haut, ainsi

que la distance du Bambouk et du Bondou:
on peut encore ajouter à cela l'accord général
du gisement des lieux depuis le Manding.
Medina qui est un village, étoit situé sur
la rive ouest du Falemé, près du passage; et Satadou, capitale de la province,
à deux milles à l'est de ce village. Il est
certain que l'on ne voit ni Satadou, ni
Konkodou dans la carte du père Labat.
Dans cette dernière, on donne le nom de
Macanna au pays qui est limitrophe au sud
du Bambouk; mais M. Mungo Park l'appelle
Konkodou, ce qui signifie *le pays des
montagnes*, et qui paroît fort bien le désigner. Ces montagnes traversent le Bambouk
et le Kasson, et contiennent des mines d'or.
Je dirai de plus que dans la carte du père
Labat, Combregoudou occupe les places où
sont situés Satadou et Dentila dans les des-
criptions de M. Mungo Park, et ainsi nous
devons en conclure que ces pays ont plus
d'un nom, ou que dans le cours de ce
siècle, ils ont changé celui qu'ils avoient
originairement.

D'après tout ce qui vient d'être dit, on
ne peut guère douter que la manière dont
on fait accorder la route du sud avec celle

du nord, dans cet endroit, ne soit assez exacté; et ce point est de la plus grande importance pour la géographie. Il y a une circonstance qui est encore très en sa faveur : à Kirwanny, qui se trouve sur cette route, on dit à M. Mungo Park que la rivière de Gambie couroit à trois journées au sud, ou à une journée dans l'espace qui est compris jusqu'à Fouta-Jallo; et le docteur Afzelius apprit que la même rivière parcouroit un espace de quatre jours de marche, depuis les montagnes qui bordent le Rio Grandé au nord-est. Ces notions s'accordent parfaitement avec les positions relatives de Kirwanny et le cours de Rio Grandé, qui sont séparés d'environ cent douze milles géographiques, suivant la carte qui en a été levée.

De plus, cette évaluation s'accorde tout aussi bien avec les proportions de la distance longitudinale, sur la ligne qui est entre Kamalia et le Woulli, au moyen du cours de la rivière Falemé, qui s'étend d'un point connu dans la route du nord.

Dans la carte originale de M. Mungo Park, je trouve deux cent un milles géographiques sur cette portion de la ligne

méridionale, à l'est de la rivière Falemé,
cent quatre-vingt-un à l'ouest ; tandis que
les intervalles respectifs, d'après mon évaluation, sont deux cent onze et cent quatre-
vingt-cinq : mais M. Mungo Park a observé
qu'il a eu un plus grand espace de terrein
à parcourir à son retour, qu'il ne l'avoit
imaginé. Son évaluation étoit, pour me
servir d'un terme de marin, *en avant du*
navire ; ce qui sans doute provint de ce
qu'il omit de tenir compte de la variation
de la boussole, après qu'il eut perdu son
sextant à Jarra.

Il paroît, d'après l'examen de son journal,
qu'entre la rivière de Falemé et Baraconda,
dans le royaume de Woulli, à quelques
milles en-deçà de Medina, ils employèrent
neuf jours entiers, et une partie du dixième ;
la plus grande partie de ce tems fut employé
à traverser le désert de Tenda et de Simbani.
Ils observent que six de ces journées furent
longues, et même *fort longues* ; il y en eut
une particulièrement qui fut *des plus pé-*
nibles. En évaluant à six milles la fraction
du dixième jour, les neuf autres pleins
doivent s'estimer chacun en ligne droite,
à dix-neuf milles géographiques ; et comme

la route s'éloignoit considérablement de la ligne directe (elle va au sud rejoindre la rivière de Gambie, à une assez grande hauteur), on peut les prendre à un point un peu plus élevé. Les cinq journées de marche forcée à travers le désert de Jallonka, sont aussi évaluées à dix-neuf milles chacune en ligne droite ; ce qui peut produire vingt - cinq milles de route. Je serois assez porté à croire que les jours de marche à travers les déserts de Tenda et de Simbani peuvent équivaloir, l'un portant l'autre, à vingt-six milles, et quelques-uns à plus de trente *.

C'est ici que je termine l'esquisse en grand de la géographie de M. Mungo Park ; et je ne puis m'empêcher de partager les sensations qu'il dut éprouver en arrivant à Pisania, où il fut reçu sous *le toît hospitalier du docteur Laidley* après une absence de dix-huit mois, pendant lesquels on n'avoit pas eu la moindre nouvelle de lui ; soit

* Il paroît que M. Mungo Park regarde dix - huit milles géographiques en ligne directe, comme une longue journée ; et que ses journées ordinaires étoient de seize à dix-sept, lorsqu'il voyageoit seul : c'est aussi là le chemin que font ordinairement ceux qui voyagent à pied, ou avec des animaux chargés.

lorsqu'il jouissoit de ses triomphes en découvrant de nouvelles routes, soit lorsqu'il gémissoit dans une affreuse captivité chez les maures féroces de Jarra , ou qu'il étoit accueilli par les bons nègres du Manding.

Il nous reste à parler de la connexion qu'il y a entre la géographie de M. Mungo Park et celle du père Labat, pour les lieux situés entre les rivières du Sénégal et du Falemé , ainsi que des positions des cataractes du Sénégal.

On a déja fait cadrer l'échelle du père Labat avec celle de M. Mungo Park, pag. 250 , où nous avons trouvé que 2 , 16 milles géographiques équivaloient en ligne droite à une des lieues du père Labat.

Dans la carte de ce dernier, (vol. 4 , p. 192) Kayée, passage sur la rivière du Sénégal où M. Mungo Park la traversa , est estimé être à seize lieues ⅞ au-dessus du fort St.-Joseph ; et les cataractes de F'low, que le père Labat appelle Felou , sont situées à 5 lieues ½ encore plus haut. Ainsi on peut placer Kayée à trente-six milles, et F'low à quarante-huit au-dessus du fort S. Joseph : son gisement est d'un air de vent, ou de quelque chose de plus dans le sud-est.

F'low est la cataracte *inférieure* , au-dessous de laquelle la rivière continue d'être généralement navigable jusqu'à la mer, et Govinea est la cataracte *supérieure*. La distance qui est entre elles deux, est pré-sentée d'une manière fort différente par diverses personnes ; mais j'estime qu'elle est de douze à quatorze lieues, peut-être trente milles géographiques en ligne droite. Il est vrai que le père Labat dit dans plus d'un endroit* qu'elles sont éloignées de quarante lieues l'une de l'autre ; mais remarquons que sa carte (dans le 4ème. volume, p. 92) représente une étendue de terrain de moins de douze lieues : ensuite M. P. D. parle aussi (p. 78) de douze lieues ; de plus, il est dit que le lieu de la résidence du roi de Kasson est à *moitié chemin* entre les deux cataractes : or, cette résidence paroît être Kouniakarry, lieu qu'a visité M. Park, et qui n'est éloigné que de 22' de la cata-racte inférieure, et de 13' de la rive nord de la rivière. Toutes ces raisons prouvent

* Vol. 2 , page 156. Vol. 3, 290 et 358.

indubitablement que les deux cataractes
sont à trente milles géographiques l'une de
l'autre ; et l'on peut conclure de là , que
dans le manuscrit original il y avoit *qua-*
torze , et non pas *quarante*.

La distance qu'il y a entre Kouniakarry
et le Sénégal , et qui est de treize milles ,
a entre les cataractes , une direction ouest
nord - ouest , ou à-peu-près ; et plus bas,
elle ne s'écarte pas beaucoup du cours général de ce fleuve. Mais comme le principal
bras de celui - ci , qu'on nomme Bafing ,
doit courir presque directement au nord,
à partir de l'endroit où M. Mungo Park
le traversa dans le pays de Jallonka , il
est fort probable que les deux grands bras
s'unissent non loin de la cataracte supérieure ; car la même chaîne de montagnes
qui donne naissance à cette chute d'eau,
produit peut - être la réunion de différens
ruisseaux au-dessus d'elle.

Ces cataractes , suivant le père Labat,
ont de trente à quarante toises de hauteur perpendiculaire , ou de 180 à 240
pieds français. On doit se rappeler que
P. Hinnepen évalue à six cents pieds *le*
saut de Niagara , qu'on a réduit à cent

cinquante *, par des calculs postérieurs.
Le lecteur trouvera néanmoins des descrip-
tions curieuses de ces cataractes et de la
rivière elle-même, dans l'ouvrage du père
Labat, vol. 2. p. 156 et 160.

* Voyez la lettre d'Ellicott, dans le Magasin de l'Europe, vol. 24.

CHAPITRE V.

Construction d'une nouvelle carte du nord de l'Afrique*. — Nouveau système du

* TABLE des principales latitudes et longitudes de la Carte.

	Suivant la Carte.		Par Fleurieu.	Con.des tems.	Bruce.
	Latitude.	Longit.	Long.		Bruce.
⋆Cadir	36° 21′. N.	6° 19″O.	6° 19′.		
‿C. Spartel . .	35 48	5 57	6· 2	5 54.	
C. Cantin . .	32 33	9 15	9 11		
C. de Geer . .	30 28	9 54	10. 31	9 53	
C. Bejador . .	26 20.	14 17.	14 49	14 28	
⋆I. Ferro . . .	27 51	17 37	17 37		
C. Blanco . .	20 47	16 58	16 58		
⋆C. Verd . . .	14 48.	17 34	17 35		
[]C. Palmas . .	4 30	7 41			
[]I. St.-Thomas.	0 18 N.	6 37 E.			
Tunis	36 44	10 20			
Tripoly . . .	32 54	13 15	. . . . .	13 20	
Mourzouk. . .	27 48	15 3			
⋆Suez.	30 2	32 28			
Cairo	30 3	31 20	. . . . .	31 29	
Kosseïr . . .	26 8.	34 8	. . . . .	. . . .	⋆31 4
Sennar . . .	13 35	33 30′30″			
Source du Nil en Abyssinie}	10 59	36 55	. . . . .	. . . . .	⋆36 55
[]C. Guardafui.	11 43	51 12			
Syené.	24	33 30	. . . . .	. . .	⋆33 30

Nota. Les longitudes devant lesquelles on voit une

cours du Nil. — Découverte de ses sources éloignées, non encore reconnues par les européens. — Position centrale en Afrique déterminée. — La ligne de distance d'Edrisi reconnue juste. — Erreurs de Leon l'Africain.

A FIN que le lecteur soit en état de juger du degré de perfection qu'on a donné à cette nouvelle carte du nord de l'Afrique, je citerai les autorités dont on s'est appuyé, et je lui mettrai en même-tems sous les yeux une esquisse de la construction de cette carte. Si l'on vouloit traiter ces deux objets en détail, il faudroit un volume : je ne ferai donc qu'indiquer simplement les autorités d'après lesquelles on a relevé les côtes, ainsi que certaines parties de l'intérieur qui ont été décrites jadis par les géographes. Je n'entrerai dans les détails

semblable étoile, ont été calculées d'après les observations célestes faites sur le lieu même, ou dans le voisinage.

D'après les montres marines, les deux premiers ont été relevés par le capit. Price, et le dernier par le capit. Richardson.

que lorsqu'il s'agira des découvertes modernes, et des parties qu'elles ont aidé à
mieux connoître : je m'attacherai spéciale-
ment aux points qui déterminent les cours
du Niger et du Nil.

Dans cette carte on a fait un nouveau
relevé des côtes de l'ouest et du sud, depuis le détroit de Gibraltar jusqu'à l'équateur. On a suivi l'autorité de Fleurieu pour
le cap Verd, le cap Blanc et les îles Canaries.
Les côtes de Maroc et de Fez ont été tracées
d'après les cartes de don Tofino, auteur
de l'atlas espagnol : et quant à l'intervalle
compris entre Maroc et le cap Blanc, on
a suivi plusieurs auteurs dans certaines
parties ; parce qu'il m'a paru que Fleurieu s'est trompé sur la position du cap
Bajador.

Les côtes au sud et à l'est du cap Verd,
sont relevées conformément au système du
capitaine Price. Cet officier a eu l'occasion
en 1793, sur le vaisseau de la compagnie
des Indes la *Royale Charlotte*, de déterminer les longitudes de plusieurs points
importans ; ce sont ces longitudes, dont
M. Dalrymple s'est servi pour corriger les
cartes de la côte que l'on avoit déja. Tou-

jours généreux, toujours zélé pour tout ce
qui peut tendre à aggrandir le domaine des
sciences, il m'a permis de faire usage de
ces corrections, avant qu'il ne les publiât
lui-même sous une autre forme. C'est à ce
même journal inappréciable du capitaine
Price, que je dois les notions les plus importantes relativement à la variation de
l'aiguille aimantée, le long de la côte de
Guinée, etc. ; et sans elles il auroit été
impossible d'estimer par approximation cette
variation dans l'intérieur de l'Afrique.

Il résulte de ces notions, que la côte de
Guinée s'étend de quelques degrés de plus
de l'est à l'ouest, et que la largeur du sud
de l'Afrique à l'équateur est moindre que
M. Danville ne l'avoit supposé.

Il n'y a eu aucun changement de fait relativement aux côtes de la Méditerranée,
si ce n'est dans la forme et dans la position
du golfe d'Alexandrette et des côtes adja-
centes.

Dans cette nouvelle carte, la mer Rouge
ou le golfe Arabique, ainsi que tout le cours
du Nil, sont entièrement changés. M. Dalrymple a fourni une grande quantité de
nouveaux matériaux pour établir la véri-

table position de la mer Rouge. Cette carte-
ci en renferme une de tout le golfe , qui
fut levée en 1795 par le capitaine White :
mais dans mon travail je ne l'ai pas suivie
tout-à-fait, non plus que les autres autorités
particulières. J'y ai fait les changemens
qui m'ont paru fondés d'après l'examen et
la comparaison des différens matériaux.

La partie supérieure du golfe entre Suez
et Yambo , est cependant conservée toute
entière telle qu'elle a été dessinée par le
capitaine White.

La position du golfe est déterminée de
la manière suivante :

Le capitaine White trouva par deux observations d'éclipses du premier satellite
de Jupiter , que Suez étoit situé par les 30°
28' 30″ E. du méridien de Greenwich ; et
le terme moyen donné par soixante-seize
observations de la lune , ne différoit pas
d'une minute des deux précédentes.

Le terme moyen de cinq relations différentes donne pour la différence de longitude entre Suez et Moka , près de l'entrée
du golfe, 11° 4' , ce qui ajouté aux 32° 28',
fixe la longitude de Moka à 43° 32' : cette
évaluation tient à-peu-près le milieu entre

les divers résultats fournis par les montres
marines ; mais sa position ne pourra être
déterminée d'une manière exacte, jusqu'à
ce qu'on ait fait un plus grand nombre d'observations à l'entrée du golfe.

Le cap Guardafui, d'après les observations
de la montre marine, est placé par les 51°
12' de longitude, et les 11° 43' de latitude.

La position de la partie inférieure du
cours du Nil vers les bords de la mer Rouge,
diffère beaucoup de la carte de M. Danville.
Ce géographe supposoit que le Nil, à partir
de la cataracte inférieure, près de Syené,
jusqu'au Caire, approchoit graduellement
de la mer Rouge : mais les dernières observations démontrent que dans cet espace,
qui est à-peu-près par les sept degrés de
latitude, il court parallèlement à cette mer.
Il s'ensuit que la distance entre le port de
Kosseïr et Ghinna sur le Nil, est beaucoup
moins considérable que ne l'a supposé M.
Danville : il l'évalue à cent dix milles géographiques, tandis que la véritable n'est
que de quatre-vingt-dix ou environ *.

* M. Bruce estime qu'il y a quarante-quatre heures
et demie de marche de caravane (avec des chameaux)
entre Kosseïr et Kuft (c'est-à-dire Coptos), près de

Il est peut-être à propos d'observer que la ligne entre Kosseïr et Ghinna n'est nullement la plus courte qui puisse être tirée entre le Nil et la mer Rouge, parce qu'elle court obliquement entre ces deux points. La distance ne paroît pas aller au-delà de soixante - douze milles dans une direction E. N. E., depuis Ghinna jusqu'à la partie la plus voisine de la côte.

Ghinna. M. Irwin estime qu'il y en a quarante-six depuis Kosseïr jusqu'à Banute, situé sur le Nil, à cinq heures de marche au-dessus de Ghinna. On évalue à deux milles et demi anglais de route, le chemin que fait par heure un chameau : ce qui fait par conséquent moins de deux milles géographiques en ligne directe.

M. Savary a la même idée sur cette distance; car il l'évalue à trente-trois lieues de France. (Vol. 2, l. 2.); mais sa carte n'a que soixante-dix milles géographiques: celle de Pocock en a quatre-vingt-dix.

M. Irwin estime que la distance de Kosseïr à Ghinna est dans une direction O. N. O, ce qui est incontestable d'après la boussole. La variation peut être de 13 à 14 degrés : il s'ensuivroit que Ghinna seroit situé à l'ouest 9° nord de Kosseïr; ainsi, d'après ce calcul, Banute qui est reconnu être à cinq heures de marche au sud de Ghinna, seroit à un degré ½ N. O. de Kosseïr. M. Irwin a certainement fort approché du point véritable, quoique s'étant porté un peu trop au nord. Il paroît que Banute est dans la carte de Danville par les

En prenant le terme moyen des différens calculs, le Caire est situé à environ cinquante-neuf milles géographiques à l'ouest de Suez, ce qui équivaut à 1° 8' de longitude * ; de sorte que le Caire seroit par 31° 20'. *La connoissance des tems* le place par 31° 29' ; mais il est probable que Suez est celui de ces deux endroits dont la position est la mieux déterminée.

M. Bruce fit des observations de longitude à Kosseïr et à Syené (ou Assouan). Il place le premier de ces deux endroits par

25° 47' 30" de latitude, et à 8' nord de Negada ; c'est dans cet endroit que M. Bruce observa que la latitude étoit de 25° 53' 30". Conséquemment Danville est de 14' trop au sud dans cette partie : donnons à Banüte ces 14' de trop, et nous aurons 26° 1' 30". Kosseïr est situé par les 26° 8' ; ainsi Banüte est, dans la réalité, au sud de lui de quelques minutes. A Syené, la latitude de M. Bruce est de 11' plus nord que celle de Danville. Pour ne donner dans aucun extrême, j'ai pris Banüte à 5' sud de Kosseïr ; Ghinna a 3' nord de lui, ou à 26° 11'. Danville place Ghinna par les 26° 1'. Il étoit important de déterminer les parallèles de ces lieux.

* Voici les principales autorités sur lesquelles cette estimation est basée.

les 34° 4′, et le capitaine White par le 34°
3′ : mais comme ce dernier estime sa latitude à 26° 18′, tandis que Bruce ne l'estime
qu'à 26° 8, nous pouvons supposer que le

M. Niebuhr compte entre Suez et le lac des Pélerins, situé à 6, 9, milles géographiques du Caire. . . . . 28 h. 40 m.
M. Volney. 29
Le docteur Pocock. 29   15

                     Terme moyen, 28   58
Ajoutez pour la distance du lac
au Caire, suivant l'estimation ordinaire. 3

                     On aura. . . . 31   58
                     ou 32 heures,

Mais comme, outre les trois heures dont on vient de
faire mention ci-dessus dans une direction d'environ
40 degrés de la ligne générale, il y a 3 heures ¼ de
plus entre Suez et Ajerud, à-peu-près au même angle,
il faut réduire considérablement la distance en ligne
directe, probablement d'une heure ¾ ; il ne reste plus
alors que 30 heures ¼ ; et comme le docteur Shaw évalue d'après tous les calculs, cette distance à 30 heures,
on peut estimer que la véritable par la route la plus
courte, est celle qui laisse le lac et Ajerud au nord.
On peut évaluer ces 30 heures à 59 milles géographiques en ligne directe. Il y en a 60, suivant M. Danville.

capitaine White n'approcha point de la côte
assez près pour observer avec précision.
Le parallèle de Bruce coupe la côte dans
la carte du capitaine White, au 34.º degré
8' de longitude; et c'est à cette même hauteur que j'ai placé Kosseïr.

Suivant Bruce, Syené est par les 33º 30',
à 2º 10' du Caire; au lieu que dans la
carte de Danville, cette distance n'est que
de 41 minutes. De là résulte une différence de douze degrés dans sa situation,
Danville le plaçant par environ 9º nord-
ouest, et Bruce par 21 nord-ouest, ou presque parallèlement au rivage de la mer Rouge.
La longitude de Sennaar, suivant Bruce,
est par les 33º 30 30'. C'est ici sur-tout
que Danville et Bruce diffèrent dans leurs
calculs; le premier ne le plaçant pas moins
qu'à 3º 50' plus avant dans l'ouest; c'est-
à-dire, que dans la carte de Danville, il
est situé à 1º 41' O. du Caire; et dans le
voyage de Bruce, à 2º 9' E. de cette ville.

Et en effet, le cours général du Nil au-
dessous de Sennaar se dirige vers l'ouest du
nord; ce qui est contraire au système de
Danville, qui ne paroît avoir travaillé que
sur des matériaux fort imparfaits : car nous

2. 18

ne pouvons douter que les positions géographiques de Bruce ne soient vraies en
général, quoique nous ne soyons pas portés
à les regarder comme exactes dans tous les
points. Nous avons vu qu'il se rapproche
beaucoup du capitaine White pour l'observation de la longitude de Kosseïr; et sa longitude du Caire est plus exacte ou plus en
rapport avec les observations du capitaine
White à Suez, que la longitude relatée dans
la connoissance des tems. Nous avons de
plus une autre observation de longitude
prise par Bruce à la source orientale du
Nil, de 36° 55′ 36″ 9 lat. 10° 59′ ; de cet
endroit une route se dirige à l'est vers les
bords de la mer Rouge à Masuah, et une
autre à l'ouest vers Sennaar. Quand on ad-
mettroit que ces observations seroient in-
complètes, ces routes doivent avoir déterminé la distance entre Masuah et Sennaar
d'une manière assez marquée, pour qu'il
n'y ait pas eu d'erreur bien sensible de
commise dans une différence de six degrés
seulement ; de sorte qu'il n'y a pas de doute
que les observations de Danville ne soient
défectueuses.

De Sennaar à Syené vers le nord, Bruce

trace une route nouvelle et intéressante.
Dongola est situé au loin à l'ouest de cette
route ; et il ne nous a pas informé d'après
quelle autorité il le place dans sa carte :
cependant, d'après le changement dans la
position du Nil, Dongola doit nécessairement se trouver à l'est de ce fleuve ; et
dans la carte de Bruce il diffère de 1° 18'
de longitude à l'est de celle de Danville,
ce qui équivaut * à soixante-treize milles
géographiques. La latitude de Dongola est
aussi à ½ deg. au sud du parallèle assigné par
Danville, c'est-à-dire, à 19° ½ au lieu de
20° : quant à la latitude de Sennaar, Danville ne s'est pas trompé.

Dans la description que j'ai donnée de la
source occidentale du Nil (dont il n'est
fait nullement mention dans la carte de
Bruce), on pourroit croire que je me suis
avancé dans un pays de conjectures ; mais
j'ose croire que je n'ai point dépassé les
bornes qui m'étoient indiquées par les autorités que je me suis fait une loi de suivre.
Les détails à ce sujet, ainsi que les déduc-

---

* C'est-à-dire, M. Danville le place à 36 min. ouest
du Caire ; et M. Bruce à 42 min. à l'est de cette ville.

tions et les combinaisons que j'ai été dans
le cas de faire, occuperoient ici beaucoup
trop de place; d'autant mieux qu'il en sera
question dans un autre lieu. Il suffit de dire
que la branche en question appelée la rivière *blanche* ou *Abiad* *, est reconnue par
M. Bruce lui-même pour être d'un volume
plus considérable que celle d'Abyssinie;
que l'on dit à M. Maillet, que cette source
dans son cours étoit éloignée de douze à
vingt journées de celle de l'est; de plus,
que quelques personnes de *Darfour* dirent
à Ledyard, lorsqu'il étoit au Caire, que
le Nil a ses sources dans leur pays, situé
à cinquante-cinq journées à l'ouest de Sennaar **, et dont la province limitrophe
Kordofan est placée par Bruce près de la
partie occidentale du pays de Sennaar.

Ajoutons enfin que Ptolémée, Edrisi et

---

* Il ne faut pas la confondre avec le Nil *Abeed*, qui
est le nom donné au Niger par les arabes.

** Voyez les renseignemens fournis par M. Ledyard
dans les Mémoires de l'Association africaine, pendant
les années 1790, 1791. Il parle de cinquante-cinq journées, ou de quatre à cinq cents milles : il doit y avoir
nécessairement une erreur, ou dans le nombre des
journées, ou dans celui des milles.

Aboulfeda placent tous la source du Nil dans une partie fort éloignée de l'Abyssinie. Ptolémée, en particulier, a décrit la source orientale d'une telle manière, qu'elle ne peut être autre que la branche d'Abyssinie, c'est-à-dire, celle dont parle Bruce; et cependant il décrit en même tems une source plus considérable et plus éloignée qui vient du S. O., et qui paroît n'être autre chose que la rivière blanche. Nul doute que son lac *Coloé* ne soit le *Tzana* de Bruce; et il est possible qu'il signifie *Galla*, qui est le nom de la division méridionale de l'Abyssinie *.

Ayant terminé cette partie de mon sujet, je vais passer aux positions de l'intérieur des terres dans les parties occidentales et centrales du continent.

* M. Bruce est tombé dans une erreur qui pourroit tromper ceux qui ne suivent point sa carte: il dit vol. 3, page 720, «que la terre s'abaisse vers le sud, depuis le parallèle de cinq degrés nord»; mais dans la carte qui est à la fin du cinquième volume, les eaux, comme nous venons de le dire, commencent à couler au sud, depuis la latitude de 8 deg. nord. Je crois avec lui, que plus loin dans l'ouest, l'inclinaison vers le sud ne peut guère commencer plus bas que le cinquième degré de latitude.

On a suivi les cartes de M. Danville pour
la géographie de la Barbarie et du royaume
de Maroc, à l'exception du travail que l'on
a fait pour faire correspondre l'intérieur de
ce dernier avec les côtes. Cette partie est
tirée des cartes de l'atlas de don Tofino,
dans lesquelles les caps Cantin, Geer, etc.
sont placés plus à l'est relativement au détroit, que dans celles de Danville.

Les parties inférieures du Sénégal, de la
Gambie et de Rio Grandé sont tirées des
cartes de M. Danville et du docteur Wadstrom.

Il est inutile de rien dire de plus de la
route et des découvertes de M. Mungo Park,
si ce n'est que la carte particulière qui les
contient, a été copiée dans celle-ci, et
en forme la partie la plus importante.

Les routes et les positions tracées anté-
rieurement d'après les matériaux rassemblés par l'Association africaine dans le nord
du continent, ont été revues et refaites;
peut-être ont-elles un plus grand degré
d'exactitude, en raison des connoissances
et de l'expérience que nous avons acquises
dans cette partie.

Fez est placé, comme auparavant, direc-

tement au sud de Mesurate, sa capitale
Mourzouk étant à une distance de 17 jours
de marche de caravane. Edrisi apporte une
légère différence dans le gisement, ainsi
que dans la distance, au moyen de Waddan,
qui est situé presque à moitié chemin, et
est à cinq journées à l'ouest de *Sort*, position connue sur la côte : il est aussi à huit
journées, suivant son échelle, de Zuela, qui
est une position déterminée dans le royaume
de Fez *.

On trouvera dans les Mémoires de l'Association africaine, publiés en 1790 et
1791, chap. X et XII, une description des
routes de la caravane, depuis Tripoli jusqu'à Mourzouk, ainsi qu'en Egypte et jusqu'au Niger.

Le point d'où dépendent les positions
centrales et orientales, est *Ghinny* ou *Ghana*
(comme l'appellent Edrisi et Aboulfeda),
ville et capitale d'un royaume situé presque
à moitié chemin entre la mer des Indes et

---

* Les jours de marche d'Edrisi sont calculés sur le
pied de dix-huit milles arabes, ou de dix-neuf milles
géographiques en ligne directe. Strictement parlant, ils
devroient être de 19,06, parce que cinquante-six milles
et demi arabes équivalent à un degré.

la mer Atlantique, dans une direction est et ouest, et entre la Méditerranée et la mer d'Éthiopie, dans une direction nord et sud. Heureusement que ce point d'où dépendent tant d'autres, peut être connu par approximation d'une manière satisfaisante : ce n'est pas cependant que je prétende qu'il le soit avec toute l'exactitude possible, puisqu'il y a une étendue de soixante-dix degrés environ, dont la position n'est pas déterminée.

Suivant Edrisi, Ghana est à trente-sept jours de *Germa*, en passant par Agadez ou Agaost. Germa, ville ancienne et ruinée du royaume de Fez, est située à l'est sud-est de Mourzouk, à environ quatre jours de marche *. La position de Germa seroit donc environ par les 27° 25" de latitude, et les 16° 20" E. de longitude. Agadez, suivant Edrisi, est à vingt-cinq jours de marche de Germa **; et au sud-ouest ou au sud sud-ouest de la capitale du royaume de Fez ***. Ailleurs, on place Agadez à quarante-huit jours de marche de caravane de

* M. Beaufoy MSS.

** Edrisi, page 39.

*** M. Beaufoy MSS.

Gadamis, lequel est à vingt - quatre journées pareilles de Tunis dans une direction
sud *. La route qui conduit à Agadez,
fait un angle considérable en passant par
Tegerhy, qui n'est situé qu'à quatre-vingt
milles au sud-ouest, ou à l'ouest sud-ouest
de Mourzouk **; et il s'ensuit que la ligne
droite de quarante-huit jours de marche,
doit éprouver quelque diminution. Le résultat de ces différentes estimations place
Agadez au sud ¼ sud-ouest de Mourzouk,
à une distance de quatre cent soixante dix-
neuf milles géographiques, ce qui n'excède
que de six milles la distance que donnent
les vingt-cinq journées de Germa; et alors
sa position se trouvera être à quelques minutes au dessus du parallèle de vingt degrés,
et à un peu plus d'un demi-degré de longitude à l'ouest de Tripoli. Il y a dans sa position quelque autre différence, qui résulte
de ce que Tegerhy est à moitié chemin entre
Kabès et Agadez ***.

* Association africaine, 1793, page 29.

** Association africaine, 1790, in-4.º, page 86;
in-8.º, page 133.

*** Association africaine, 1793, p. 29 et suivantes.

Ghana, suivant l'échelle d'Edrisi, est à douze journées au sud d'Agadez, ce qui équivaut à-peu-près à deux cent vingt-neuf milles géographiques *. Il paroît que Ghana est un peu à l'est de la ligne qui part de Germa et passe par Agadez ; d'où il suit que l'on doit faire quelque petite déduction sur la totalité de la distance de trente-sept jours, ou de sept cent cinq milles : j'ai donc pris sept cents pour la ligne générale de distance de Germa à Ghana.

On dit à M. Matra, lorsqu'il étoit à Maroc, que Ghinny, qui est le Ghana d'Edrisi, étoit à quarante jours de marche de Kabra, port du Tombuctou, le long des bords du Niger. Ces jours de marche calculés comme ceux de la caravane entre Fèz et l'Egypte, entre Maroc et Jarra etc., c'est-à-dire à 16, 3 par jour, donnent six cent cinquante-deux milles géographiques. Le point de rencontre de cette ligne avec celle qui part de Germa, place Ghana par les 16° 10 m. de latitude, et les 13° 2 m. E. de longitude du méridien de Greenwich ; dans cette position, il est à sept cent

* Edrisi, page 39.

soixante milles de la ville de Benin , sur la côte de Guinée *.

De Barros dit que lorsque les portugais découvrirent la côte de Guinée (en 1469) le roi de Benin tenoit son royaume du roi d'Ogane , dont il relevoit, et qu'en conséquence il lui envoyoit des ambassadeurs pour obtenir la confirmation de son autorité. La distance d'Ogane (qui sans doute n'est autre chose que Ghana) à Benin , fut évaluée à deux cent cinquante lieues de Portugal , lesquelles étant de dix-huit degrés , équivalent à environ huit cent trente-trois milles géographiques : et si nous en déduisons $\frac{1}{9}$ pour les sinuosités de la route , il en restera sept cent quarante en ligne directe : ce qui , comme le lecteur peut le voir , approche bien du premier résultat. Ainsi la situation de ce lieu paroît déterminée d'une manière qui ne laisse rien à desirer **.

* On a placé par inadvertance Ghana dans la carte trop loin à l'est de huit minutes de longitude.

** Je n'ai pu apprendre avec quelque degré de certitude , d'où est dérivé le nom de *Guinée* qu'on a donné à la côte S. O. de l'Afrique : quelques personnes ont supposé que c'étoit le nom de la capitale , ou du pays

Avant de m'étendre davantage sur ce qui concerne Ghana et Melli, et de prouver que ce sont les mêmes dont Leon fait mention sous un autre nom, il est à propos de terminer la ligne de distance qui va à l'est, vers la Nubie.

L'intervalle entre Ghana à l'ouest, et Dongola à l'est *, est sur cette carte d'environ onze cent dix-huit milles géographiques, à-peu-près dans une direction est $\frac{1}{4}$ nord-est. Edrisi établit une chaîne de distance entre ces deux endroits; et quoique nous ne puissions déterminer avec exactitude le gisement des différentes parties de cette chaîne, il est cependant suffisamment connu pour nous mettre en état d'évaluer par approximation quelle est, en général sa direction, qui est au sud; et sa

du monarque supérieur à celui de Benin, et qui faisoit sa résidence dans l'intérieur du continent; mais il est certain que le même nom fut donné par Sanuto (en 1588) à la côte située entre la rivière de Gambie et le cap Mesurada: mais Sanuto peut avoir suivi les idées de Leon, qui a beaucoup erré dans ce qui concerne la Guinée.

* Je suis pour ces positions l'autorité de M. Bruce, comme j'ai fait plus haut.

courbe paroît être telle, qu'elle augmente
la distance de cinquante à soixante milles ;
disons cinquante - cinq, et alors la ligne
d'Edrisi peut être calculée sur le pied de
onze cent soixante - treize milles géographiques *.

Comme il compte soixante-six journées,
elles ne seront chacune que de 17 milles $\frac{3}{4}$
et il les évalue ordinairement à 19, 19 $\frac{1}{4}$.
Cette différence peut aisément provenir
de quelques portions de la ligne plus
longues les unes que les autres ; quoique leur résultat ait été donné en masse
elles ont pu être séparées en différentes
parties, et chacune d'elles a pu décrire
une courbe et diverger ainsi de l'autre jusqu'à un certain point. C'est ce qui a pu
arriver, par exemple, à la ligne de trente

---

* La chaîne des gisemens et des distances est établie
de la manière suivante : Edrisi compte qu'il y a soixante-
six jours de marche entre Ghana et Dongola ; donc il y
en a trente-six entre Ghana et Kauga ; trente entre ce
dernier et Dongola (c'est le Damokla d'Edrisi). Il est
démontré d'une manière incontestable que sur les trente-
six, il y en a dix-huit qui vont vers l'est. On a acquis
cette conviction, partie par les informations directes,
partie par analogie ; car Kauga est à dix journées à l'est

jours, qui est entre Dongola et Kauga;
quoique son gisement, d'après le calcul
pris en masse, soit dans une direction sud-
ouest quart d'ouest, ou bien ouest-sud-ouest.
Ainsi l'espace entre Ghana et Dongola,
paroît être déterminé d'une manière satisfaisante.

Si nous estimons à cent cinquante-huit la
totalité des journées qui sont entre Pisania
sur la rivière de Gambie, et Dongola sur
le Nil, desquelles cent cinquante-huit il

de Semegonda (Edrisi, page 13), et entre ce dernier
endroit et Sekmara, qui sont à huit jours de marche
l'un de l'autre, il est dans une direction est $\frac{1}{4}$ sud-est,
et ouest $\frac{1}{4}$ nord-ouest; c'est le résultat que nous donne
le triangle formé par les points de Sekmara, de Semegonda et de Reghebil, cette dernière place étant à
six journées de la première, et à neuf de Semegonda;
et enfin, les dix-huit journées entre Ghana et Sekmara
sont corrigées par le gisement et la distance qui sont
entre Reghebil et Ghanara, et par la distance qu'il y
a entre Ghanara et Ghana. (Voyez la carte). Car
Reghebil est situé, suivant Edrisi, page 12, à onze
journées à l'est de Ghanara, tandis que ce dernier est
aussi à onze jours de marche de Ghana; or, si Sekmara est à dix-huit journées de Ghana, et Reghebil à
six au sud de Sekmara, tandis que Ghanara conserve
sa position relative que nous avons décrite plus haut,

y en a quatre-vingt-douze entre Pisania et
Ghana, et soixante-six entre ce dernier et
Dongola, il y aura pour la première portion, 16, 6 milles géographiques par jour;
et pour la seconde, 16, 9.

Au nord de cette ligne, et dans la partie
qui est vers la Nubie, sont situés les pays
ou royaumes de Bornou ou Kanem, de
Tagna, de Kuku, de Kuar et de Zaga-
wa : et dans la partie qui est vers Ghana,
sont situés Zanfara et Zegzeg. Leon, ainsi
qu'Edrisi, font mention de la plupart de
ces lieux.

nous trouverons par analogie que Sekmara doit être à
l'est de Ghana.

Kauga doit incontestablement être situé au sud de
Dongola par 2 degrés ½, ou 3 degrés; car il est à vingt
journées au sud de Kuku, qui est lui-même près du
parallèle de Tamalma; et ce dernier est à douze journées de Matthan, capitale du Bornou, au nord. Matthan lui-même, comme on le fera voir tout-à-l'heure,
est sur le même parallèle que Dongola : ainsi, je puis,
sans risquer de me tromper beaucoup, déterminer un
gisement à l'est entre Ghana et Kauga, et un à l'est
25 nord, entre Kauga et Dongola. Si l'on veut s'assurer
des autorités d'après lesquelles on a donné les détails
ci-dessus, on peut voir Edrisi, pages 10, 11, 12, 13.
On ne finiroit pas si l'on vouloit citer chaque autorité
séparément.

Dans les Mémoires de l'Association africaine pour les années 1790 et 1791, on
décrit une route qui va à la capitale du
royaume de Bornou, et dans laquelle elle
est placée au sud-est ¿ sud environ de Mourzouk, qui en est éloigné de six cent soixante
milles géographiques ; de sorte qu'elle se
trouve sur la carte par le même parallèle
que Dongola, et à cinq cent vingt-quatre
milles à l'ouest de cette ville : il s'ensuit
que le royaume de Bornou occupe le milieu
entre la Nubie et Ghana, Fez et Sennaar *.
Il n'y a presque pas de doute que Bornou
ne soit le Kanem d'Edrisi, qu'il dit être
sur les frontières de la Nubie.

Angimi, ou Gimi, une des villes de ce
royaume, est citée particulièrement comme
étant près de la Nubie, à l'est **. Il y a
une ville du nom de Kanem, sur la route
de Fez à la capitale du Bornou, comme

* La capitale du Bornou est située par les 24° 32' de
latitude, et les 22° 57' de longitude. On dit que ce
royaume est fort étendu, et que son souverain est plus
puissant que l'empereur de Maroc. (Association africaine, 1790, in-4.°, page 152 ; in-8.°, page 229).

** Edrisi, page 14.

nous l'apprend non-seulement l'ouvrage manuscrit de M. Beaufoy, mais une note qui est dans Hartmann *. Cependant ce ne peut être la capitale de Kanem, dont parle Edrisi : premièrement, parce que ni les gisemens, ni les distances par rapport à Dongola et à la Nubie, ne s'accordent avec la situation qu'il a déterminée pour cette ville ; et ensuite parce que son gisement et sa distance de Dongola se rapportent exactement avec la capitale désignée par M. Beaufoy, et qu'Edrisi nomme Matthan ou Matsan. Il place cette capitale à trente-un jours de marche à l'ouest de la Nubie, dont la position est cependant trop incertaine pour qu'on puisse la prendre pour base ; mais Aboulfeda dit que Zagua, ou Zagara, est à vingt journées à l'ouest de Dongola ** ; et Matthan, suivant Edrisi, est à huit journées de Zagua (p. 15.). On a déjà observé que la capitale du Bornou se trouve par le même parallèle que Dongola ; et nous apprenons ici que Zagua est aussi par le même paral-

* Hartmann sur Edrisi, page 163.

** Article *Soudan*.

2. 19

lèle que lui ; conséquemment les vingt-
huit jours de marche depuis Dongola,
peuvent être calculés comme ayant le même
gisement à l'ouest ; et le résultat donnera
une distance de cinq cent trente-quatre
milles, ce qui ne diffère que de 10 de l'intervalle marqué sur la carte. Il s'ensuit que
la ville de Matthan d'Edrisi peut être regardée comme la capitale du Bornou, qu'a
désignée l'autorité que nous avons citée
plus haut.

Les provinces de Zagua ou de Zagara,
et celle de Tagua remplissent l'espace compris entre le royaume du Bornou et la
Nubie. La première paroît être une petite
province, peut-être une dépendance du
Bornou. On peut conclure d'après ce qui
a été dit plus haut, que la situation de
sa capitale est à huit journées à l'est de
celle du Bornou.

Tagua est entre Zagua et Dongola, et sa
capitale à treize journées de Matthan (p. 15).
Au nord, elle s'étend jusqu'à l'*Al Wahat*,
province occidentale de la haute Egypte :
ainsi, on ne peut se méprendre sur sa position.

La province de Kuku (il ne faut pas la

confondre avec Kauga) est située au nord-
ouest de celle de Tagua , et au nord-est de
celle du Bornou ; elle se réunit au nord-est
à l'Al Wahat , qui est un pays immense sur
les frontières du désert de la Lybie , et
qui tient beaucoup de la nature du sol de
ce dernier. Sa capitale , qui porte le même
nom , est située à vingt journées au nord
de Kauga. Elle est aussi à quatorze journées
à l'est de Tamalma , qui l'est lui-même à
douze au nord de Matthan ; d'où l'on peut
évaluer par approximation la position de
Kuku. (Edrisi , pag. 13 et suivantes).

Il y a une rivière qui coule du nord au
sud , le long de Kuku , et qui se jette
dans un lac à une grande distance de cette
ville ; peut-être est-ce le lac de Kauga , et
il est possible que la rivière elle-même forme
une partie de celle que l'on dit passer près
d'Angimi *, dont nous parlerons davantage
par la suite.

Le Kuar ou Kawar est au nord de Kuku et

* Angimi est une ville à huit journées de Matthan ,
et à six de Tagua; elle est vers la Nubie et le Niger,
conséquemment au sud-est de Matthan ; et d'après
toutes les apparences, elle n'est pas fort éloignée au
nord de Kauga. (Edrisi, page 14).

du Bornou, et s'étend à l'est vers l'Al Wahat. Il est borné au nord par ce désert immense qui sépare l'Egypte du royaume de Fez, et qui est habité par la tribu errante de *Lebeta* ou *Levata* ; il contient aussi divers *oases* ou îles fertiles, et entre autres celles d'Augela, de Berdou, de Seewah, et celle où étoit bâti le temple de *Jupiter Ammon*. Je regarde ce désert comme le désert de Lybie proprement dit ; et l'on pourroit mettre en question si la tribu de Lebeta, quoique se trouvant actuellement dans l'intérieur du pays, n'habitoit pas originairement la côte de la mer, et si ce n'est pas d'après elle que les grecs ont donné à ce pays le nom d'Afrique *. Cette partie étoit la plus près de l'Afrique, et la première où les grecs envoyèrent une colonie ; et c'est un fait connu que les *adyrmachidæ* et les *nasamones*, qui du tems d'Hérodote habitoient les côtes, furent trouvés dans des tems postérieurs dans les environs d'*Ammon* et d'*Augela*.

M. Mungo Park fait mention d'une tribu errante qu'on nomme *Libey*, qu'il a vue dans ses voyages. Il les compare, pour leurs habitudes et leur manière de vivre, aux bohémiennes.

La capitale du Kuar est placée par Edrisi, près du royaume de Fez ; mais, ou je me trompe fort, ou bien il a commis quelque erreur dans cet endroit. Suivant Edrisi, pages 39 et 40, Tamalma, ville de la province de Kuar, n'est qu'à douze journées de Matthan (p. 14) ; de sorte que le désert de Bilma ou de Bulma, doit être situé entre lui et le royaume de Fez. Mederam Isa, une autre de ses villes, n'est estimée être éloignée que de deux journées de Zuela ou de Zawila, ville du royaume de Fez ; et Izer, une troisième ville, est dans le même voisinage, et près d'un grand lac. Ainsi donc, ou de deux choses l'une, ou ces villes sont du royaume de Fez et ont été classées par erreur comme appartenant au Kuar, ou bien elles appartiennent *réellement* à ce dernier royaume, ainsi que *Tamalma*, sur la position duquel il n'y a aucun doute. Je suis porté à me ranger de cette dernière opinion, pour les raisons suivantes. Dans l'énumération des villes du royaume de Fez, que l'on donne dans les Mémoires de l'Association d'Afrique, on ne fait mention ni d'Izer, ni d'Isa, ni de Bulmala, ni d'un lac près de la première

de ces villes : mais il y a un lac d'eau salée
très-fameux près de Dumbou , sur la frontière nord du Bornou qui , d'après sa position relativement à Tamalma , peut être
celui dont veut parler Edrisi ; d'autant plus
que Bulmala (page 40) qui n'est peut-être
autre que Bulma , est placé dans le même
voisinage. Les lacs d'eau salée de Dumbou
sont , dit-on , situés dans le désert de Bilma * , lequel paroît être la prolongation de
celui de la Lybie dans le sud-ouest.

Le Zanfara , suivant le père Labat , est à
cinquante journées de Tombuctou **. Leon
le place entre le Wangara et le Zegzeg ; ce
dernier étant , suivant le même auteur , au
sud-est de Cano ou Ganat. Le Zanfara doit
nécessairement borner le Ghana au nord-est,
et avoir le Bornou à l'est , et Agadez à l'ouest,
ainsi que le Kassina , sur l'orthographe du

---

* C'est des bords de ces lacs que Kassina et les autres
royaumes sont approvisionnés de sel par les habitans
d'Agadez , qui emploient annuellement mille chameaux
à ce commerce. (Association africaine , 1790 , in-4.°,
pages 157, 167 ; et in-8.° , page 236 , 251).

Il y a lieu de croire que le grand lac salé de Dumbou est le *chelonides palus* de Ptolémée.

** Labat, vol. 3, page 363.

quel nous nous étions précédemment trompés en écrivant *Cashnah*. Il est peut-être
à propos d'observer ici que dans la présente
division politique de l'Afrique, le Kassina
comprend généralement les provinces situées
entre le royaume de Fez et le Niger, et que
le Zanfara le borde à l'est. Il s'ensuit que
le Ghana, qui dans le quinzième siècle étoit
une souveraineté au centre de l'Afrique, est
devenu aujourd'hui une province du Kassina.

Les européens n'ont encore pu se procurer
que fort peu de détails sur la partie sud de
la ligne qui est entre le Ghana et la Nubie.
Les connoissances d'Edrisi ne s'étendoient
pas au-delà de cette ligne même; et le seul
pays qu'il connut au sud du Niger étoit
Melli, qu'il nomme *Lamlem*. Quant à Leon,
ses connoissances se bornoient aux pays
contigus à la rive sud du Niger, ainsi qu'à
toute la partie occidentale de Tombuctou :
quoiqu'il y place par erreur le Ghana et le
Melli, ceci peut servir à prouver que les habitans de la rive nord du Nil ont fort peu de
communication avec ceux qui demeurent
au-delà de cette grande chaîne de montagnes
qui traverse l'Afrique, au 10.e degré environ de latitude.

Les recherches de M. Beaufoy n'ont abouti à rien autre chose qu'à nous procurer les noms de quelques-uns des pays adjacens : le seul d'entre eux dont la position soit déterminée, est le *Bergamée*, qui est peut-être le *Begama* d'Edrisi. Il est estimé être à vingt journées au sud-est du Bornou, et en est séparé par plusieurs petits déserts *. Il paroît que c'est le pays qu'a voulu désigner M. Danville sous le nom de Gorham.

Le Kororofa et le Guber sont, suivant M. Beaufoy, à l'ouest du Bergamée ; et ce dernier est limitrophe du Wangara. Ni l'un ni l'autre ne peuvent guère être situés dans un parallèle plus bas que dix ou douze degrés ; mais *Darfour*, pays d'une étendue et d'une population considérables, et suivant les apparences le plus éloigné de tous ceux qui communiquent avec l'Egypte, nous est indiqué par M. Ledyard, comme étant à la même position où on l'avoit deja placé **.

* Association africaine, 1790, in-4.º, page 155 ; in-8.º, page 234.

** Association africaine. (Voyez les renseignemens fournis par M. Ledyard, dans les Mémoires de l'Association africaine, pour les années 1790 et 1791).

Dans l'état borné de nos connoissances relativement à l'intérieur de l'Afrique, ce seroit perdre du tems que de suivre Leon l'Africain dans les détails qu'il donne sur les nations habitantes de ces contrées qui ne font point encore partie du théâtre de nos découvertes : mais il est de la plus grande importance que, par rapport aux opinions sur le cours du Niger, je relève quelques erreurs de cet auteur sur la position des contrées de Gana * et de Melli.

Leon l'Africain dit ** que les marchands de son pays, qui est, j'imagine, la Barbarie, appellent ce pays Ghéncoa, et que ses propres habitans l'appellent Genni, mais que les portugais et les autres européens lui donnent le nom de Ginea. Il prétend qu'il est situé à l'ouest de Tombuctou, c'est-à-dire, entre Tombuctou et Gualata *** ; qu'il s'étend à plusieurs centaines de milles de long du Niger, et même jusqu'à l'endroit où ce fleuve se jette dans la mer.

* Leon l'appelle Ginea : mais Aboulfeda, Edrisi et Ibn Al Wardi l'appellent Ghana et Ganah.

** Pages 248 et 249.

*** Suivant Leon, Gualata est situé à 500 milles de Tombuctou, vers Nun.

Il dit ensuite que le royaume de Melli borne le Ginea au sud, et qu'à l'ouest il y a de vastes forêts qui vont jusqu'à la mer. Enfin il place le royaume de Gago à l'est de celui de Melli.

Maintenant nous savons, sans pouvoir en douter, que l'espace qui se trouve à l'ouest de Tombuctou et du royaume de Gago, est habité par des peuples très-différens de ceux du Ginea et du Melli ; et que le pays que Leon appelle Ginea, pays extrêmement aride et sablonneux, est adjacent au désert de Sahara, ou plutôt en fait partie ; tandis que Leon avance que durant les inondations des mois de juillet, d'août et de septembre, il est entouré des eaux du Niger, et forme une espèce d'île.

Il est assez probable que Leon qui alla à Tombuctou, mais qui certainement ne vit jamais le Niger, qui est à environ douze milles au-delà, a pu confondre la ville de Jenné, située dans une petite île du Niger à l'ouest de Tombuctou, avec le royaume de Ghana, qu'il appelle Ginea, et qui se trouve à l'est. Mais quant au Melli, il n'est point l'objet d'une pareille méprise ; il a seulement été placé à l'est du royaume de

Gago , afin de conserver sa position méridionale relativement au Ginea. Ainsi une
erreur en a fait naître une autre.

Le Ghana , que M. Matra nomme le Ginni,
est à quarante journées de Tombuctou ,
ainsi que nous l'avons expliqué plus haut.
C'étoit sans doute le Ginea dont vouloient
parler ceux de qui Leon reçut des renseignemens sur un pays dont il a donné une
géographie si erronée.

Lorsque vers l'an 1455 , Cadamosta s'occupa de recherches sur l'intérieur de l'A-
frique, on lui parla du royaume de Melli.
On lui décrivit assez bien la position générale de Tombuctou, qu'on lui dit être à
soixante journées plus loin dans l'intérieur,
qu'Arguin * ; on lui dit aussi que cette ville
tiroit du sel des mines des environs de
Tegazza , qui en étoit à quarante journées.
Enfin , on lui ajouta qu'on portoit du même
sel à Melli , à trente journées au-delà de
Tombuctou, par où on le faisoit passer **.

* Il apprit qu'Hoden ou Whaden étoit à soixante-dix
lieues à l'est d'Arguin, et Tegazza à six journées d'Hoden ; Tombuctou étoit à quarante journées de Tegazza.
(Astley , vol. I., pages 20, 577 et 578.)

** Astley, vol. I., page 578.

Nous devons penser que la ville de Melli, capitale du royaume de même nom , est regardée comme le terme de ce voyage. Nous devons aussi naturellement chercher Melli à l'est de Tombuctou , comme nous le verrons tout-à-l'heure , et non au sud-ouest, où il est placé par Astley *. Il n'y a pas de doute qu'on vouloit dire le sud-est, car Edrisi parle d'une ville du nom de Malel à dix journées au sud de Berissa, et à douze de la cité de Ghana. Or , cette position se trouve à trente journées à l'E. S. E. de Tombuctou ; ce qui est d'accord avec la distance rapportée par Cadamosta.

Edrisi n'appelle point le pays Melli, mais Lamlem. Cependant ce ne peut être que celui de Leon et de Cadamosta ; car Edrisi dit ** qu'il est situé au sud de Ghana et de Berissa, et qu'il a à l'est le pays de Wangara,*** description qui convient effectivement à la position de Malel. Hartmann croit avec une grande apparence de raison , que Lamlem a été écrit pour Melli ; et j'ai trouvé

* Astley, vol. 2, page 74.

** Edrisi , pages 7 à 17.

*** Vancara.

plusieurs exemples de pareilles transposi-
tions dans la traduction des mots et des
chiffres arabes. Les idées de Leon étoient
donc évidemment fausses relativement à la
position de Ghana et de Melli, qui est à
l'est de Tombuctou, et non à l'ouest, comme
il le prétend.

Dans la description de Leon, la place
du Melli est occupée par le Guber, que
M. Beaufoy a appris être au sud du Wangara ; et celle du Ghana reste vuide, à
moins que nous ne la supposions comprise
dans l'empire de Tombuctou. On peut le
penser du moins, quand on le voit repré-
senter le Wangara ou Guangara, comme
troublé à l'ouest par le roi de Tombuctou,
et à l'est par celui de Bornou. Il dit en
même-tems que l'empire de Tombuctou est
le plus vaste de toute la Nigritie.

Leon ne s'est point trompé sur la position
du Wangara *. Ce pays est effectivement
entre les royaumes de Zanfara et de Bornou :
mais Leon semble avoir ignoré qu'il est
arrosé par le Niger, et formé par ses allu-
vions, comme nous le dit un autre écri-

* Guangara.

vain * ; mais il a appris par le rapport d'un marchand , une particularité très - importante ; c'est que la partie méridionale du Wangara produit de l'or en abondance. Comme j'aurai occasion de parler plus au long de ce pays lorsque je traiterai du cours du Niger , il est inutile que je m'étende ici davantage.

Quoique le Kassina soit sur les bords du Niger , Leon le place très-loin de ce fleuve , et à l'est de Cano ou de Ganat **. C'est une nouvelle preuve qu'il écrivoit d'après des oui-dires. Edrisi ne parle point du Kassina , et il est vraisemblable qu'alors ce pays se trouvoit compris dans celui de Ghana.

Leon garde le silence sur Tokrur ou Tekrur , ville qui paroît avoir été la capitale du grand empire du centre de l'Afrique , du tems d'Edrisi et d'Aboulfeda.

---

* Edrisi , pages 11 et 12.

** Le Ganat est au sud sud-ouest d'Agadez. (Voyez les Mémoires de l'Association africaine , page 221).

Danville a pris le Cano de Leon , situé à 500 milles du Niger , pour le Ghana : mais Leon vouloit parler du Ganat qui est sur notre carte dans la route de Fez à Agadez.

Il semble même que Tokrur existoit dans les tems modernes, et que c'étoit le Tukoral où régnoit un prince, auquel les Portugais envoyèrent une ambassade lors de leurs premiers établissemens en Afrique *. Peut-être se trouva-t-il compris dans l'empire de Tombuctou, qui fut fondé lorsque Edrisi avoit cessé de vivre, et avant que Leon écrivit. La ville de Tombuctou a donné son nom à un grand empire. Il peut en avoir été de même de Tokrur, qui depuis est tellement tombé en décadence, qu'il n'est presque plus connu. Aussi M. Mungo Park n'a pu en rien apprendre pendant son séjour en Afrique.

Enfin comme Leon ne dit rien de Houssa, nous pouvons en conclure que c'est une ville nouvelle, et que peut-être elle a remplacé Kokrur. Cette fluctuation de noms ne gêne pas moins les géographes dans la division politique de l'Afrique, que ne les embarrassent, quant à la position relative des lieues et au cours des rivières, les opinions diverses de ceux qui ont écrit sur la géographie physique.

* En 1493.

REMARQUES

Sur la position des mines de sel du grand désert de Sahara.

EDRISI apprit que tout le sel consommé dans les royaumes de la Nigritie, et particulièrement sur les bords du Niger, venoit d'Ulil, situé à seize journées à l'ouest de Sala, et qu'il crut faussement être une île de l'Océan et voisine de l'embouchure du Niger [*]. A en juger par sa situation, on croiroit qu'Edrisi a voulu parler des mines de sel d'Aroan, qui sont sur la route de Maroc à Tombuctou, et à dix journées au nord-nord-ouest de cette ville, qui en tire aujourd'hui le sel qu'elle consomme.

Il n'est pas aisé d'imaginer comment une mine de sel de l'intérieur de l'Afrique peut avoir été prise pour une île de l'Océan ; mais il est certain qu'Edrisi et Aboulfeda ont supposé que le Niger se jetoit dans la mer près du méridien de Tombuctou. Ibn Al Wardi [**] parle d'Oulili comme de la principale ville du *Soudan*; il la repré-

[*] Edrisi, page 7.

[**] Edrisi d'Hartmann, page 29.

sente située sur la côte de la mer , et ayant des salines d'une étendue considérable , d'où l'on transporte du sel dans tous les autres états de la Nigritie.

M. Mungo Park fait mention de Walet *, capitale du Bierou , laquelle n'est peut-être que l'Oulili d'Ibn Al Wardi. Mais il n'y a point de mines de sel à Walet : ses habi-tans vont chercher du sel à Schingarin , qui est à six journées au nord de cette ville. En outre Walet est éloigné de Sala de plus de vingt-quatre journées , au lieu de seize.

Cadamosta et Leon l'Africain, qui ont écrit trois à quatre siècles après Edrisi **, rapportent que de leur tems les habitans de Tombuctou tiroient leur sel de Tegazza, situé à quarante journées à l'ouest de cette ville , et qu'on portoit de ce même sel jusqu'au Melli, qui est très-loin dans l'est et vis-à-vis de Kassina. Il semble que par Tegazza ces auteurs ont désigné Tischéet, où sont les mines de sel de Jarra ; mais

* Walet se prononce Oualet.

** Edrisi a écrit dans le douzième siècle ; Cada-mosta dans le quinzième , et Leon dans le seizième.

2. 20

il est à moins de quatorze journées de Tombuctou. Si dès le douzième siècle les habitans de Tombuctou pouvoient tirer du sel d'Aroan ou Schingarin qui en est très-près, et où sont les mines de sel de Walet, pourquoi trois ou quatre cents ans après, en alloient-ils chercher à trente ou quarante journées de marche ? Ceci exige une explication. Edrisi dit précisément * que le sel d'Ulil étoit charrié dans des bateaux sur le Niger, et vendu aux diverses nations qui habitent les bords du fleuve depuis Sala jusqu'à Kauga.

M. Beaufoy rapporte ** qu'il y a un lac ou des lacs salés dans le royaume de Bornou, et que c'est de là qu'on tire du sel pour Agadez, Kassina, et divers pays au midi du Niger. Ceci semble au moins prouver qu'il n'y a point de mines de sel dans le désert à l'est de Tombuctou.

* Edrisi, page 7.

** Mémoires de l'Association africaine, 1790, in-4, p. 157.

CHAPITRE VI.

Continuation du même sujet. — Cours du Niger. — Ce fleuve n'a point de communication avec le Nil. — La description qu'en fait Ptolémée est exacte.

Ce que nous savons du cours du Niger jusqu'à Silla , est fondé sur des témoignages oculaires. Nous pouvons même dire que nous connoissons ce cours jusqu'à Houssa , qui est à quatre cents milles plus loin dans l'est, puisque les renseignemens pris par M. Mungo Park, s'accordent avec ce que rapporta à M. Beaufoy un marchand maure très - intelligent qui avoit navigué sur le fleuve. Ils sont également d'accord avec ce que des marchands maures ont dit à Tunis à M. Magrah , et avec ce que d'autres ont appris à Bambouk, au major Houghton.

Ainsi les premiers sept cents milles géographiques du cours du Niger , sont de l'ouest à l'est , ou plutôt de l'ouest sud-ouest à l'est nord-est. Il y a plus du double de cette distance entre Houssa et le point du Nil le plus rapproché, point qui se trouve du côté de Dongola ; et il y en a encore davantage d'Houssa à la partie connue de la rivière blanche ou l'Abiad, qui est le bras S. O. du Nil.

Je vais diviser mes réflexions sur le Niger en trois parties. La première parlera de la continuité de son cours depuis Houssa jusques dans le Wangara, sans avoir égard à sa direction. La deuxième traitera de sa direction positive, et la troisième de son embouchure.

DE LA CONTINUITÉ DU COURS DU NIGER.

Edrisi donne les détails les plus affirmatifs sur le cours du Niger ou du Nil des nègres, de l'est à l'ouest. Il le fait sortir du même lac où passe le Nil qui coule en Egypte ; et il dit qu'il se termine à seize journées à l'ouest de Sala, c'est-à-dire, un peu à l'ouest de l'endroit qu'occupe Tombuctou, et près de la prétendue île d'Ulil dont j'ai déja fait mention. Ainsi il retranche un millier de milles sur la largeur de l'Afrique. Cette erreur a été commune à tous les anciens géographes, aussi bien qu'à ceux de l'Arabie ; car Ptolémée ne place l'embouchure du Sénégal que de deux degrés plus à l'ouest que l'endroit où Edrisi met celle du Niger.

Aboulfeda a cru, ainsi qu'Edrisi, que le Niger avoit une source commune avec le Nil, et qu'il couroit vers l'ouest *.

Certes ces opinions ne prouvent nullement la continuité du cours du Niger. Mais il y a apparence qu'elles étoient fondées sur quelque chose, puisque Edrisi dit que le sel étoit charrié sur le Niger, dans des bateaux qui partoient de l'île d'Ulil, et qu'on le vendoit aux peuples des bords du fleuve, depuis Sala jusque dans le Wangara et à Kauga **.

M. Matra rapporte qu'on lui dit que l'on s'embarquoit à Kabra, port de Tombuctou, et qu'après quarante jours de navigation on arrivoit à Ginny ***, ville très-grande.

Le marchand maure avec qui s'entretint M. Beaufoy, et qu'il nous peint comme un homme instruit, assura que le pays

* Aboulfeda, article *Soudan*.

** Edrisi, page 7.

*** Ghana.

de Ginea ou Ginny étoit arrosé par le même fleuve qui passoit à Houssa *.

Après avoir fait mention des villes de Sala, de Tokrur, de Berissa, de Ghana et de Ghanara, toutes bâties sur les bords du Niger, Edrisi ** remarque que le pays de Wangara, dont Ghanara dépend, est entouré par ce fleuve, ce qui semble devoir faire croire qu'il divise ses eaux.

Gatterer dit que Ghanara est sur le bras occidental du Guin ***, c'est-à-dire du Niger. Bientôt je m'étendrai davantage sur cela.

Comme, suivant Edrisi, le pays de Wangara s'étend à trois cents milles *arabes* le long du fleuve ****, cette étendue avec la distance du Wangara à Ghana qui est de huit journées ou cent cinquante-deux milles, fait quatre cent quatre-vingt-seize milles géographiques pour le cours du fleuve à l'est de Ghana; et ce nombre joint à cinq cents milles qui sont encore à l'est de Houssa, donne en *ligne directe* neuf cent

* Manuscrits de M. Beaufoy.

** Edrisi, pages, 7, 11, 12.

*** Edrisi d'Hartmann, notes, page 48.

**** Edrisi, page 11.

soixante-neuf milles à l'est de Houssa. Or, comme Houssa est à sept cents milles au-dessous de la source du Niger, ce fleuve a un cours d'environ seize cent soixante-dix milles géographiques, depuis sa source qui est au-dessus du pays de Manding, jusqu'à l'extrémité orientale du Wangara.

Je puis joindre aux autorités que je viens de citer, ce que rapporte Leon des habitans de Tombuctou, qui charrient leurs marchandises à Ginea avec des bateaux, ou plutôt des canots sur le Niger, et qui à Kabra s'embarquent pour le Melli. Mais il est nécessaire d'observer que Leon dit aussi * que cette communication avec Ginea n'a lieu que dans la saison des pluies, c'est-à-dire, en juillet, août et septembre; ce qui semble indiquer que pendant le reste de l'année, il n'y a pas assez d'eau pour la navigation **. Cependant Leon n'a jamais vu le Niger, quoiqu'il raconte plusieurs particularités

* Leon l'Africain, page 249.

** Cette assertion de Leon a peut-être un autre motif, puisque le fleuve a un plus grand volume d'eau dans toutes les saisons. Peut-être y a-t-il des cascades ou des rapides : le tems pourra le faire connoître.

concernant ce fleuve, comme s'il en eût été
témoin oculaire. Ses rapports sont donc
très-douteux : mais étant regardé comme
un auteur original, plutôt que comme un
compilateur, il a donné du poids à l'opinion d'Edrisi et d'Aboulfeda sur le cours
du Niger.

Gatterer, ainsi que je l'ai déja remarqué,
appelle le Niger le Guin, soit à Tokrur et
à Ghana, soit dans le Wangara *. M. Mungo
Park nous apprend qu'au-dessus de Tombuctou, le bras septentrional du Niger passe
près de la ville de Ginbala. Le père Labat
dit qu'on l'appelle la rivière de Guin; et
nous trouvons ici que le même nom lui
est donné jusques dans le Wangara; preuve
assez certaine que ce sont toujours les
mêmes eaux.

Edrisi dit ** que le Niger ou le Nil des
nègres passe à Kauga, à dix journées à l'est
du Wangara, par où nous voyons que ce
fleuve qu'il suppose être une partie du Nil
qui coule en Egypte, court d'abord vers le
nord, et ensuite tourne à l'ouest, dans la

* Hartmann, pages 32, 48, 51.

** Edrisi, pages 7, 13.

Nigritie. Si l'on peut tirer quelque conséquence du transport du sel par le Niger jusqu'à Kauga, la dernière des villes où l'on nous dit que cette marchandise va par eau, nous devons en conclure que c'est-là que le fleuve cesse d'être navigable.

Quoiqu'il ne soit point douteux qu'un fleuve appelé Nil passe à Kauga, à Angimi, etc., puisque Edrisi, Aboulfeda et Leon l'Africain en parlent, ce seroit peut-être trop s'enfoncer ici dans la région des conjectures, que d'entreprendre de décider que ce fleuve a quelque communication avec les eaux occidentales. Je réserverai cette discussion pour la dernière, afin qu'on ne puisse pas dire qu'elle influe sur la solution de la grande question concernant la continuité et la direction du cours du Niger. Ayant, je crois, suffisamment démontré l'existence de la continuité des eaux depuis le Manding jusqu'au Wangara, je vais discuter les autorités qui en prouvent la direction.

DE LA DIRECTION DU COURS DU NIGER.

Des preuves oculaires montrent que le cours du Niger va vers l'est jusqu'à Silla; et

l'on ne peut raisonnablement douter qu'il
ne suive la même direction jusqu'à Houssa,
qui est quatre cent milles plus loin dans
l'est. Pour être convaincu de ce fait, l'on
n'a pas même besoin des renseignemens
fournis par M. Mungo Park. Le marchand
maure, cité plus haut, dit à M. Beaufoy,
qu'il étoit lui-même allé par le Joliba de
Kabra à Houssa; qu'il avoit oublié le tems
précis de la durée de ce voyage, mais que
c'étoit de huit à dix jours *. La chose dont
il se rappeloit le mieux, c'est que favorisé
par le vent, le bateau qui le portoit étoit
retourné à Kabra, en remontant le fleuve
en aussi peu de tems qu'il l'avoit descendu.
Un pareil exemple n'est pas nouveau pour
ceux qui sont accoutumés à une navigation
intérieure.

Le même maure ajouta qu'en suivant le
cours du fleuve à partir de Houssa, les
bateaux alloient à Ginnée ** et à Ghinea;
et que près de Ghinea on trouvoit la mer

* L'on dit à M. Mungo Park que cette navigation
duroit onze jours.

** Il est certain qu'il y a au-dessus de Tombuctou
et de Houssa une ville appelée Ginnée ou Ginné.

où le Niger avoit son embouchure. J'ai déja démontré que Ghinea se trouve à l'est de Houssa et de Tombuctou, et à la distance de quarante journées.

Edrisi dit qu'on va de Ghana à Tirka en suivant le cours du Niger *. Tirka est à l'est de Ghana et sur la route du Wangara **; et si cette navigation a lieu, il est indubitable que le fleuve suit la même direction depuis Houssa.

A ces assertions dont la plus positive est celle d'un homme intelligent qui a été sur les lieux, on ne peut opposer que les rapports d'Edrisi et d'Aboulfeda, qui écrivirent loin du Niger, et d'après ce qu'on leur avoit dit. Quoique le témoignage de Leon l'Africain soit en faveur des deux géographes arabes, ce témoignage perd tout son poids, par cela seul qu'il dit que le fleuve court vers l'ouest près de Tombuctou; fait qui, je crois, ne peut être

* Edrisi, pages 9, 11, 12.

** Sionita traduit ainsi le passage d'Edrisi. — *Viâ cursum Nili comitante.*

Hartmann traduit : — *Nilum sequere.*

D'Herbelòt l'a entendu de même, article *Vankara.*

soutenu par personne. On voit d'ailleurs que la description qu'il fait du Niger, détruit ce qu'il dit de sa direction, et qu'il se combat lui-même.

Après avoir dit que le Niger court vers les royaumes de Ginea et de Melli, Leon ajoute que ces royaumes sont à l'ouest de Tombuctou. Nous avons déjà démontré le contraire; de sorte que dans le fait, la description de Leon prouve que le cours du Niger va vers l'est plutôt que vers l'ouest. Mais après tout, sa description est faite sur des ouï-dires, non sur des observations; et il est clair que son idée sur le cours du Niger étoit et n'avoit d'autre base que la position prétendue des pays où passe ce fleuve. Il ne faut pas croire que quand il parloit de Ginea, il songeât à ce que nous appelons la côte de Guinée; car dans sa description de la Nigritie, il dit qu'il ne connoit point la mer qui est au midi *. Ainsi d'après ce que nous avons rapporté, le Niger court vers l'est depuis Houssa jusques dans le Wangara. Passons maintenant à ce qui concerne son embouchure.

* Leon l'Africain, page 2.

DE L'EMBOUCHURE DU NIGER.

Le maure dont M. Beaufoy prit des informations, lui dit qu'au-dessous de Ginea étoit la mer où se jetoit le fleuve de Tombuctou. Cela peut être considéré comme l'idée qui prévaut à Houssa et à Tombuctou, où le maure avoit demeuré environ douze ans. On sait que par le mot *mer* les Arabes expriment non-seulement l'Océan, mais un lac, et quelquefois même une rivière. Edrisi et quelques autres auteurs décrivent de grands lacs qui sont dans les pays de Ghana et de Wangara ; et quand Leon dit que le Niger tombe dans la mer qui borne le territoire de Ginea, il se peut qu'il veuille désigner les lacs du Ghana et du Wangara. Pourquoi se tromperoit-il moins en désignant le voisinage de Ginea, qu'en parlant de sa position ? Probablement lorsque des habitans de ces contrées lui ont rapporté que le Niger se jetoit dans des lacs au-dessous de Ghana ou de Ginea, il a imaginé que ces lacs étoient la mer occidentale. Il paroît qu'il avoit entendu dire que le Niger prenoit naissance dans les montagnes de l'ouest, couloit vers l'est, et formoit enfin un vaste lac; mais trompé par la position prétendue des pays de Ginea et de Melli, il dédaigna ces renseignemens.

Leon décrit aussi le Ginea comme un pays inondé tous les ans par les eaux du Niger; mais il omet d'en dire autant du Wangara, qui est encore plus sujet aux inondations que le Ginea. Peut-être que, comme anciennement le Wangara faisoit partie du Ghana ou du Ginea, Leon a pris ses idées dans quelque histoire de ces tems-là. Aussi je pense que sa description du Ginea * contient à-la-fois celle du Ghana et du Wangara.

Edrisi décrit trois grands lacs d'eau douce qui sont dans le Wangara, et un qui est dans le Ghana **. La description du Wangara paroît être celle d'un pays d'alluvion, entouré, entrecoupé par les bras du Niger, et inondé tous les ans au mois d'août. Peut-être ce mois étoit-il le tems de la plus haute inondation; car Leon dit du Ginea ce qu'il faut appliquer au Wangara, c'est

---

* Leon l'Africain, page 248.

** Edrisi, pages 10, 11, 12, 13.

qu'il étoit couvert par les eaux en juillet, août et septembre; saison où en général les rivières des pays situés entre les tropiques débordent *.

L'on peut inférer de tout cela, que les pays de Ghana et de Wangara sont très-bas, et que c'est là que se rendent les eaux ** que ne peut contenir le lit du Niger durant la saison des pluies. Les lacs qui sont dans ces pays reçoivent aussi les eaux du fleuve, dans la saison du sec. Le Wangara seul a, suivant Edrisi et Ibn Al Wardi, une longueur de 300 milles arabes *** sur 150 de large. Edrisi prouve que sa longueur est dans la même direction que le cours du Niger, c'est-à-dire, de l'ouest à l'est ****.

Je ne fais point difficulté d'avancer qu'une rivière peut s'évaporer entièrement, pourvu qu'elle soit étendue sur une assez grande surface; et il est possible que le Wangara et

* Edrisi d'Hartmann, page 47 et suiv.

** Probablement que cela a lieu non-seulement pour les eaux qui viennent de l'ouest, mais aussi pour celles de l'est.

*** L'on compte 56 milles $\frac{2}{3}$ arabes au degré.

**** Edrisi, pages 12, 13.

une partie du Ghana présentent une surface suffisante pour produire cet effet *. D'après cela, ces contrées peuvent être regardées comme lévier de l'Afrique septentrionale. Il n'y a pas de doute que les habitans ne soient amplement dédommagés de cet inconvénient par la fertilité que produit le dépôt des eaux ; mais, en outre, après que les eaux se sont retirées, ils trouvent dans la partie méridionale du Wangara une incroyable quantité d'or, qu'ils ramassent avec soin **.

Il faut observer que, suivant l'estimation que nous avons faite de la quantité d'eau que charrie le Niger, ce fleuve n'est pas comparable aux grands fleuves qui en Asie coulent entre les tropiques. Il est vrai que

---

* Il y a plusieurs exemples de ces évaporations. Le Hindmend ou Heermund, rivière très-considérable du Sigistan, se perd dans le lac de Zurrah (*Caria Palus*). Ce lac a cent milles de long et vingt dans sa plus grande largeur. L'eau en est douce : le pays où il est ressemble à une terre d'alluvion, comme l'Egypte et le Bengale, et il est environné de montagnes. C'est le pays célèbre qui forma autrefois l'apanage de *Rustum*, et dont Alexandre nomma les habitans *Evergetæ*, à cause du secours qu'ils avoient accordé à Cyrus.

** Edrisi, page 12. — D'Herbelot, *article Vankara*.

les eaux qui se mêlent aux siennes ne lui viennent que d'un côté, et que par conséquent le pays où il passe ne lui paye que la moitié du tribut que reçoivent ordinairement les fleuves et les rivières. En outre ces eaux tributaires sortent du pays situé sous le vent de la grande chaîne de montagnes qui arrêtent les nuages, de sorte qu'il coule bien plus d'eau au midi par les rivières de la côte de Guinée que par les rivières de l'intérieur et par le Sénégal et la Gambie.

Ben-Ali rapporta à M. Beaufoy qu'on croyoit que le fleuve de Tombuctou terminoit son cours en formant un lac dans le désert.

On ne peut guère douter qu'en effet le Joliba ou Niger ne se termine en lacs dans la partie orientale de l'Afrique, et ces lacs semblent être situés dans le Wangara et dans le Ghana. Deux faits prouvent que le Niger ne donne point naissance au Nil qui coule en Égypte. Le premier, c'est la grande différence de niveau qui devroit nécessairement exister entre le Niger et le Nil, si l'on admettoit que le Niger atteignît l'Abyssinie; car alors il auroit parcouru non moins de 2300 milles géographiques en ligne directe, et près de 2000 après être descendu au niveau du grand désert de Sahara.

La rivière Blanche * peut seule être prise pour le Niger, si l'on admet l'idée d'une jonction de ce fleuve avec le Nil : or depuis le point où le Nil reçoit cette rivière, il parcourt encore un espace d'un millier de milles géographiques avant d'arriver à la mer. Il forme de plus deux ou trois cascades considérables.

Enfin l'Abyssinie est certainement un pays très-élevé. Le chevalier James Bruce a estimé, d'après le baromètre, que les sources du Nil dans le Gojam étoient de plus de deux milles anglais au-dessus du niveau de la mer. Il répète même ce fait dans son ouvrage **.

Il dit ensuite que le plat pays du Sennaar est plus d'un mille plus bas que l'Abyssinie, et que rendu dans le Sennaar, le Nil *** coule

---

* Le Nil Abiad.

** Bruce, tome 3, in-4.°; et tome 6, in-8.°

*** Bruce parle de huit cataractes du Nil, deux desquelles seulement sont au-dessous du Sennaar. Danville en marque trois dans le même espace. Les principales cataractes sont formées par la descente rapide depuis le Gojam au Sennaar, et l'une d'entr'elles est de deux cent quatre-vingts pieds.

avec peu de pente jusqu'en Égypte. Ainsi le Sennaar et l'embouchure de la rivière Blanche peuvent avoir environ un mille au-dessus du niveau de la mer ; et l'on peut demander comment cela s'accorde avec une pente aisée !

Le second fait est qu'en traversant la Nigritie, le Niger, comme tous les fleuves et les rivières de ces contrées, est grossi par les pluies du tropique, et s'élève à sa plus grande hauteur, ainsi que le Nil le fait en Égypte à la même époque. Or, en considérant tout le tems qu'il faudroit pour que les eaux de la Nigritie se rendissent en Égypte, on verroit, si elles s'y rendoient en effet, qu'au lieu de diminuer comme le Niger, le Nil resteroit bien plus long-tems débordé.

Je ne puis pas croire avec le père Sicard et M. Danville, que les eaux du Kauga et du Bornou communiquent avec le fleuve d'Égypte. Le père Sicard avoit appris d'un habitant du Bornou, que pendant le tems de l'inondation, la rivière qui passoit près de la capitale de son pays communiquoit avec le Nil par le moyen de la rivière Bleue *.

* Mémoires de l'Académie des Inscriptions, tome 26, page 67. La rivière Bleue s'appelle en arabe *Bahr Azrac*.

M. Danville pensoit que ce Nil étoit le fleuve d'Égypte, et que la communication avoit lieu par le moyen du lac de Kauga, qui se débordoit dans la rivière Blanche, vis-à-vis de Sennaar: mais l'espace de quelques centaines de lieues qui sépare ce lac et la rivière Blanche, n'est nullement favorable à cette opinion, quelque pente qu'on puisse supposer au terrein.

Il y a apparence que le père Sicard ne se doutant pas de l'application étendue que les arabes font du mot *Nil*, qui en Afrique sert à désigner toutes grandes rivières, imagina qu'on ne vouloit lui parler que du fleuve d'Égypte. Pour moi, je suis persuadé que c'étoit de la rivière qui passe près de Kauga et d'Angimi; car Edrisi dit qu'Angimi, dans le pays de Kanem, est situé près des frontières de la Nubie, et à trois journées seulement du Nil, c'est-à-dire, du Nil des nègres ou du Niger *. Angimi doit en même-tems

Les arabes emploient le mot *Azrac*, pour désigner quelques rivières, comme les grecs employoient celui de Melas ou de Noir. En Abyssinie, on s'en sert pour désigner le bras oriental du Nil, par opposition au Bahr Abiad, ou rivière Blanche.

* Edrisi, page 14.

être à plus de vingt journées de Dongola, où
passe le Nil d'Égypte; car Zagua est à vingt
journées à l'ouest de Dongola, * et Angimi
à six journées de Zagua, dans une direction
qui accroît encore la distance. En outre une
rivière portant aussi le nom de Nil, passe à
Kauga, qui est à trente journées au sud-
ouest de Dongola, et suivant toute apparence,
à six journées d'Angimi. Il est très-probable
que ce Nil est celui dont parloit l'homme
qui donna des renseignemens au père Sicard, et qu'il ne peut avoir avec le Nil
d'Égypte d'autre rapport que celui du nom.

Dans les notions concernant le cours
d'une rivière vers l'occident, depuis les
confins de la Nubie, du Bornou **, etc., je
crois apercevoir plusieurs raisons de penser
que ce cours des eaux existe réellement,
quoique peut-être il soit mal décrit. On
dit qu'une rivière considérable appelée le
Wad-Al-Gazel ***, traverse le Bornou ou le

---

* Aboulfeda, article *Soudan*.

** M. Béaufoy apprit que la rivière du Bornou
couroit au nord-ouest dans le désert de Bilma. (Mém.
de l'Association africaine).

*** La rivière des gazelles.

Kanem, et se joint au Nil durant le tems
des inondations *. Une autre rivière dit-
on encore, passe à Kuku, plus au nord,
prend son cours vers le sud, et se réunit
également au Nil **. Il y a aussi près d'Angimi et de Kauga *un Nil* dont j'ai déjà
parlé. Enfin, Edrisi rapporte *** qu'un bras
du Nil d'Egypte sort du grand lac de
Tumi, dans le sud, et forme la source
du Niger ou Nil des nègres ****.

Il faut ici remarquer que Ptolémée décrit
un bras du Nil sortant du S. E. par la latitude de dix degrés, traversant la Nubie
et se jetant dans le *Gir*, rivière différente
du Niger, et qui paroît être celle de Bor-

* Danville, membre de l'Académie des Inscriptions,
tome 26.

* * Edrisi, page 13.

* * * Edrisi, page 16.

* * * * La même chose fut rapportée à M. Beaufoy.
On lui dit qu'un bras du Nil d'Egypte passoit dans le
désert de Bilma. Cependant on n'est pas fondé à croire
que le Nil forme aucun bras au-dessus de l'Egypte.
Toutes les notions de cette espèce doivent plus probablement se rapporter à une communication avec les
eaux de Kauga.

nou. Ceci s'accorde exactement avec l'idée
d'Edrisi. La seule différence, c'est que ce
bras ne sort pas du même lac que le
Nil, mais d'un lieu qu'en sépare une montagne. M. Danville interprète très-bien,
suivant moi, ce que rapporte Edrisi, en
supposant que les sources des deux rivières, ou les rivières mêmes, ont entre
elles une chaîne de montagnes *.

Leon l'Africain dit que la source du
Niger est dans le désert de Seu, à cent
vingt milles du pays de Bornou ** : mais
ces notions peuvent être regardées comme
extrêmement vagues.

Il est certain que les eaux de l'orient
de la Nigritie ne coulent pas dans le Nil :
il n'y en a pas, selon moi, la moindre
ombre de probabilité. Elles s'évaporent dans
des lacs, ou se perdent dans des sables. Le
lac de Kauga est bien placé pour recevoir
ces eaux, et une rivière qu'Edrisi croit
être le Niger, coule, dit-on, dans les environs de ce lac. L'on a vu aussi que, suivant l'opinion d'Edrisi, le lac de Kauga

* Mém. de l'Acad. des Insc., tome 26.

** Leon l'Africain, pages 2 et 255.

communique avec les rivières de l'ouest; mais il est impossible de décider si cela est vrai ou non.

Ptolémée a donné une description des rivières de l'intérieur de l'Afrique; mais je ne prétends pas la suivre avec la même précision que M. Danville. J'observerai seulement qu'il dit qu'elles finissent comme elles commencent, en-dedans du continent. Agathemerus en parle de même.

Il paroît que Ptolémée a placé la source du Niger de sept degrés de trop dans le nord, et de plus de quatre de trop dans l'ouest. Il a aussi trop mis dans l'ouest les lieux dont il désigne la position dans l'intérieur de l'Afrique, soit le long du fleuve, soit loin de ses bords. Mais, malgré cette erreur géographique, il prouve qu'il connoissoit plusieurs faits relatifs à la topographie de ces mêmes lieux. Par exemple, il place la source du Niger dans les montagnes de *Mandrus*, pays qu'habitoit la nation des *Mandori*; et l'on voit qu'en effet le Joliba * prend naissance dans le pays adjacent à celui de Manding.

---

* L'on a déja vu plusieurs fois que c'est le même que le Niger.

Ptolémée parle aussi d'une rivière qui se joint au Niger, et sort du pays des *Maurali*, dans le sud ; ce qui répond à la rivière de Malal ou Melli, dont Edrisi fait mention. A ces faits on peut en ajouter un autre. Par les montagnes de Caphas, Ptolémée semble désigner celles de Kaffaba, pays situé à neuf ou dix journées à l'est de Kong, et à dix-huit d'Assentai ou Aschentée, près de la côte de Guinée.*. Ce qu'on trouve dans Ptolémée s'accorde singulièrement avec notre systême de géographie : malgré cela, j'avoue que je ne sais où placer sa capitale de la Nigritie.

Parmi les rivières de l'orient de l'Afrique, le *Gir* de Ptolémée se reconnoît dans la rivière de Bornou et celles qu'elle reçoit dans son cours ; le Niger, dans le fleuve de Tombuctou et de Wangara. Le *Panagra* du même géographe est le Wangara ; et son *Libya Palus*, où se termine le cours du Niger à l'est, désigne probablement le plus grand lac ou les divers lacs de ce pays.

Cette opinion ne peut être affoiblie, parce

* Mém. de l'Association africaine, 1790, chap. XII.

que Ptolémée a placé le *Libya Palus* à l'ouest
jusques sous le méridien de Carthage, tandis que les lacs du Wangara sont sous celui
de Cyrène. Ce géographe ne met-il pas
dans le centre de l'Afrique la rivière de
Gir, et la capitale du pays qui est aujour-
d'hui Bornou? Aussi a-t-il raccourci le cours
du Niger, dans la même proportion qu'il a
étendu celui du Gir, ou Wad-Al-Gazel.
Avant Danville, tous les géographes modernes ont commis la même erreur. Ghana
est d'environ six degrés trop à l'ouest dans
la carte de Delisle.

Il faut borner ici nos remarques sur Ptolémée, jusqu'à ce que nous ayions le résultat
des découvertes qu'on fera désormais. En
attendant, ceux qui seront curieux de lire
les mémoires de Danville sur les rivières de
l'intérieur de l'Afrique, le trouveront dans
le recueil de l'Académie des Inscriptions,
tome 26.

CHAPITRE VII.

Observations sur la géographie physique et politique de l'Afrique septentrionale. — Elle peut être naturellement divisée en trois parties. — Produit de l'or. — Limites qui séparent le pays des maures de celui des nègres. — Les foulahs sont les leucæthiopes des anciens.

L'AFRIQUE septentrionale me paroît composée de trois parties très-distinctes. La première et la plus petite est un pays fertile qui s'étend le long de la méditerranée, vis-à-vis de la France, de l'Espagne et de l'Italie, et qu'on désigne communément sous le nom de Barbarie. Si l'on supposoit que la partie occidentale de la méditerranée a été un terrein desséché avant de devenir le réservoir des rivières qui l'environnent, on pourroit croire que la Barbarie a fait partie de l'Europe, car elle tient plus du caractère européen que de l'africain.

La seconde partie de l'Afrique septentrionale en est en même-tems la plus considérable. Elle se trouve comprise entre la
mer Rouge et le cap Verd, à l'est et à l'ouest;
elle a le grand désert de Sahara au nord,
et l'Océan éthiopien et l'Afrique méridionale du côté opposé. Le trait le plus
saillant de cette immense région est une
étendue de pays élevé, formant une vaste
ceinture sur laquelle on voit plusieurs
hautes montagnes, qui se prolongent de
l'ouest à l'est par les dix degrés de latitude. Son extrémité occidentale est le cap
Verd, et son extrémité orientale les montagnes d'Abyssinie. Au nord ses ramifications ne sont ni nombreuses, ni étendues,
si nous en exceptons le pays élevé qui
rejette le Nil par-delà l'Abyssinie. Vers le
sud on ne connoît guère de ce pays qu'une
multitude de rivières, dont quelques-unes
sont très-considérables, et qui vont se
jeter soit dans la mer d'Ethiopie, soit dans
l'Atlantique, depuis Rio Grandé à l'ouest
jusqu'au cap Lopez à l'est. Ces rivières
prouvent incontestablement qu'il tombe
infiniment plus de pluie du côté du sud,
pendant que les vents périodiques de S. O.

règnent ; et cela s'accorde parfaitement
avec ce qui a lieu dans l'Inde durant la
même mousson *.

Au nord de cette ceinture, les fleuves
et les rivières, à l'exception du Nil qui
coule en Egypte, suivent la direction du
pays élevé, et passent à peu de distance
de sa base à droite et à gauche ; comme
si la surface du Sahara étoit incliné vers
le sud **. En outre ces rivières n'ont d'eaux
tributaires que du côté du sud ; il n'y a
point de courant d'eau dans le désert.

Pour produire cet effet, il faut nécessairement qu'il y ait un vaste creux dans

---

* Une chaîne de montagnes s'étend au sud, dans
le centre de l'Afrique méridionale, et forme entre les
deux côtes une barrière impénétrable. M. Correa de Serra
m'apprend que les portugais qui sont allés dans les
royaumes de Congo et d'Angola, n'ont jamais pu pénétrer jusqu'à la côte de l'Océan indien.

M. Bruce dit qu'une haute chaîne de montagnes
s'étend au sud depuis le sixième degré jusqu'au centre
de l'Afrique. Il suppose que l'or de Sofala étoit tiré
de ces montagnes. (*Voyage aux sources du Nil*,
tome 3 *in*-4.º, et 6 *in*-8.º).

** On a des preuves qu'il est également incliné
vers l'est.

l'intérieur de l'Afrique entre la haute terre de Nubie à l'est, et le pays de Manding à l'ouest. Les montagnes et le désert forment les deux autres côtés de ce bassin. Cela n'est pas sans exemple dans les autres continents. En Asie, le creux où la mer Caspienne et l'Aral servent de réservoirs, n'est pas moins étendu que celui dont je viens de parler. Il s'étend depuis les sources du Wolga jusqu'à celle de l'Oxus, qui a toujours communiqué à la mer Caspienne, soit pendant une partie de l'année, soit pendant l'année entière. La différence, c'est qu'en Asie il y a plus d'eau dans le bassin qu'en Afrique.

La troisième partie de l'Afrique septentrionale est le grand désert, ou le Sahara et ses ramifications ; c'est-à-dire, les petits déserts de Bornou, de Bilma, de Barca, de Sort, et quelques autres. On peut le considérer comme un Océan de sable *,

---

* Thomson dit en parlant de ces déserts :
« A wi'd expanse of lifeless sand and sky.»
J'ai essayé de rendre ce vers par ceux-ci :
« Dans cette immense, aride, et sauvage étendue,
« Et le sable et les cieux s'offrent seuls à la vue ».

dont l'étendue égale celle de la moitié de l'Europe, et ayant ses golfes et ses baies, ainsi que des îles, où l'on trouve des bois, des pâturages, et souvent une population nombreuse et soumise à un gouvernement régulier. La partie la plus considérable de cet Océan est du côté de l'ouest. Elle atteint de Fez à la mer Atlantique, et les caravanes ne restent pas moins de cinquante jours pour la traverser du nord au sud; c'est-à-dire, qu'elle a de sept cent cinquante à huit cents milles géographiques de largeur, et deux fois autant de longueur: aussi est-ce sans contredit le plus vaste désert qui soit au monde. De ce côté il n'y a que peu d'îles, ou *oases*, encore sont-elles d'une petite étendue. Mais du côté de l'est, il y en a beaucoup, et même de très-grandes. Fez, Gadamis, Tabou, Ghanat, Agadez, Augela, Berdoa sont au nombre des principales. C'est là cette partie de l'Afrique dont Strabon veut parler quand il dit d'après Cneïus Pison, que l'Afrique peut être comparée à une peau de léopard *. J'imagine que ce qui fait que

---

* Strab., page 130.

les *oases* sont plus nombreuses de ce côté, c'est que la couche de sable y est moins épaisse que dans le reste du désert, et que la terre que recouvre ce sable, recèle de l'eau qui se trouvant plus près de la surface, produit souvent une végétation spontanée *. Peut-on en attribuer en partie la cause aux vents d'est, à ces vents qui règnent si souvent en Afrique, et qui charriant les parties les plus fines du sable, en ont plus accumulé dans le Sahara qu'ailleurs ?

Les sources ont sans doute produit les

* A Fez l'eau se trouve à quelques pieds de profondeur, ainsi qu'on le voit dans les Mémoires de l'Association africaine. Le docteur Shaw dit au contraire, que du côté du nord-ouest, à l'extrémité du désert, et particulièrement dans le pays de Wadreag, on est obligé de creuser les puits à une excessive profondeur, et qu'alors l'eau mêlée d'un sable fin jaillit tout-à-coup, ce qui est souvent fatal aux ouvriers. Le docteur ajoute que les habitans de l'Afrique appellent cet abîme d'eau et de sable *la mer de dessous terre.* La même chose existe dans la campagne aux environs de Londres, où le sable a plusieurs fois rempli les puits. (*Voyez les Trans. phil.,* année 1797). Le fameux puits de plus de cinq cent soixante pieds de profondeur, que lord Spencer a fait creuser à Wimbledon, a plusieurs centaines de pieds de sable.

oases, en favorisant la croissance des végétaux utiles, et conséquemment l'établissement de la population. Quant à la pente
que le désert a vers l'est ainsi que vers
le sud, le cours du Niger en fournit la
preuve. De plus, les plus hauts points de
l'Afrique septentrionale, c'est-à-dire les
montagnes du Manding et l'Atlas, s'élèvent
très-loin à l'ouest.

La plus grande partie du désert abonde
en sel. Mais à l'égard de mines de sel,
nous n'avons entendu parler que de celles
qui sont du côté de la Nigritie, à laquelle
elles fournissent du sel ainsi qu'aux états
maures du voisinage. On ne trouve point
de sel dans les pays au sud du Niger * ;
mais il y a des lacs salés dans la partie
orientale du désert.

La grande chaîne de montagnes et ses
branches produisent beaucoup d'or : mais
les endroits où l'on en trouve le plus sont
vis-à-vis du Manding et du Bambouk, du

---

* Hérodote savoit très-bien que le grand désert
d'Afrique étoit tel que nous le disons ici. Il savoit
aussi qu'il y avoit beaucoup de sel dans le nord du
désert : mais les habitans ne tirent point du sel de
leurs mines, parce qu'ils peuvent s'en procurer de
meilleur de la mer.

2.

côté de l'ouest, et dans le Wangara du côté de l'est. Il est sans doute difficile de décider si cet or est charrié de nos jours par les nombreuses sources qui forment le Niger et le Sénégal, ou s'il a été très-anciennement déposé dans le lit de ces fleuves, et si la découverte en est favorisée par les débordemens périodiques, ou s'il est plus aisé de le trouver quand les eaux sont basses.

Tombuctou est regardé comme l'entrepôt de l'or du Manding. C'est là que les marchands de Tunis, de Tripoly, de Fez, de Maroc, vont le prendre pour le distribuer dans tout le nord de l'Afrique. La plus grande partie de cet or passe ensuite en Europe. On peut observer que la côte d'Or de Guinée, que l'on n'appelle ainsi que parce qu'on y fait le commerce de la poudre d'or, est située vis-à-vis du Manding: mais j'ignore si l'or qu'on y voit a été entraîné des montagnes par les rivières du nord ou par celles du midi. Peut-être est-ce par toutes; car une partie de l'or du Wangara se vend sur la côte du sud *.

Quelques auteurs ont dit qu'il y avoit des mines d'or dans les environs de Mina, ou de la côte d'Or

Le Degombah, une autre contrée qui produit, dit-on, beaucoup d'or *, doit être

D'autres ont prétendu que l'or étoit entraîné par les rivières du voisinage. L'un et l'autre peut être vrai.

Il est probable que l'échange de l'or dans l'intérieur de l'Afrique est la cause qui fait porter d'Europe à la côte de Guinée cette immense quantité de kauris qui servent de monnoie le long du Niger, depuis le Bambara jusqu'à Kassina.

Je sais de bonne part qu'en Angleterre seulement on embarque tous les ans cent tonneaux de kauris pour la côte de Guinée. Ces kauris sont d'abord portés des îles Maldives au Bengale, et de là on les fait passer en Angleterre. Au Bengale il en faut 2,400 plus ou moins pour un scheling; et cependant, malgré l'infiniment petite valeur de cette monnoie, il y a dans ce pays là des choses qui ne coûtent qu'un simple kauri; mais dans l'intérieur de l'Afrique les kauris valent dix fois plus, il en faut 220 à 280 pour un scheling. M. Beaufoy fut informé qu'à Kassina il en falloit 250; et M. Mungo Park rapporte qu'ils étoient à-peu-près au même prix à Ségo, mais à meilleur marché à Tombuctou, qui est à-peu-près le centre du pays où ils ont cours. Dans le Manding, extrémité occidentale du même pays, ils sont plus chers. Probablement ils sont d'abord portés à Tombuctou, entrepôt de l'or, et de là ils se répandent à l'est et à l'ouest. Leur circulation semble ne s'étendre que du pays du Bornou jusqu'au Manding. Dans le Bornou ils sont monnoyés.

* Mémoires de l'Association africaine.

situé précisément vis-à-vis de la côte d'Or ; car il est immédiatement à l'est du port de Kong, qui est le Gonjah de M. Beaufoy, et le Conche de Danville *. Les marchands de Fez vont y trafiquer.

Le triangle montagneux dont j'ai déja parlé, lequel s'étend vers le nord depuis la plus haute partie de la chaîne, et comprend les pays de Manding, de Bambouk et divers autres, est aussi abondant en or, particulièrement du côté du Bambouk, où l'on trouve des mines dans des endroits qui ne sont qu'à une moyenne élévation. **

Il paroît que le Wangara *** a été autrefois non moins abondant en or que le Manding. Les arabes l'appellent Belad al Tebr, c'est-à-dire le pays de l'or. Edrisi, Ibn Al Wardi et Leon l'Africain attestent ses richesses. Ils rapportent qu'on y trouve l'or dans le sable, à la suite des débordemens

* M. Mungo Park dit, que Kong signifie montagne dans la langue des mandingues, langue qui est en usage depuis les frontières du Bambara jusqu'à la mer occidentale.

** Le père Labat, vol. 4, chap. 11.

*** Bakui et d'Herbelot, article *Vankara*.

périodiques du Niger , dont , lorsqu'il est
à sa plus grande hauteur , les eaux couvrent tout le pays *. Leon seul dit ** que
l'or se trouve dans la partie méridionale
de ce royaume ; ce qui paroît assez probable , parce que les montagnes sont de ce
côté. On peut en conclure que le sable
mêlé d'or n'est point entraîné là par le
Niger , mais par de petites rivières qui
descendent de ses montagnes. Edrisi nous
apprend que des montagnes bornent une
partie du Wangara ; car le lac sur les bords
duquel est Reghebil a des montagnes à
son extrémité méridionale ***.

On croit que les petites rivières et les
ruisseaux qui coulent de ces montagnes ,
charrient une partie des richesses qu'elles
produisent dans la plupart des contrées voisines ****. En considérant l'immense quantité

* Voyez sur-tout Edrisi, pages 11, 12.

** Leon l'Africain, page 254.

*** Edrisi, page 12.

**** Bruce, dans le tome 3 in-4.º de son Voyage,
dit de même en parlant des montagnes de Dyre et
Tegla, qui sont une continuation de la grande chaîne
du côté de l'Abyssinie.

d'or qu'entraînent les eaux de ces contrées, on est étonné que Pline ne compte pas le Niger parmi les fleuves dont le sable contient de l'or. Il parle du Tage et de quelques autres rivières, sans faire mention d'aucune de celles d'Afrique *. Hérodote savoit que les carthaginois troquoient leurs marchandises pour de l'or qu'ils recevoient des habitans de la côte d'Afrique au-delà des colonnes d'Hercule : marché qui se faisoit sans que les contractans se vissent les uns les autres **.

Les limites qui séparent les maures et les nègres en Afrique, ont un caractère remarquable dans la géographie morale, politique et physique de ce continent. Les maures descendans des arabes et mêlés avec les divers peuples qui depuis les premiers siècles du

* Pline, liv. 33, chap. IV.

** Melpomène, c. 196.

Le docteur Shaw dit que la même manière de trafiquer est encore en usage entre les maures et les nègres; d'où il s'ensuit que le lieu du marché est très-loin de la méditerranée. Cadamosta rapporte que dans le Melli on échange ainsi du sel pour de l'or; et le docteur Wadstrom en a vu autant dans la partie de la côte de Guinée qui est au vent.

monde ont fondé des colonies en Afrique, se sont répandus dans toutes les oases et les autres parties habitables du désert, et ont étendu leurs conquêtes vers le midi. Dans plusieurs occasions les nègres aborigènes se sont retirés au sud des grands fleuves; mais dans d'autres ils ont conservé leurs possessions du côté du désert. Il est cependant probable que les nègres, qui sont un peuple agriculteur, n'ont jamais occupé une grande partie du désert, dont le séjour convient bien mieux à des hommes qui, comme les maures, mènent une vie pastorale. Il semble que rien n'ait changé à cet égard depuis Hérodote, qui place les limites des maures et des nègres sous les noms de Lybiens et d'Éthiopiens, près des bords du Niger. Sans doute cet historien veut parler du pays où sont situés Kassina et Ghana *.

Les nègres de la partie occidentale du continent d'Afrique, sont de deux races différentes, dont la moins nombreuse est celle des foulahs. Quoique ces foulahs tiennent beaucoup des nègres par leur forme et par leur teint, ils n'ont ni leur couleur de jais,

---

* Euterpe, chap. 32. Melpomène, c. 197.

ni leurs lèvres épaisses, ni leurs cheveux laineux. Leur langue est également diffé- rente de celle des mandingues, qu'on parle assez généralement dans le pays qu'ils ha- bitent.

Le pays originaire des foulahs est peu étendu, et situé le long du bras oriental du Sénégal, entre le Manding et le Kasson, le Bambouk et le Kaarta. On le connoît sous le nom de *foulah-dou* *; mais on ne sait pas s'ils sortent véritablement de là ou d'une autre contrée qui est en dedans de Sierra Leona, et qu'on appelle aussi le pays des foulahs. J'en dirai bientôt davantage sur cela. Les foulahs sont souverains d'une par- tie de ces provinces ou royaumes compris entre les montagnes qui bornent le pays de Sierra Leona à l'ouest, et celui de Tombuc- tou à l'est. Ils possèdent aussi une grande partie des contrées situées dans le bas du Sénégal; et ce qui est très-remarquable, c'est que leurs états sont tous séparés par des possessions étrangères. Ils professent la religion mahométane, avec un grand mé- lange de paganisme, et avec presque autant d'intolérance que les maures.

* Ce nom signifie pays des foulahs.

Le principal état des foulahs est en-dedans
de Sierra Leona, et a Tiembou pour capitale. Le second est celui de Siratik situé sur
la rive méridionale du Sénégal, et limitrophe avec le pays des yoloffs. Ceux qui
viennent ensuite sont les royaumes de Bondou et de Fouta-Torra, qu'on trouve entre
la rivière de Gambie et le Falemé ; le Foulah-
dou Brouko, dans les hauts du Sénégal ; le
Wassela, au-delà de la partie supérieure du
Niger, et le Massina sur les bords du même
fleuve et bornant à l'ouest l'empire de Tombuctou.

Les maures se sont rarement établis au
midi des grands fleuves ; et c'est dans la partie occidentale de l'Afrique qu'ils ont été le
plus loin vers le sud, de sorte qu'en se pro-
longeant des bords du Sénégal vers la Nubie
et le Nil, la limite commune des deux races
a, relativement aux parallèles, un grand
degré d'obliquité vers le nord. Voici comment M. Mungo Park * place les états maures
qui sont limitrophes avec la Nigritie, ainsi

* Dans la carte du Voyage de M. Mungo Park, la
limite commune des maures et des nègres est marquée
par une ligne bleue.

que les royaumes nègres qui se trouvent vis-à-vis.

Le petit royaume maure de Gedumah *, situé sur la rive septentrionale du Sénégal, et le dernier qui borde ce fleuve, est vis-à-vis du petit royaume nègre de Kaaja, placé sur la rive méridionale. Ce dernier s'étend jusques dans l'endroit où le Sénégal cesse d'être navigable, c'est-à-dire, à la cataracte de F'low.

Depuis ce point les états nègres et foulahs occupent les deux rives du Sénégal jusqu'à sa source, et au-delà ils s'étendent des deux côtés du Niger jusqu'au lac Dibbie, qui se trouve plus loin que n'est allé M. Mungo Park. Cet espace est inégalement divisé entre le Kasson, pays montueux de peu d'étendue, qui a les maures de Jaffnou au nord; le Kaarta, royaume considérable, vis-à-vis duquel est le Ludamar, pays sur lequel règne le prince maure Ali, qui s'est déshonoré par les mauvais traitemens qu'il a fait subir aux deux seuls européens qui sont entrés dans ses états; le Bambara en-

---

Il paroît que les maures sont maîtres de la plus grande partie de la rive septentrionale du Sénégal, et les foulahs de la rive méridionale.

core plus grand que le Kaarta, et ayant au nord le royaume maure de Bierou et le royaume Foulah de Massina.

Là finit ce qu'a vu M. Mungo Park. Mais il a appris que les empires de Tombuctou et de Houssa, qui viennent après le Massina, sont des états maures, quoique la plus grande partie des hommes qui les peuplent soient nègres. Ainsi le Niger peut être considéré en cet endroit comme la limite entre les deux races *.

Nous ignorons quels pays on trouve entre Houssa et Kassina. Là le Niger est très-près du grand désert ; d'où l'on peut en conclure que les maures y peuplent ses rives. On dit qu'on voit au sud du fleuve, le Kaffaba, le Gago et d'autres pays nègres ; mais nous ne connoissons point leur véritable position, nous savons seulement que le pays de Melli est encore plus loin.

Le Kassina et le Bornou sont deux grands empires au nord du Niger. Il paroît non-seu-

---

* L'empereur de Maroc a, dit-on, possédé à une certaine époque la souveraineté de quelqu'un des pays qui sont sur la rive septentrionale du Sénégal, et sur la rive septentrionale du Niger. (Voyez le père Labat, tome 3, page 339).

lement qu'ils occupent la plus grande partie du pays qui va de là jusqu'aux frontières de la Nubie, mais encore qu'ils s'étendent beaucoup dans le nord. Cet espace est composé de déserts, et plus encore de pays habitables. Les souverains sont mahométans; mais la plupart de leurs sujets restent encore attachés à leur ancienne idolâtrie, c'est-à-dire, que la classe inférieure n'est presque composée que de nègres *.

Peut-être que quant à ce qui concerne la population, on peut tracer de la manière suivante les limites de la Nigritie. Il faut les faire commencer à l'ouest, et suivre en général le cours du Sénégal aussi long-tems que ce fleuve est navigable; de là tirer une ligne jusqu'à Silla, et la continuer de Silla à Tombuctou, à Houssa, à Berissa, le long du Niger; ensuite à travers Asouda, Kanem et Kuku, jusqu'à Dongola sur les bords du Nil.

Leon l'Africain ** fait l'énumération de douze états ou royaumes de Nigritie : mais il comprend parmi ces royaumes le Gua-

* Association africaine, page 126.

** Leon l'Africain, page 4.

lata, pays de trois cents milles d'étendue
au sud de la rivière Nun, ainsi que le
Cano *, adjacent au royaume de Fez, et
la Nubie. Il n'a garde d'oublier le Kassina,
le Bornou et le Tombuctou **.

Le royaume des Foulahs, dont j'ai fait
mention, et qui se trouve entre la partie
supérieure de la rivière de Gambie, et la
côte de Sierra Leona, et le long de Rio
Grandé, obéit aussi à un monarque maho-
métan; mais le peuple y conserve ses an-
ciennes superstitions. J'ai déja observé que,
quoique noirs, les foulahs sont d'une couleur moins foncée que les nègres; qu'ils
n'ont ni les cheveux crêpus, ni les lèvres
épaisses, et que leur langage diffère de
celui des mandingues. D'après cela, ainsi

* Le Ganat.

** Les arabes et les maures donnent à la Nigritie le
nom général de SOUDAN. Par Belad Soudan, ou le
pays de Soudan, Aboulfeda entend toute la partie
connue de l'Afrique située au midi du grand désert et
de l'Egypte; et il la regarde comme la partie méridionale du globe. D'Herbelot pense à-peu-près de même.

AFFNOU est un autre nom qu'on donne à la Nigritie.
Ce sont les nègres eux-mêmes qui l'appellent ainsi.
(Mémoires de l'Association africaine, page 164).

que d'après le pays où ils vivent, il paroît clairement que ce sont les *Leucœthiopes* de Ptolémée et de Pline.

Le premier de ces auteurs les place dans le pays qu'ils occupent, c'est-à-dire par les neuf degrés de latitude nord, ayant au nord les montagnes de Ryssadius qui séparent les rivières de Stachir et de Nia *, et qui par conséquent sont la continuation de la grande chaîne qu'on voit dans notre carte. Il y a un autre point sur lequel nous nous accordons, c'est que le Caphas de Ptolémée est ce que nous appelons le Caffaba.

Par le nom de Leucœthiopes, Ptolémée a certainement voulu désigner un peuple moins noir que ne le sont en général les éthiopiens **. Nous pouvons en inférer qu'on avoit fait le commerce avec cette nation, et qu'on avoit donné des renseignemens sur elle à Ptolémée. Nous devons aussi remarquer que la navigation d'Hannon se termina sur une côte des Leucœ-

---

* La Gambie et Rio Grandé.

** Les *Soluentii* de Ptolémée peuvent fort bien aussi être les Solimani de Mungo Park.

tiopes, et probablement à la rivière de Scherbro; et comme c'étoit également le terme des connoissances de Ptolémée, on peut soupçonner qu'il a décrit cette partie de l'Afrique d'après les notions fournies par les carthaginois *.

Ceux qui ont lu le journal du Voyage de MM. Watt et Winterbottom dans le pays des foulahs, en 1794, et qui se rappellent le tableau flatteur qu'ils font de la civilité et de l'hospitalité de ce peuple, seront bien-aises de savoir qu'il étoit distingué du reste des éthiopiens à une époque très-ancienne **.

Le contraste entre le caractère des maures et celui des nègres, est aussi marqué que celui qu'on voit entre les pays qu'ils habitent, et entre leurs traits et leur couleur. Les maures ont tous les vices des

* Ce lieu étoit peut-être celui du trafic dont nous avons parlé plus haut, d'autant que le docteur Wadstrom dit que la même coutume y subsiste encore.

** Pline parle aussi des *Leucoetiopes*, liv. 5 ch. VIII; mais il semble les placer de ce côté-ci de la Nigritie. N'est-il pas possible qu'il y eut alors, comme aujourd'hui, quelques tribus de foulahs établies le long du Sénégal?

arabes , sans posséder leurs vertus. Ils se
servent du prétexte d'une religion intolé-
rante pour opprimer les étrangers , tandis
que les nègres , sur-tout les mandingues ,
incapables de comprendre une doctrine
qui met une foi aveugle à la place des de-
voirs sociaux , préfèrent rester dans leur
humble ignorance. L'hospitalité que ces
bons nègres exercèrent envers M. Mungo
Park , qui n'étoit qu'un étranger sans secours et sans protection , les placé au premier rang de l'humanité. Je crois qu'on peut
avec justice les appeler les *Indous d'Afrique* ; mais en même-tems je suis loin de
faire aux mahométans de l'Inde , l'affront
de les comparer aux cruels et perfides
maures.

VOCABULAIRE

DE

LA LANGUE MANDINGUE.

A.

Absent	*intiegie.*
Abuser	*anenni.*
Ajouter	*akiegie.*
Après-midi	*oura.*
Air	*fonio.*
Ange	*mélika.*
Arrivé	*foutata.*
Aider	*maquoi.*
Axe	*erang.*
Abeilles	*lickissi.*
Avant	*neata.*
Arc	*kalla.*
Acheter (ou vendre)	*saun.*
Appeler	*akilli.*
Attraper (ou joindre)	*amouta.*
Assez	*keyento.*

Alimens	*kiennei.*
Ami	*barrio.*
Aller	*ta.*
Avoir faim	*konkola.*
Augmenter	*abounia.*
Amour	*konie.*
Agréable	*adiata.*
Abondant	*asiata.*
Arracher	*asabba.*
Argent (métal)	*cody.*
s'Asseoir, ou être assis	*sie.*
Aigre	*acoumiata.*
Acier	*sounia*
Arrêter ou s'arrêter	*munia.*
Aujourd'hui	*bie.*
Arbre	*erie.*

B.

Bras	*boulla.* (Le même mot signifie *main*).
Bâtard	*janava ding.*
Barbe	*bora.*
Battre	*agossi.*
Bière et toute autre espèce de liqueur	*bolo.*
Bleu ou noirâtre	*fingma.*

Bouillir	*fagie.*
Brave	*fattée.*
Briser	*affara.* (Le même mot signifie aussi *détruire* et *tuer*).
Brûler	*ageni.*
Bled	*néo.*
Boue	*no.*
Boire	*améen.*
Bon	*bettie.*
Beau	*aniniata.*
Beaucoup	*sitimata.*
Bouche	*ba.*
Bientôt	*sang sang.*
Bien, *adj.*	*aoua.*
Bien, *subs.*	*cullong.*
Blanc	*koui.*

C.

Charrier	*asambo.*
Chat	*neancon.*
Coffre	*kounio.*
Complètement	*betiki.*
Cuisine (faire la)	*tabbie.*
Crier	*akombo.*
Couper	*tegi.*

Chien	*ououla.*
Convive	*fanda.* (Donner à manger se dit de même).
Craindre	*séélan.*
Combattre	*akilli.*
Content	*lata.*
Cœur	*jouzou.*
Ciel	*santo.* (Les nègres mahométans l'appellent *Il Jinna*).
Colline	*konko.*
Cochon	*léé.*
Corne	*bini.*
Cheval	*sou.*
Chaud	*candiata.*
Couteau	*mouro.*
Connoître	*alla.*
être Couché	*la jang.*
Cou	*kang.*
Corde	*julie.*
Courir	*bougie.*
Chaise (siége)	*serong.*
Court	*sutta.*
Côté	*carra.*
Chanter (ou danser)	*gilli.*
Chose, quelque chose	*fenke.*

Cuillère	*dosa.*
Commerce	*fééric.*
Comprendre	*moï.*

D.

Dieu	*alla.*
Dos	*ko.*
Derrière	*kofi.*
Drap	*fauno.*
Danger	*torro.*
se Désister	*attou.*
Dispute	*degama.*
Doigt	*boulla konding.*
Donner	*insong.*
Don (présent)	*bounia.*
Délier	*affering.*
Dérober	*bottaca.*
Dire	*affo.*
Dormir	*sinou.*
Doux	*tic-miata.*
Demain	*sinni.*
Désert	*woulla.*

E.

Effrayé	*silantie.*
Et	*ning.*

Endormi	*sinouta.*
Emprunter	*la.*
Enfant	*ding.*
Enfant très-jeune	*ding-ding.*
Éléphant	*samma.*
Ecouter	*moi.*
Enfer	*jokanipa.*
Effort	*achioka.*
Eclair	*sanfata.*
Envoyer	*kie.*
Esclave	*jong.*
Étoile	*lolo.*
Étranger	*leuntong.*
Enfler	*touno.*
Épée	*fong.*
Eau	*gie.*
Ennuyé, *adj.* et s'en-nuyer, *verb.*	*ombatata.*

F.

Frapper	*abouti.*
Flèche	*binni.*
Fond	*jou.*
Frère	*ba-ding-kéa*
Froid	*ninno.*
Foule	*setima.*
Fille	*ding-mousa.*

Femelle	*mousa.*
Femme	*mousa.*
Fièvre	*candea.*
Feu	*diemba.*
Fou	*fouring.*
Frais et bien portant	*oinde.*
Fruit	*erée ding,* littéralement enfant d'arbre.
Fer	*nega.*
Faire	*dada.*
Frissonner	*toung.*
Fermer	*tou.*
Firmament	*sang.*
Fumée	*seisie.*
Fils	*ding kée.*
Filer	*ouorondi.*
Fil	*bori.*
se Fier	*la.*

G.

Grains de verroterie	*connou.*
Gros	*aouarata.*
Garçon	*kea ding.*
Gras	*keng.*
Grand	*baa.*
Gris	*akoueta.*
Garder	*tenkoung.*

Gazon et verdure   *bing.*
Guerre   *killi.*

H.

Habile ou actif   *coumering.*
Herbe   *jambo.*
Haïr   *akoung.*
Homme (*homo*)   *mo.*
Homme (*vir*)   *fato.*
Huile   *toulou.*
Hors de , *pr.*   *banta.*
Honte   *mâla.*
Hier   *kouna.*

J.

Je ou moi   *inta.*
Irrité   *jousou bota.*
Jour   *tie-lie.*
Jeûner   *soung.*
Il , lui   *etti.*
Ici   *jang.*
Industrieux   *sayata.*
Interprète   *konno sor.* (Ces mots signifient proprement *percer le ventre*).

Isle	*jouyo.*
Jamais	*abada.*
Jurer	*kolli.*
Jeter	*fi.*
Jusques	*haning.*
Jeune, *adj.*	*jouna.*

L.

Là-haut	*santo.*
Là-bas	*douma.*
Lit	*larong.*
Lien	*asecti.*
Livre	*kittaba.*
Loin	*jangfata.*
Libre	*korée.*
Lampe	*fitina.*
Lion	*jatta* (dans l'intérieur du pays *ouara*).
Long	*jang.*
Lait	*nounno.*
Lire	*toulima.*
se Lever	*ouli.*
Lance	*amba.*
Lier	*asséétie.*
Langue	*ning.*
Laver	*kou.*
Loup	*soulo.*

M.

Mère	*ba.* (Il signifie aussi *rivière*).
Midi	*Tie-lie ouniata*, littéralement *le soleil au dessus de la tête.*
Maintenant	*seng.*
Mûr	*mota.*
Mer	*babagie.*
Montrer	*aïta.*
Malade	*meun kinde.*
Mince (grêle)	*féta.*
Marcher	*tama.*
Mouillé	*sinunta.*
Monter	*silli.*
Mauvais	*jou.*
Mordre	*keeng.*
Mort	*asata.*
Maladie	*jankra.*
Manger	*adoummo.*
Moitié (la) ou demi	*tella.*
Miel	*lée.*
Maison	*boung.*
se Moquer	*jilli.*
Mensonge	*fonio.*

Mâle	*kéa.*
Marché	*loé.*
Maître	*marrée.*
Milieu	*taima.*
Mien	*talem.*
Monnoie	*naphula.* (Il signifie aussi *marchandise*).
Mois	*korro.* (Il signifie aussi *lune*).
Matin	*somo.*

N.

Noir	*fing.*
Natte	*basso.*
Narration	*dentigi.*
Nom	*atto.*
Nuit	*souton.*
Non	*inta.*
Nord	*saheel.*
Nez	*noung.*
Nager	*nou.*

O.

Oiseau	*cono.*
Os	*coulou.*
Obscur	*dibbie.*

OEil , ou visage	*nea.*
Oreille	*toula.*
Orient	*tie-lie-bo.*
Oublier	*neanata.*
Or (métal)	*sanou.*
Oisif	*nare.*
Obtenir	*sutto.*
Ouvrir	*yelli.*
Orgueilleux	*telingabalia*, littéralement *le corps roide.*
Ouest	*tie-lie-gie.*
Où , *pr.*	*minto.*
Oui	*aoua.*

P.

Pain	*monko.*
Porter	*jnsambo.*
Pays	*dou.*
Profond	*adounta.*
Porte	*da.* On se sert de ce mot pour tout ce qui s'ouvre et se ferme.
Père	*fa.*
Plume	*tée.* (Ce mot signifie aussi *cheveu*, *poil* et *laine*).

Plume pour écrire	*kalla.*
Peu	*dou.*
Poisson	*yéo.*
Pied	*sing.* (Ce mot signifie aussi *jambe*).
Parler	*akoummo.*
Pendre (ou attacher en haut)	*deng.*
Pesant	*acouliata.*
Poule	*sousie-mousa.*
Peau	*goulo.*
Prêter	*infou.*
Petit	*miessa.*
Perdre	*afééle.*
Perdu	*aféélééta.*
Près	*mun jang.*
Peine (chagrin)	*dieming.*
Papier	*coïtou.*
Passer	*tanbi.*
Passé	*atambita.*
Payer	*jo.*
Peuple	*molo.*
Percer	*sor.*
Plaindre	*dimi.*
Plaisir	*di.*
Pauvre	*doyata.*
Promettre	*moindie.*

Pousser	*aneuri.*
Prompt	*cataba.*
Pluie	*sangie* , littéralement *eau d'en-haut.*
Pourri	*acorrata.*
Piquer	*kassa.*
Pierre (caillou)	*birro.*
Penser	*meira.*
Pleurer	*akoussi.*
Poids (fardeau)	*simang.*
Pourquoi	*meunkang.*

Q.

Querelle	*quiata.*
Queue	*finnio.*
Quoi	*meun.*
Qui	*jema.*

R.

Rusé	*kissie.*
Rosée	*combi.*
Remplir	*afoundi.*
Rempli	*affata.*
Roi	*mansa.*
Regarder	*affillé.*

Rencontrer	*beng.*
Rat	*ninie.*
Rouge	*akarra.*
se Reposer	*lo.*
Rendre	*serrat.*
Retourner, revenir	*ascita.*
Rivière	*ba.* (Le même **mot** signifie *mère*).
Route (chemin)	*séélo.*
Rocher	*kouro.*
Ramer	*ajah.*

S.

Soleil	*tie-lie.*
Semblable	*bikillin.*
Sac	*bota.*
Sang	*jollie.*
Songer	*sibota.*
Songe	*sibo.*
Sec (ou aride)	*ajata.*
Sauter	*soun.*
Seulement	*kinsing.*
Supprimer	*alondi.*
Sûr, sans danger	*torro intiegie.*
Sel	*ko.*
Sable	*kini kini.*

Sandales   *samata.*
Séparer   *atulla.*
Secouer   *gigui gigui.*
Silencieux   *dering.*
Sœur   *ba ding mousa.*
Sentir   *soumboula.*
Serpent   *sau.*
Sud   *boulla ba.*
Soif   *mindo.*

T.

Tout   *bée.*
Toujours   *toumotoma.*
Troquer   *fallan.*
Têtons   *sonjou.*
Teindre   *sa.*
Terre (sol)   *banko.*
Terre (globe)   *banko-kang.*
Tomber   *boui.*
Tête   *koun.*
Trou   *dinka.*
Tuer   *affara.*
Traire   *bie-tie.*
Tranquille   *dée.*
Triste   *doï.*

Tonnerre	*sangfata.* (En arabe *kallan alla*, c'est-à-dire, *la voix de Dieu*).
Toucher	*ma.*
Tourner	*aelima.*

V.

Vous	*Eéta.* (Quand ce mot est joint à un autre, on dit simplement *éé*).
Villé	*konda.*
Vivant	*abiegie.*
Ventre	*konnò.*
Venir	*na.*
Venant	*abenali.*
Vache	*nessie mousa.*
Vuide	*fing tigie.*
Visage (ou œil)	*nea.*
Viande	*soubou.*
Vieux	*acottata.*
Voir	*eagie.*
Vaisseau (navire)	*caloun.*
Voleur	*soun.*
Vrai	*tonia.*
Vent	*feunnio.*

2.　　　　　　　　　24

PHRASES

les plus nécessaires dans les Antilles:

ENTENDEZ-VOUS le mandingue ?	*Éé mandingo koummo moï ?*
Je l'entends.	*Ma moï.*
Venez ici.	*Na na ré.*
Votre père vit-il encore ?	*Éé fá abiegie ?*
Votre mère vit-elle encore ?	*Éé bá abiegie ?*
Il, ou elle vit.	*Abiegie.*
Il est mort, ou elle est morte.	*Asáta.*
Avez-vous des frères ou des sœurs ?	*Éé bá ding abiegie ?*
Où sont-ils ?	*Biminto ?*
Sont-ils en Afrique ?	*Abbé fato fing dou ?*
Sont-ils dans le vaisseau ?	*Abbé tobaudo caloun o konno.*
Montrez-les moi.	*Aitanna.*

Qu'avez-vous?	*Moun bela?*
Vous portez-vous bien?	*Ko éé kindé?*
Je suis malade.	*Moun kindé.*
Montrez-moi votre langue.	*Éé ning aitanna.*
Donnez-moi votre main.	*Éé boulla adima.*
Avez-vous faim?	*Konkolabinna?*
J'ai faim.	*Konkolabinna.*
Avez-vous soif?	*Mindolabinna?*
J'ai soif.	*Mindolabinna.*
Je n'ai pas faim.	*Konko intiegie.*
Je n'ai pas soif.	*Mindo intiegie.*
La tête vous fait-elle mal?	*Éé koun bidiemina?*
Elle me fait mal.	*Bidiemina.*
Elle ne me fait pas mal.	*Intadieming.*
Avez-vous mal à l'estomac?	*Éé konno bidiemina?*
Dormez-vous bien?	*Ko éé sinou betiki?*
Avez-vous la fièvre?	*Acandéata?*
N'ayez pas peur.	*Kanna séélan.*
Il n'y a pas de danger.	*Torro intiegie.*

Avalez cette mé-
decine.   *Ning borri améén.*

Cela vous fera du
bien.   *Aéé kissi.*

Fin de l'Appendice et du second volume.

TABLE
DES CHAPITRES

contenus dans ce volume.

A P P E N D I C E.

Fin de la Table.

www.ingramcontent.com/pod-product-compliance
Lightning Source LLC
Chambersburg PA
CBHW050321030726
47505CB00003B/806